"열받아 미치겠네!
아무리 생각해도 이건 마을 사람 아니면 성 사람 짓이야."
루도 루가 불쾌하기 짝이 없다는 듯 투덜거렸다.

"그런데 이게 만약 숲가의 백성을
함정에 빠뜨리려는 계략이라면
흑막은 누구일까?"

"뭐어?
당연히 사이크레우스라는 귀족이지.
그 인간 말고 또 누가 있겠어?"

이세계요리의길

VOLUME
10

Cooking with wild game.

정신없이 바쁜 하루 속에서
우연찮게 생긴 이런 시간도
내게는 둘도 없이 소중했다.

울퉁불퉁한 바위 표면에 기대어
나는 훅 하고 숨을 토했다.

머리 위에서는 들새가 울고
땅바닥에는 나뭇잎 사이로 내려온 햇살이 비친다.
아침의 숲에는 상쾌한 산들바람이 불어와
풀과 나무와 꽃의 향기를 실어다 준다.

바윗덩어리 너머에서 아이 파가
몸을 씻는 시원한 물소리가 들려왔다.

"흐음…… 그렇구나…… 그래서
줄로 슨이 성으로 인계되는 것을
이제 와서 두려워하는 건가……"

"네? 야밀 레이는 그 이유를 아는 거예요?"

"몰라. 그런데 그런 이야기를 들으면
어느 정도 예상되는 것도 당연하지 않을까?

긴 앞머리에 덮인
야밀 레이의 눈동자가
이번에는 정체 모를 빛을 띠고
나를 바라본다.

이세계요리의길

Cooking with wild game.

VOLUME 10

EDA 지음

코치모 일러스트
이정민 옮김

커버 그림, 본문 일러스트 | **코치모**

MENU

프롤로그 // ~ 지나간 파란 달 ~

슈미랄과 바란 반장 일행과 이별의 인사를 나눔과 동시에 파란 달은 끝을 맞이했다.

애초에 내가 이곳 세계에서 역법을 의식하기 시작한 것은 파란 달에 들어서였다. '파란 달 11일에 가장 회의가 열린다'라는 소식을 듣고 이곳의 달은 색으로 표시된다는 것을 처음 알게 되었다.

어느덧 이 세계에 온 지 70일이 지나려 한다. 이곳의 역법을 이해하기 전에 이미 달이 두 번이나 바뀐 것이다.

내가 아이 파를 우연히 만난 것이 노란 달 말이었던 모양이다. 얼마 안 가 노란 달이 끝나고 초록 달에 들어섰다. 초록 달에는 루티무가(家)의 혼례 축하연 때 요리를 담당했는가 하면 카뮤아 요슈를 알게 되었고 역참 마을에서 포장마차 장사도 시작했다.

그때도 충분히 파란만장한 나날이었지만 파란 달은 그 이상으로 정신없이 바빴다. 우리는 가장 회의를 마친 뒤 자츠 슨과 테이 슨이 일으킨 사건에 대적했을 뿐 아니라 사이크레우스라는 수수께끼의 인물을 알게 되었다.

테이 슨의 죽음과 함께 슨가에 얽힌 소동이 종결된 줄 알았지만 안타깝게도 그렇지 않았다. 슨가를 뒤에서 움직이던 사람이 바로 사이크레우스라는 귀족이 아닐까 하는 의문이 떠오른 것이다.

사이크레우스는 제노스를 다스리는 귀족의 한 사람이다. 모르가 숲은 제노스 영토에 속하기 때문에 숲가의 백성의 군주는 바로 제노스 후작인 마르스타인이다. 사이크레우스는 그 마르스타인과 숲가 사이에서 이른바 중재역을 하는 존재였다. 마르스타인의 대리인으로서 숲가의 백성과 대화하고 협의하는 입장이었던 것이다.

그 사이크레우스가 뒤에서 슨가 사람을 조종했다는 의심을 받고 있다. 의심을 하는 사람은 마르스타인의 맏아들이자 차기 영주인 멜프리드와 그의 맹우이자 《수호자》인 카뮤아 요슈다. 애초에 카뮤아 요슈가 사이크레우스를 의심하다 멜프리드에게 털어놓은 것이 발단이었던 모양이다.

카뮤아 요슈는 참으로 복잡한 입장에 있는 사람이다. 우선 그는 레이토라는 소년을 제자로 삼고 있다. 그 레이토 소년의 아버지가 10년 전 자츠 슨 일행의 습격으로 목숨을 잃은 상단의 단장이었다.

그리고 그 상단의 일원에는 《키뮤스의 꼬리정》 주인 밀라노마스의 매형도 포함되어 있었다. 그 매형이 사냥꾼의 목걸이를 손에 쥔 채 죽어 있었다는 것이야말로 모든 일의 출발점이었으리라.

그 사실로 인해 제노스의 역참 마을에서는 숲가의 백성이 그 습격 사건의 범인이라는 소문이 은밀히 돌았다. 슨가 사람들은 역참 마을에서도 걸핏하면 난동을 부렸기 때문에 숲가의 백성에 대한 불신감은 더욱 커져만 갔다.

그런데 제노스 귀족들은 숲가의 백성을 정당히 심판하려 들지 않았다. 그 상단뿐만 아니라 인근 마을 바너엄에서 온 사절단과 제노스의 호민병단 단장도 숲가의 백성으로 여겨지는 자들에게 습격당해 목숨을 잃었지만, 그 일 또한 도적단 《붉은 수염당》의 소행으로 단정되었다.

《붉은 수염당》은 불살의 규율을 세우고 귀족이나 거상만을 노려 거기서 얻은 부를 가난한 사람들에게 나눠준다는 이른바 의적이었다. 그럼에도 불구하고 모든 죄를 증거도 없이 뒤집어쓰고 《붉은 수염당》의 구성원은 일제히 처형되었다.

처형을 결정한 사람은 새로이 호민병단 단장으로 임명된 시르엘이라는 인물, 즉 사이크레우스의 남동생이었다.

그리하여 카뮤아 요슈는 이 모든 일이 사이크레우스 일행이 꾸민 음모라고 확신한 듯하다. 자신들 마음대로 부리지 못하는 상대를 처치하기 위해 슨가 사람을 부추겨 습격하게 한 것도 모자라 그 죄를 《붉은 수염당》에 뒤집어씌웠다. 사이크레우스는 모든 일을 어둠 속에 묻어버리고 현재의 권세를 완성한 것이다. 카뮤아 요슈는 그렇게 추리했다.

카뮤아 요슈는 그 추론을 멜프리드에게 털어놓기로 했다. 멜프리드는 '죄를 지었으면 벌을 받아야 한다'는 강한 신념을 지닌 사람이기 때문에 사이크레우스의 신변을 철저히 조사했다.

그러나 사이크레우스가 모든 일의 주모자라는 증거는 결국 찾아내지 못했다. 그리하여 시무로 향하는 상단을 꾸며내고 그들을 산 미끼 삼아 대죄인을 유인하려는 계획을 실행에 옮긴 것이다.

애쓴 보람이 있어 슨가의 죄를 폭로할 수 있었다. 가장 회의로 인해 족장 집안의 신분을 잃은 슨가의 선대 가장 자츠 슨이 한 명뿐인 심복인 테이 슨과 함께 그 상단을 습격하는 바람에 카뮤아 요슈 일행에게 포박된 것이다.

자츠 슨은 10년 전에도 같은 대죄를 저질렀다며 저주의 말과 함께 고백한 뒤 옥중에서 분에 못 이겨 사망했다. 테이 슨 또한 자츠 슨이 초래한 흉운(凶運)에 순종하듯 세상을 떠났다. 이 일로 명확해진 것은 10년 전 상단을 습격한 자들이 《붉은 수염당》이 아닌 자츠 슨 일행이었다는 것뿐이었다.

카뮤아 요슈 일행은 그 점을 유일한 활로로 사이크레우스의 죄를 폭로할 방도를 강구했다. 우선 《붉은 수염당》의 유일한 생존자라는 당수의 아내를 찾는 일부터 착수했다.

그 일에 숲가의 백성도 협력해달라고 하여 루 분가에서 사냥꾼 세 명을 내어주기로 했다. 카뮤아 요슈가 그 세 명과 소년 레이토를 거느리고 제노스를 떠난 것이 파란 달 마지막 날 아침이다.

그러나 같은 날 오후에 우리는 놀라운 사태에 직면하게 되었다.

당수의 아내가 아닌 그 아들임을 자칭하는 인물이 우리 앞에 모습을 드러낸 것이다.

그는 자신이 《붉은 수염당》의 당수 붉은 수염 골람의 아들, 지다라고 밝혔다. 그는 불꽃처럼 붉은 머리와 짐승 같은 누르스름한 눈동자를 지닌 앳된 소년이었다. 지다는 숲가의 백성 대신 처형된 아버지의 원수를 갚기 위해 제노스까지 찾아온 듯했다.

그의 어머니를 찾으러 길을 떠난 카뮤아 요슈와 길이 완전히 엇갈린 것이다. 이 무슨 잔인한 운명의 장난이란 말인가. 게다가 지다는 우리의 설득을 들은 척도 않고 다시 행방을 감추었다.

사이크레우스는 숲가의 백성에게 대죄인인 슨가 사람들을 모두 성으로 넘기라고 명령했다. 한때 족장이었던 줄로 슨뿐만 아니라 본가 사람 모두를 넘겨야 한다고 주장하고 있다. 디가, 도드, 미다, 야밀 레이, 츠바이, 오우라까지. 혈족의 인연을 끊음으로써 숲가에서는 죄를 용서받은 그들을 사이크레우스는 집요하게 노리고 있다.

다음 회담까지는 보름밖에 남지 않았다. 숲가의 백성은 하얀 달 15일까지 그 명령에 따를지 말지 길을 정해야 한다.

그때까지 사이크레우스의 죄를 밝혀 모든 일을 뒤엎을 수 있을까. 그 와중에 지다가 나타난 것이다. 그는 파란만장한 파란 달의 마지막 매듭이라고 할 만한 존재였다.

카뮤아 요슈가 성공적으로 지다의 어머니를 찾아낼 수 있을까.

슨가 사람들의 신병 확보에 집착하는 사이크레우스의 진의는 무엇일까.

또 회담 일정을 보름 뒤로 여유롭게 잡은 것은 무슨 꿍꿍이가 있어서일까.

숲가의 백성은 지다와 화해할 수 있을까.

이런저런 문제를 남기면서 우리는 파란 달의 마지막을 맞이하게 되었다.

제1장 ★★★ 백의 하루, 아스타의 하루(전)

1

이런저런 문제가 있지만 그날도 나의 하루는 극히 평온하게 시작되었다.

우리는 우리 나름대로 '숲가에 풍요로운 생활을 가져오고 싶다'는 큰 목적을 달성하기 위해 하루하루를 보내고 있다. 어떤 음모극에 휘말리든 그 목적을 미룰 수는 없다.

그리고 포장마차 장사가 많이 정착된 덕분에 내 생활 스타일도 그 무렵에는 제법 안정된 상태였다. 숲가의 마을을 포함한 제노스 부근은 기후가 일정해서 생활 스타일을 안정시키기 쉬운 측면도 있다.

내가 숲가의 마을에 정착한 지 어느덧 70일이나 되었는데 기온과 해 길이에는 큰 변화가 없는 것 같다. 기온은 일본의 초여름 정도이고 해돋이와 해넘이는 이곳에서 시계를 본 적이 없어 체감으로 추측할 수밖에 없지만 대략 새벽 6시쯤 날이 밝고 저녁 7시쯤 날이 저무는 것 같다.

또 파가에서는 일몰을 기준으로 저녁을 먹기 시작해서 약 두 시간 후에는 잠자리에 든다. 취침 전에 아이 파와 대화하는 것이 통례이지만 수지 양초의 희미한 불빛에만 의지하다 보면 졸음이 몰려와 이내 곯아떨어진다.

나의 시간 감각이 틀리지 않다면 오후 9시쯤 잠자리에 드는 이 생활은 참으로 건강한 생활이라 할 수 있겠다. 단 이곳 세계의 하루가 24시간이라는 보장은 어디에도 없다. 여하튼 시계가 존재하지 않으니 실제로 몇 시간을 자고 있는지도 분명치 않다.

하지만 정확한 시간을 몰라도 우리가 하루하루를 건강하게 보내고 있다는 사실에는 변함이 없다. 하루 종일 정신없이 일해도 기바 고기 요리를 배불리 먹고 푹 자기만 하면 이튿날 피곤함 없이 또 활기차게 일할 수 있다. 이렇게 규칙적이고 충만한 하루하루는 웬만해서는 이루기 어려운 것일 터였다.

그리하여 맞이한 하얀 달의 첫째 날.

그날도 우리는 거실에서 함께 자고 있었고 먼저 일어난 사람은 역시 아이 파였다.

"아아…… 좋은 아침, 아이 파."

잠이 덜 깬 눈을 비비며 상체를 일으키자 아이 파가 "음" 하고 고개를 끄덕여주었다.

아이 파는 거실 한가운데에서 책상다리를 하고 앉아 금갈색의 긴 머리를 능숙하게 땋아 올리고 있었다. 격자창으로 들이비치는 뽀얀 햇살에 감싸인 아침의 이 정경이 나는 좋았다. 아이 파의 변함없는 모습을 보고 있기만 해도 오늘 하루도 힘내자고 다짐하게 되고 몸속에서 활력이 뿜어져 나오는 것이 고스란히 느꺼지기 때문이다.

"너도 냉큼 몸치장을 하도록. 오늘은 물독에 물을 길어 채워야 한다."

"아차, 그러기로 했지?"

나는 끙 소리를 내며 기지개를 켜고 나서 일단 헛간으로 향했다.

옷을 갈아입기 위해서다. 보통 파가에서는 전날 먹은 저녁 식사의 뒷정리를 할 때 빨래도 같이 해치운다.

금이 간 덧문과 건조 중인 장작, 벽에 비스듬히 세워둔 톱 같은 잡다한 물건이 가득한 헛간에서 나는 일단 옷을 홀딱 벗고 새 속옷과 허리 가리개를 입은 뒤 위에는 조끼를 걸쳤다. 티셔츠가 한 장뿐이라 아침마다 소중히 빨아서 계속 입고 있다.

안쪽 벽에는 흰 조리복 상하 세트가 얌전히 걸려 있다.

말할 것도 없이 내가 이곳 세계로 떨어졌을 때 입고 있던 옷이다. 조리복 주머니에는 깨끗이 빨아둔 양말과 속옷이 쑤셔 넣어져 있을 터였다.

아이 파에게 숲가의 복장을 받고 나서는 조리복을 한 번도 입은 적이 없다. 이 날씨에 긴팔 조리복은 적합하지 않을뿐더러 숲가에서는 이 소용돌이무늬 옷을 걸치는 것이 동포의 증거라는 풍습이 있기 때문이다.

'그런데 이건 원래 시무산 직물이잖아. 슈미랄도 망토 속에 이거랑 똑같은 무늬의 옷을 입고 있었으니 데릴사위로 들어가는 일이 실현된다 해도 복장은 달라지지 않겠네.'

어제 이별을 고하게 된 동쪽 백성, 상단 《은 항아리》의 단장 슈미랄이 떠올랐다. 비나 루와의 관계가 어떻게 결론 나든 그가 제노스로 돌아오는 것은 반년 뒤의 일이다.

지금쯤이면 슈미랄도 길을 떠날 채비를 하고 있지 않을까.

남쪽 백성인 건축상 바란 반장과 알다스 일행도 마찬가지려나.

그런 생각에 잠겨 쓸쓸해하고 있는데 밖에서 헛간 문을 두드리는 소리가 났다.

"어이, 안에서 자나? 늑장 부리면 떼어놓고 간다."

"어, 지금 나갈게."

벗은 티셔츠와 속옷을 허리 가리개로 감싼 뒤 그것을 허리에 매달고 헛간을 나섰다.

우선 물동이와, 그릇이 담긴 쇠 냄비를 운반해야 한다. 나는 빈 물동이를 비스듬히 기울여 현관 입구를 향해 데굴데굴 굴리며 가고 이어서 아이 파가 쇠 냄비를 끌어안고 따라왔다.

"오, 좋은 아침이야, 기루루."

밖으로 나갔더니 기루루는 벌써 나무에 매여 있었다.

최근 아이 파는 아침에 눈을 뜨자마자 기루루를 밖으로 내보내고 나서 하루를 시작한다. 밖에서 기루루의 포근한 깃털 속에 몰래 얼굴을 파묻으며 좋아하고 있는 것이 아닐까 의심되지만 안타깝게도 내가 더 늦게 일어나기 때문에 아직 그 광경을 목격하지는 못했다.

어쨌든 커다란 널빤지에 덩굴풀 끈을 엮어 만든 '끌판'에 물동이와 쇠 냄비를 싣고 냇가로 가지고 가야 한다.

이 일도 기루루의 도움을 받으면 한결 편해지지만 파가만 요령을 피우는 것은 체면이 구겨지는 데다 이 일은 체력이 약한 가족 구성원의 근력 훈련도 겸하고 있다. 기루루 덕분에 역참 마을을 오가는 일은 무척 편해졌으니 이 정도쯤은 계속해야 한다. 그렇지 않으면 금방 허약한 현대인으로 되돌아갈 것이다.

그리하여 여느 때처럼 짐이 무너지지 않게 아이 파의 도움을 받으며 끌판을 질질 끌고 갔다.

냇가는 파가에서 10분쯤 떨어진 바위 밭에 있다. 란트 강에서 갈려 나온 샛강의 하나로, 울퉁불퉁한 바위 밭 위로 차갑고 맑은 물이 느리게 흘러간다. 물살 때문에 그 길이 얕게 패어 있을 뿐인 자그마한 냇가다.

냇가에는 이미 여자 네 명이 와 있었다.

근처에 사는 포우와 란의 여인들이었다.

냇가를 함께 쓸 만큼 집이 가까운 것은 이 두 집뿐이다. 가즈와 라츠, 베임은 더 남쪽에 위치해 있고 스도라와 딘은 더 북쪽에 있다고 한다.

우리가 가까이 가자 "아……" 하고 여인 한 명이 몸을 일으켰다.

거의 본 기억이 없는 젊은 여인이었다.

최근에는 이웃집 여자들이 조리 지도를 받느라 파가를 자주 드나들고 있는데 이 여인은 그 무리에 포함되지 않는 인물이었다.

'음…… 그래도 어디서 한 번쯤 본 적 있는 것 같기도 한데……'

고개를 갸웃거리는 내 옆에서 아이 파가 말없이 그 여인에게 목례를 했다.

그러나 여인은 두 손을 비비며 힘없이 눈을 내리깔았다.

그사이 나머지 세 여인은 우리를 향해 미소를 지었다.

"아, 아스타와 아이 파구나. 우리는 거의 다 했으니 여기서 하려무나."

"고맙습니다" 하고 나는 그쪽으로 짐을 끌고 갔다.

도저히 진정이 되지 않는지 처음의 그 여인은 도망치듯 자리에서 홱 물러났다.

아이 파는 말도 없고 무표정이다.

왠지 모르게 두 사람 사이에 심상치 않은 분위기가 느껴졌다.

"애, 아스타, 오늘도 요리를 좀 배웠으면 하는데 괜찮겠니?"

나이가 지긋한 란의 부인이 말을 걸어와 나는 "네" 하고 고개를 끄덕였다.

"오늘은 리 스도라도 올 예정이니 마침 잘되었네요."

"그거 잘됐구나. 실은 우리 집에서도 햄버그에 도전해보고 싶단다. ……그래도 우리가 하기에는 아직 무리일까?"

"그렇지 않아요. 중요한 건 날마다 연습하는 거니까요. 저도 처음에 조리법을 배웠을 때는 패티도 태워 먹고 얼마나 형편없었는데요."

"정말이니? 상상이 안 가는구나" 하고 란의 부인이 웃었다.

요즘 들어 그녀들의 얼굴에 웃음이 많아진 것 같다.

물론 슨가의 지배에서 벗어났다는 것이 큰 이유겠지만, 내 생각에는 생활이 풍요로워짐에 따라 표정도 밝아진 것이 아닌가 싶다.

게다가 파가에 고기를 팔아서 얻는 실제적인 풍요로움과 맛있는 음식을 먹는다는 기쁨에 눈뜬 마음의 풍요로움, 두 가지를 골고루 누리고 있는 것이다. 어쩌면 내가 바라던 모습이라 더 그렇게 보이는 걸지도 모른다. 하지만 그녀들은 정말 행복해 보이고 또 조리 기술 향상에 대한 의욕도 무척 강하다.

"어제는 피 빼기가 잘 안 되었단다. 기바가 심하게 날뛰는 바람에 마구 찔러서 숨통부터 끊어놓는 수밖에 없었다고 하더구나."

"뭐, 남자들이 모두 무사했으니 다행이지. 어쨌든 아스타가 일러준 대로 그 고기는 돌소금을 녹인 물로 씻어봤어."

"아, 누린내가 충분히 제거되던가요?"

"응. 남자들도 최대한 피를 빼주었으니 말이야. 고기를 과실 주와 마무에 절여서 먹어봤더니 누린내가 거의 느껴지지 않더구나."

"팔 만한 것이 못 되어도 우리가 먹기에는 충분했지."

란의 부인이 다시 즐겁게 소리 내어 웃었다.

"그럼 조리 지도 잘 부탁한다. 딘가의 딸내미한테도 같이 가자고 할 테니."

"아, 트루 딘 말인가요?"

"그래. 요즘에는 너를 못 만나서 무척 서운해하더구나. ……그 아이도 몇 년만 있으면 참한 색싯감이 될 텐데.”

나는 “아하하” 하고 웃음으로 얼버무린 뒤 옆에 있는 가장을 슬쩍 훔쳐봤다.

아이 파는 말없이 나무 접시를 씻고 있었다. 우리의 대화 내용이 전혀 귀에 들어오지 않는 모양이다.

그리고 이상한 기색을 보였던 그 여인은 어두운 표정으로 물동이에 물을 길어 붓고 있다.

그 딱한 옆얼굴을 보다 보니 그 인물이 누구인지 번뜩 생각이 났다. 이 여인은 지난번 파가를 찾아온 포우의 여자다. 슨가가 몰락하기 전에 아이 파가 보내는 털가죽에 대한 답례라며 피코 잎을 가져다주었던, 사리스 란 포우였다.

얼른 생각해내지 못한 것도 무리는 아니다. 그때가 역참 마을에서 장사를 시작하고 바로였으니 벌써 한 달 전의 일이다.

게다가 그때는 코타 루보다 작은 갓난아기를 안고 있었다. 갓난아기를 돌보느라 요리를 배우러 올 수도, 냇가에서 만날 수도 없었던 걸까. 그런데 이렇게 냇가에 나타났다는 것은 분명 그 바싹 마른 갓난아기도 잠깐은 눈을 떼도 될 만큼 건강하게 자랐다는 거겠지. 파가가 가져다준 풍요로움이 포우가에도 조금이나마 힘을 보탰다면 그보다 더 기쁜 일은 없다.

“그럼 낮일을 마친 뒤에 또 보자꾸나.”

“네, 기다리고 있을게요.”

포우와 란의 여자들이 함께 자리를 떴다.

사리스 란 포우는 끝까지 말 한마디 하지 않았고 아이 파도 끝까지 고개를 들지 않았다.

설거지와 빨래가 끝나면 이번에는 집안일과 장사 준비를 해야 한다.

빤 옷을 창가에 걸어놓고 각자 해야 할 일을 하기 시작했다. 내가 할 일은 포이탄을 졸이는 작업과 조리칼 손질, 그리고 식료품 창고 확인이다.

아이 파는 일과로서 역시 자신의 칼을 손질한다. 그 외에는 필요하면 이 시간에 장작을 패거나 육포를 만들거나 피코잎을 말린다. 오늘 선택된 일은 피코잎 말리기였다.

포이탄을 타기 직전까지 졸인 뒤 아이 파가 널어놓은 피코잎과 함께 볕 좋은 곳에 말렸다. 이어서 다른 일도 처리해놓고 곧장 숲으로 향했다. 포이탄과 피코잎이 다 마를 때까지 장작과 향초, 그리고 열매를 채취하는 작업을 해야 한다.

물론 강물에 몸을 담가 깨끗이 씻는 것도 일과다. 포우와 란의 사람들은 하류로 더 내려가서 목욕을 하는 모양이니 강가에서 마주칠 일은 없다.

숲에 들어가 20분쯤 걸었더니 란트 강이 보였다. 사람 크기만 한 바윗덩어리 근처가 나와 아이 파가 목욕하는 곳이다.

나는 가장에게 목욕 순서를 양보하고 바위에 기대앉았다. 아이 파는 사냥꾼의 옷과 목걸이만 내게 맡긴 뒤 바윗덩어리 뒤로 돌아 들어갔다.

이 시간을 활용해 채취 작업을 하면 좋겠지만 아이 파는 숲속에서는 나와 떨어지는 것을 꺼린다. 기바가 활동하는 때는 해가 중천을 지났을 무렵이라고 알려졌지만 가끔 변덕스러운 녀석이 출몰하는 일도 있기 때문이다. 실제로 그런 기바에게 습격당한 경험이 있는 나로서는 아이 파의 걱정을 괜한 생각으로 치부해 가벼이 여길 수도 없는 노릇이었다.

'그나저나 오늘도 숲은 평화롭구나.'

울퉁불퉁한 바위 표면에 기대어 나는 훅 하고 숨을 토했다.

머리 위에서는 들새가 울고 땅바닥에는 나뭇잎 사이로 내려온 햇살이 비친다. 아침의 숲에는 상쾌한 산들바람이 불어와 풀과 나무와 꽃의 향기를 실어다 준다. 그리고 바윗덩어리 너머에서 아이 파가 몸을 씻는 시원한 물소리가 들려왔다. 정신없이 바쁜 하루 속에서 우연찮게 생긴 이런 시간도 내게는 둘도 없이 소중했다.

"아이 파, 오늘도 날씨가 좋네."

조금 큰 목소리로 말하자 아이 파가 "음" 하고 대답해주었다.

아이 파와 함께 있으면 입을 꾹 다물고 있어도 결코 어색하지 않다. 하지만 오늘은 이 잠깐 사이에도 아이 파와 말을 나누고 싶은 기분이었다.

자, 그러면 어떤 이야기를 꺼낼까 하다가 나는 곧바로 이른 아침의 그 일을 떠올렸다.

"……저기 아이 파. 혹시 사리스 란 포우와 뭔가 특별한 인연이라도 있는 거야?"

잠시 아무런 대답도 돌아오지 않았다.

즉단즉답, 즉 바로 결단하고 바로 대답하는 아이 파의 성격상 흔치 않은 일이다.

잠시 후 겨우 들려온 것은 "딱히 인연이라고 할 만한 건 아니다" 하는 무감동한 목소리였다.

"……다만 사리스 란 포우는 어렸을 때 소꿉친구였을 뿐이다."

"오! 소꿉친구! 아이 파한테도 그런 게 있을 줄이야!"

나는 몹시 놀랐다.

그러나 잘 생각해보면 놀랄 만한 일은 아니다. 파가는 슨가와 악연을 맺기 전까지는 이웃집과 나름 교류를 유지했을 터였다.

"그런데 왜 서로 불편해했던 거야? 이제 슨가의 눈치를 볼 필요가 없으니 리미 루와 지바 할머니처럼 다시 인연을 맺으면 되지 않아?"

"……사람과의 인연이라는 것이 그리 간단히 다시 맺을 수 있는 건가?"

아이 파의 목소리는 무감동한 동시에 평소와 달리 힘도 없었다. 그래서 나도 괜히 경솔한 말을 했구나 싶어 반성하게 되었다.

리미 루와 지바 할머니는 스스로 아이 파와의 인연을 끊은 것이 아니다. 오히려 아이 파가 먼저 재앙을 부르지 않도록 두 사람을 멀리했던 것이다.

그러나 포우와 란의 사람들은 다르다. 그들은 슨가의 눈이 두려운 나머지 스스로 파가를 멀리했다.

그런데도 아이 파는 기바의 털가죽을 남몰래 그녀들 집에 가져다주었다. 슨가에 들키지 않도록 숨어서 그녀들의 생활을 도왔던 것이다. 그 덕분인지 포우가와 란가의 가장들은 가장 회의에서 파가의 행위에 찬성을 해주었다. 잔인하고 난폭하게 구는 족장 집안 앞에서 분명하게 반기를 들어 보인 것이다.

그리하여 슨가는 몰락하고 파가와 그들의 인연은 다시 맺어졌다. 포우와 란의 가장들은 자신들의 행실을 뉘우치고 아이 파에게 인연을 다시 맺어줄 것을 머리 숙여 부탁했다.

그렇게 모든 일이 잘 해결된 것처럼 보였다. 그러나 나도 개인 간의 일까지는 미처 생각하지 못했다. 설마 아이 파에게 소꿉친구가 있을 줄은 꿈에도 몰랐다.

사리스 란 포우는 어떤 심정으로 아이 파와의 인연을 끊었을까. 그리고 지금은 어떤 심정일까.

어쩌면 그녀는 너무 미안한 나머지 아이 파에게 쉽사리 다가가지 못하는 것이 아닐까?

"……쓸데없는 일에 마음 쓰지 마, 아스타."

아이 파의 목소리가 다시 울려왔다.

"슨가의 일은 하나의 원인에 불과해. 나와 사리스 란 포우의 인연은 끊어져야 했기 때문에 끊어진 것이다. 따라서 슨가가 멸망했다고 해서 다시 맺어지는 일은 없을 터."

"……그래. 나도 억지로 행동에 나설 필요는 없다고 생각해."

나는 그렇게 대답해 보았다.

아이 파는 매력적인 사람이다. 그렇기 때문에 포우와 란, 스도라의 사람들도 파가에 모였다고 생각한다.

지금보다 더 풍요로운 삶을 얻기 위함이라는 목적이 그 근본에 깔려 있다 해도 그 이상으로 아이 파의 매력, 즉 사냥꾼의 매력과 숲가의 백성으로서의 올바른 행동, 그리고 그 마음가짐에 포우와 스도라 가장들의 마음이 끌렸다고 생각한다.

따라서 억지로 기회를 만들지 않아도 사리스 란 포우도 머지 않아 아이 파의 곁으로 돌아올 것이 틀림없다. 나는 그렇게 믿었다.

"아이 파는 워낙에 고집쟁이니까 먼저 행동에 나서지는 못하겠네."

아이 파에게 혼나지 않도록 나는 몰래 그렇게 덧붙였다.

그러나 다음 순간 머리 위로 찬물이 흠뻑 쏟아졌다.

"으헉!" 하고 뒤돌아보니 아이 파가 풀어헤친 머리에서 물을 뚝뚝 흘리며 바윗덩어리 꼭대기에서 나를 내려다보고 있었다. 어깨부터 그 위밖에 보이지 않지만 양손을 내 쪽으로 뻗고 있는 것으로 보아 방금 그 물벼락은 아이 파의 짓이 분명했다.

"뭐야, 갑자기 너무한 거 아니야?!"

"누가 너무하다는 거지? 가장에게 고집쟁이라고?"

"아, 들렸구나……. 어? 그런데 보복한 시점이 너무 절묘한 거 아니야?"

"음. 네가 실언할 낌새가 있어서 보복할 준비를 하고 기다리고 있었다."

"거참 용의주도하네! 내가 실언을 안 했으면 어떻게 하려고 했는데?"

"글쎄. 모든 것은 숲이 이끄는 대로 따를 뿐이다."

아이 파는 시치미 떼는 얼굴로 어깨를 으쓱했다.

그 어깨도 흠뻑 젖어 있었다. 그러니 분명 옷 입을 시간까지 아껴서 보복할 준비에 힘썼던 것이다.

"알몸으로 바위 뒤에 달라붙어 있는 거야? 건너편 강가에 사람이 있으면 어쩌려고 그래?"

앙갚음하는 시늉이라도 해볼까 하여 그렇게 말했더니 아이 파가 머리를 잽싸게 감추었다.

"잠깐 기다려. 방금 그 실언에도 합당한 대가를 치르게 해주지."

"알겠으니까 옷부터 입어! 어차피 물벼락을 맞아야 한다면 나도 옷을 벗고 맞고 싶단 말이야!"

바윗덩어리 너머에서 낮은 웃음소리가 들려온다.

좋아하는 목욕을 해서 기분이 상쾌해졌는지, 버릇없는 가족을 혼내주어 직성이 풀렸는지 진상은 알 수 없지만 어쨌든 아이 파의 기분이 회복되었다면 그보다 더 좋은 것은 없다.

목욕을 마쳤으니 이제 숲속에서 채취 작업을 할 차례였다.

먼저 고기를 보존하기 위한 피코잎, 육포와 『기바 통삼겹조림』에 사용할 향초인 리로잎, 그리고 마지막은 독벌레를 쫓아주는 그리기 열매다.

여담이지만 나는 숲가의 백성의 체취를 불쾌하게 느낀 적이 없다. 숲가의 백성은 고기를 매우 많이 먹고 이렇게 기후가 온난한 땅에서 살며 목욕을 하루에 한 번만 하는데도 내 예민한 후각을 자극하는 일이 없었다.

그 이유로 우선 이 향초와 그리기 열매의 존재를 꼽을 수 있다. 숲가의 백성은 독벌레를 퇴치하기 위해 그리기 열매로 팔찌를 만들어 착용하고 다니는데, 그 한창 피어오르는 꽃처럼 달콤한 향기가 코부터 자극하는 것이다.

더군다나 여자들은 피코잎이나 리로잎에 접촉할 기회가 많다. 이쪽은 청량한 향기가 나고 말린 피코잎은 검은 후추 같은 향신료 향기가 난다.

그 향초들을 섭취해서 얻은 효능인지 혹은 내가 그렇게 믿어서인지 모르겠지만, 숲가의 백성에게서는 인간다운 체취보다는 숲의 냄새, 숲에 들어섰을 때 느껴지는 초목과 흙, 꽃 냄새를 몸에 두르고 다니는 듯한 느낌이 들었다.

심지어 아이 파는 사냥에 『기바를 유인하는 열매』를 사용하고 있다. 숲가의 백성 중 그 열매를 깨서 몸에 뒤집어쓰는 위험한 『제물 사냥』을 하는 사람은 오랫동안 없었다고 하지만, 『기바를 유인하는 열매』의 향기는 그리기 열매보다 훨씬 강렬해서 작은 덫이나 함정에 사용하기만 해도 머리카락과 옷, 몸에까지 밴다고 한다.

따라서 아이 파는 누구보다 달콤한 향기를 몸에 두르고 있다. 이렇게 숲의 가장자리에서 채취 작업에 힘쓰느라 모처럼 깨끗이 씻은 몸이 또 열을 띠고 땀을 흘리면 괜히 더 그 달콤한 향기가 두드러지는 듯했다.

언제였던지, 어떤 계기로 인해 "기바처럼 돌진하고 싶어지네!" 하고 농담을 했다가 다리를 실컷 걷어차인 것은 말할 것도 없다.

어쨌든 향초 따기와 장작 줍기는 매일 한 시간쯤 하고 있다. 그 일을 다 마친 뒤에야 나는 비로소 역참 마을에서 판매할 음식의 밑 준비 작업에 착수할 수 있었다.

단 『먀무구이』에 쓸 포이탄 굽기와 『기바 버거』에 쓸 패티 만들기는 레이나 루 일행에게 넘겼기 때문에, 나는 『기바 버거』에 쓸 포이탄 굽기와 『먀무구이』에 쓸 양념 국물을 만들기만 하면 된다.

숲에 나가기 전에 말려둔 포이탄이 이 무렵이면 딱딱하게 마른 상태가 되기 때문에 그것을 물에 불려 철판에서 구워낸다. 『기바 버거』에 사용하는 것은 60인분이니 익숙해지면 별것 아니다.

그리하여 오늘은 4, 50분이나 시간이 비었다.

이것도 루가와 밑 준비 작업을 분담하고 또 짐수레를 도입하여 이동 시간을 단축한 덕분에 얻은 은혜다.

"그런데 이 시간에 짬이 나도 할 수 있는 일이 없네. 이왕 이렇게 된 거 장작이라도 팰까."

내가 말하자 육포를 씹고 있던 아이 파가 "그건 내 일이다" 하고 주장했다.

"네가 그 일을 빼앗으면 나중에 내가 할 일이 없어진다."

오늘의 호위역은 루가에 맡겼기 때문에 아이 파는 혼자 집에 남는다.

아이 파도 평소에는 해가 중천에 뜨기 전까지는 할 일이 없어서 내가 집을 나선 뒤에 잡다한 일을 처리하는 모양이다.

"그럼 아이 파는 한숨 자고 있으면 되잖아. 다른 집 남자들은 해가 중천에 뜰 때까지 푹 자는 것 같던데?"

"잠이 안 오는데 어떻게 자라는 거지? 나는 벌써 몇 년이나 같은 시간에 잠들고 같은 시간에 일어나고 있다. 이제 와서 그 생활을 바꿀 수도 없는 노릇이야."

아이 파는 열세 살 때 어머니를 여읜 뒤 줄곧 이렇게 아침부터 밤까지 일했다. 열다섯 살이 되기 전까지는 아버지와 둘이서, 열다섯이 된 후에는 혼자서 숲가의 누구보다도 열심히 일하며 살아왔다.

"으음, 그럼 어쩌나. 요리 연구를 하기에는 어중간한 시간인데다 미리 해둘 만한 일도 마땅치 않은데."

오후에 할 일은 『먀무구이』나 여관 요리에 쓸 고기를 썰어두는 것뿐이다. 『기바 버거』의 밑 준비 작업이 없어지자 내 일은 눈에 띄게 줄어들었다.

시간 여유가 4, 50분이나 있으면 그 일들을 미리 해치우는 것도 가능하다. 그러나 썰어둔 고기를 피코잎에 절이면 통고기일 때보다 수분이 빨리 흡수되기 때문에 식감이 크게 변하고 피코잎도 물러진다.

식감은 맛이 떨어지는 것은 아니고 오히려 숙성이 진행되는 정도일 수도 있어서 고기가 쪼그라들 것을 감안해서 어떻게 썰면 좋을지 모색하는 방법도 있지만, 피코잎의 수명이 짧아지는 것은 그리 좋지 않다. 가뜩이나 파가는 장사용 고기를 보존하기 위해 피코잎을 많이 사용하고 있으므로 하루에 채취해야 할 양을 지금보다 더 늘리는 사태만은 피하고 싶었다.

"……아, 그렇구나. 그럼 작업을 미리 해두지 말고 오후의 일을 다음 날 아침으로 미루면 되겠네."

나는 손뼉을 쳤다.

요컨대 전날 해치웠던 일을 당일 아침으로 옮기는 것이다. 그렇게 하면 오후 시간을 통째로 요리 연구에 쓸 수 있다. 참으로 훌륭한 생각이라며 혼자 싱글벙글하고 있는데 아이 파가 의심의 눈초리로 쳐다본다.

"결국 오늘은 할 일이 없다는 거네. 아이 파, 내가 뭐 할 수 있는 일 없을까?"

"없다. ……짬이 생겼으면 너야말로 쉬면 되지 않나? 어차피 잠시 후부터 저녁 식사가 끝날 때까지 제대로 쉴 시간도 없을 터."

아이 파가 벽에 기대앉은 채 조금 어이없다는 듯 말했다.

"나도 짬이 날 때는 잠은 못 잘지언정 이렇게 휴식을 취하지.

힘을 낭비하지 않는 것도 일의 하나다."

"흠. 그런데 기루루 덕분에 무거운 짐을 나르지 않아도 되잖아. 모처럼 체력도 붙었고 팔심도 길렀는데 다시 약해질까 봐 걱정되거든."

"……체력과 팔심?"

"아, 예예. 토박이 숲가의 백성에 비하면 보잘것없는 힘이겠지만요."

아이 파 왈, 내 체력은 숲가의 백성의 열 살 먹은 어린애 수준이라고 한다.

내가 살짝 심통을 부리자 아이 파가 앞머리를 쓸어 올리며 일어서더니 말없이 다가왔다.

그러고는 역시 말없이 내 좌우 위팔을 두 손으로 콱 움켜쥐었다.

"뭐, 뭐야? 화내는 거야?"

"나는 이유 없이 화내지 않는다."

아이파는 낮은 목소리로 중얼거리며 내 팔을 떡 주무르듯이 주물러댔다.

나는 티셔츠를 말리는 중이라 상체에 조끼 한 장만 걸친 상태다. 맨살인 어깨며, 팔뚝, 손목 할 것 없이 골고루 주물러대는 통에 왠지 묘한 기분이 들었다.

"흥…… 확인해보니 정말 조금이지만 힘이 붙은 것 같군."

"정말이야? 전에는 열 살 먹은 어린애 취급을 했잖아."

"음. 지금이라면 열두 살 정도에 해당하겠군."

"……아, 그래."

뭐, 열두 살이라 하면 사냥꾼의 자격을 얻기 직전의 나이다. 그 나이에 해당한다면 제법 성장했다는 뜻으로 알고 기뻐해야 하는 건가.

"그럼 신 루의 동생 포래라면 겨뤄볼 만한가? 영광이네에."

"음. 이길 가망이 아주 없지는 않을지도 모르겠군."

역시 그 수준인 모양이다.

나는 어깨를 툭 떨구었다. 아이 파는 내 팔에 손을 댄 채 걱정스러운 눈길로 물었다.

"왜 그러지? 역시 이렇게까지 집요하게 만지면 불쾌한가?"

"아니. 마사지 받는 것 같아서 시원한 것 같기도 해."

"마사지?"

"아, 응, 근육을 주물러서 풀어주면 혈액순환이 좋아져서 시원해지지 않나?"

"그렇군" 하고 대답하면서 아이 파는 손끝을 조끼 안쪽, 내 양 옆구리로 이동했다.

나는 "우히이!" 하고 비명을 지르며 뒤로 펄쩍 물러났다.

"왜 도망가지? 개운하다고 하지 않았나?"

아이 파는 내 옆구리가 있었던 허공을 두 손으로 잡는 자세로 멀뚱멀뚱 서 있었다.

나는 "아하하하하" 하고 무의미하게 웃어 보였다.

"미안. 그냥 간지러웠어. 불쾌하진 않은데 거기는 좀 봐줘."

"간지럽다고? ……그럴 리 없을 텐데."

아이 파는 고개를 갸웃거리며 근사하고 탄탄한 자신의 옆구리를 주물렀다.

자기 몸을 직접 만지면 간지러울 리가 없지 않은가.

"……나 말이야, 옛날에는 아이 파의 팔을 쿡쿡 찌르기만 해도 얻어맞았던 기억이 있는데."

"음? 그랬던가?"

"그리고 머리를 쓰다듬었더니 명치를 가격했잖아."

"그건 필시 어린애 취급을 받았다는 생각에 불쾌했던 거다. 지금은 결코 불쾌하게 생각하지 않아."

아이 파는 진지한 얼굴로 다시 내 쪽으로 다가왔다.

"거짓말 아니다."

"응? 어, 딱히 거짓말이라는 생각은 안 하는데."

"그럼 직접 확인해봐라."

"……엉?"

"자."

자, 라니 뭔데.

그런데 왜일까. 아이 파는 엄청나게 진지한 얼굴을 하고 있다. 내가 미처 헤아리지 못한 부분에서 진지해질 수밖에 없는 이유라도 생긴 걸까.

아침부터 이런 일로 아이 파의 기분을 상하게 하기는 싫기 때문에 나는 내심 부끄러운 마음을 꾹꾹 눌러 참고 아이 파의 지시를 따르기로 했다.

톡, 하고 머리 위에 손바닥을 얹었다.

머리의 물기도 완전히 말라 있어 기분 좋은 감촉이 느껴졌다. 게다가 매우 따뜻하다.

땋아 올린 머리가 흐트러지지 않을 정도로 착한 아이의 머리를 쓰다듬듯 어루만져주자 아이 파는 뜻밖에 빙그레 미소를 지었다.

"음. 역시 불쾌하지 않군."

그게 다야?! 하고 나는 주저앉을 뻔했다.

조금이나마 걱정했던 것이 바보 같다.

아니, 그런데 아침부터 이렇게 환한 미소를 감히 보았으니 승패로 말하자면 대승리인가. 그런데 도대체 뭐에 대한 승리지? 하고 아침부터 내 사고는 불모의 미궁에 빠질 것 같았다. 그것을 구원해준 것은 매우 상냥하게 울리는 아이 파의 목소리였다.

"아스타여, 나는 오늘 함께 마을로 내려갈 수가 없다."

그렇게 말하고 나서 아이 파는 아래로 축 처진 내 왼손을 꼭 붙잡았다.

목소리는 상냥한데 눈빛은 진지하다. 나는 아이 파의 머리에서 손을 내리면서 "응" 하고 고개를 끄덕여 보였다.

"마을에 하루걸러 내려가기로 정한 건 바로 나 자신이야. 루가가 휴식기인 만큼 호위역을 전적으로 맡기는 것도 가능하지. 한데 나는 호위역을 다른 집 사람에게만 맡기는 것이 영 내키지 않아서…… 최소한 이틀에 한 번은 그 임무를 다할 작정이었다."

"그래. 네 심정은 충분히 이해해."

아이 파에게는 사냥꾼의 일이 있다. 동전에는 궁하지 않고 고기는 다른 씨족에게 사들일 수도 있으므로 아이 파가 무리하게 사냥꾼의 일을 수행할 이유는 없다. 하지만 그러기에는 사냥꾼의 긍지가 허락하지 않는 것이다. 달리 호위역을 맡을 인원이 없으면 또 모를까 루가의 남자들이 한가한데도 아이 파가 호위역을 계속 고집하면 사냥꾼의 일을 미루는 셈이 되어버린다.

그래서 아이 파는 호위역으로 마을에 내려가는 것은 이틀에 한 번이라고 스스로 규칙을 정했다. 숲에 들어가는 날을 반으로 줄이고서도 지금껏 해온 대로 수확을 올려 보이겠다는 결의하에 내린 선택일 터였다.

그런 이야기는 이미 지난번에 끝낸 상태다.

그런데 이 시점에 아이 파의 마음을 어지럽히는 불확정 요소가 나타난 것이다.

바로 역참 마을에서 우리를 습격한 지다의 존재였다.

숲가의 백성은 사이크레우스의 동향을 경계하여 만일을 위해 호위역을 세우기로 결정했다. 그 만일의 사태가 전혀 예상치 못한 방향에서 닥쳐온 것이다.

"어제 일은 돈다 루에게도 단단히 일러두었어. 루가에는 남자가 많으니 호위를 넉넉히 붙여주겠다고 돈다 루도 약속해주었다."

"어, 그렇지."

"어제 그 지다라는 놈은 그렇게까지 엄청난 실력자는 아니야. 그 분가의 사내, 신 루가 상대했어도 그리 힘이 꿀리지는 않았을 거다. 루도 루라면 어렵지 않게 물리칠 정도의 역량일 터."

"그래. 게다가 지다는 산쥬라의 손에 중상을 입었으니까."

"……그 산쥬라라는 사내, 그놈 같은 실력자가 적이라면 아무리 루도 루라도 위험할지도 모르지. 그 때문에 돈다 루에게 충분한 인원으로 호위할 것을 부탁한 거다. 그러니 아스타여. 모쪼록 괜히 설치지 않도록."

조금 전 해맑은 미소는 온데간데없이 아이 파는 진지한 표정을 하고 있었다. 내 신변을 몹시 염려하고 있다는 것이 그 긴장한 표정만으로도 아프리만치 전해져 온다.

그런데도 아이 파는 자신은 사냥꾼의 일을 해내고 내게는 역참 마을의 일을 다하도록 해야 한다고 각오를 굳힌 것이리라. 나는 아이 파에게 왼손을 잡힌 채 고개를 힘껏 끄덕여 보였다.

"설치지 않을게. 약속해. 서로 맡은 일을 충실히 해내고 둘 다 무사히 돌아오자."

"음" 하며 아이 파는 만족스러운 듯 눈을 가늘게 뜨고는, 내 손을 가슴으로 가져가 꼭 안았다.

내가 패닉에 빠지려던 찰나 그 손이 사뿐히 풀려났다.

"그럼 믿는다, 아스타."

"그, 그래, 맡겨만 줘!"

아침부터 혼란스러운 일투성이다.

하지만 덕분에 나도 내가 해야 할 일을 다시 확인할 수 있었다. 역참 마을에서의 일을 완수하는 것이다.

그리고 파가로 돌아온다.

오늘뿐만이 아니다. 앞으로도 매일 쭉.

아이 파가 위험한 사냥 일을 해내고 매일 집으로 돌아오는 것처럼 나도 반드시 귀환해야 한다. 설령 사이크레우스가 그 어떤 마수를 뻗쳐오든 말이다.

그리고 가능하면 자신이 붉은 수염 골랍의 아들이라고 주장하는 소년 지다의 신병을 확보하고 돈다 루를 포함한 족장들과 만나게 할 것이다. 슈미랄이 찾아냈다는 투란의 미켈이라는 인물과도 올바른 인연을 맺을 수 있도록 힘쓸 것이다. 험한 일은 루가가 맡아준다고 하니 나도 내 일을 완수해 보이자.

그런 생각을 하면서 나는 아이 파에게 벽에 나란히 기대앉자고 말한 뒤 나머지 시간은 시답잖은 이야기를 나누며 휴식을 취하기로 했다.

2

태양이 새벽과 한낮의 가운데쯤 걸렸을 무렵, 체감으로는 아침 9시. 나는 잘 마른 티셔츠를 조끼 안에 입고 시간 여유를 두며 루의 촌락으로 향할 수 있었다.

숲가의 마을에서 역참 마을로 내려가는 길에는 여러 경로가 있다. 그중 내가 실제로 가본 적이 있는 것은 파가에서 가장 가까운 공포의 구름다리를 거쳐 가는 경로와 루가에서 가장 가까운 경로뿐이다.

가장 짧은 경로라면 걸어서 한 시간도 걸리지 않고 역참 마을로 내려갈 수 있다. 그러나 중간에 구름다리가 있어서 토토스의 짐수레를 사용할 수가 없다.

루가에서 가까운 경로라면 걸어서 두 시간 가까이 걸린다. 루가까지 한 시간, 거기에서 역참 마을까지 4, 50분 걸리기 때문이다. 그런데 토토스를 데려가면 그 시간을 대폭 줄일 수 있다. 날이 갈수록 짐수레 운전에 익숙해져 지금은 불과 40분이면 역참 마을에 도착할 수 있게 되었다.

가장 짧은 경로를 걸어가면 한 시간이므로 그런 의미에서는 약 20분밖에 단축되지 않은 것이다. 하지만 그래도 지금껏 엄청난 양의 짐을 인력으로 운반해왔으니 노동력 경감이라는 의미에서는 비교도 되지 않을 만큼 큰 이득이다.

더군다나 지금껏 그 운반 작업을 위해 매일 비나 루가 파가까지 와야만 했다. 그 왕복 두 시간을 다른 일에 쓸 수 있으니 효율은 엄청나게 크다.

그 두 시간은 당연히 『기바 버거』의 준비 작업에 쓰기로 했다. 원래 실라 루가 맡았던 포이탄 굽기에 더해 루가에서 일을 더 가져간 것이다.

여기에 사소한 점까지 언급하자면 지금껏 루가에서 곧장 역참 마을로 갔던 두 사람 몫의 노동 시간도 조금이나마 확보할 수 있었다. 토토스를 이용해 역참 마을에 도착하려면 파가에서는 40분이 걸리지만 루가에서는 20분 정도다. 걸어가면 4, 50분은 걸리는 여정이므로 2, 30분은 시간이 남는다. 왕복으로 따지면 하루에 한 시간 가까이 남는 이 시간도 다른 작업에 할당할 수 있다.

파가와 루가가 맺은 노동조건을 살펴보면 구속시간만이 엄정히 정해져 있다. 따라서 남는 시간도 파가에서 알뜰하게 챙겨 써야만 한다고 미아 레이 아주머니는 내게 단단히 일렀다. 남는 시간을 밑 준비를 돕는 작업에 할당하고 그래도 일손과 시간이 남을 것 같으면 장작을 모으는 데 쓰게 하기로 했다.

그와 같은 새로운 계약 아래 나는 오늘도 루가에서 모두와 합류하여 역참 마을로 내려가게 되었다.

오늘의 멤버는 레이나 루, 실라 루, 라라 루 이렇게 세 명이고 호위역은 어제와 동일하게 루도 루, 신 루, 그리고 분가의 이름 모를 소년 두 명이다. 분가의 소년들은 우리와 같은 짐수레에 타고, 루도 루와 신 루는 루가의 토토스 루루를 몰고 출발했다.

"해가 중천에 떠서 아스타 일행이 여관으로 갈 때는 포장마차를 지키기 위해 레이와 루티무의 남자가 두 명씩 와준다고 해요."

역참 마을로 가는 길에 레이나 루가 알려주었다.

호위역 네 명에 더해 네 명이 더 와주다니. 이는 자츠 슨 일행의 습격을 경계했던 때와 똑같은 인원이었다.

삼엄하다면 삼엄하다고 할 수 있다. 그러나 속셈을 알 수 없는 사이크레우스 쪽이야 어쨌든 숲가의 백성에 대해 복수심에 불타는 소년 지다의 존재가 드러난 이상 이것은 필요한 조치이리라.

하지만 역시 역참 마을에 도착하여 돌의 가도에 들어서니 예전보다 불안과 경계의 마음이 더해진 눈초리가 우리를 맞이하고 있었다.

네 명의 아궁이 당번과 네 명의 사냥꾼으로는 역시 삼엄한 분위기가 앞서고 마는 것이다. 호위역이 아이 파와 루도 루 두 명뿐이었던 그저께보다 마을 사람들의 마음을 명백히 불안하게 했다는 것이 체감되었다. 최소한 지다와의 관계를 개선할 때까지는 그런 눈초리를 견디는 수밖에 없다.

"아, 좋은 아침이에요, 밀라노 마스."

《키뮤스의 꼬리정》에 도착하자 마침 밀라노 마스가 가게 밖으로 나오는 참이었다.

밀라노 마스는 "그래" 하고 고개를 끄덕이고는 앞장서서 여관 뒤편으로 돌아 들어갔다. 포장마차 두 대를 빌리기 위해 나는 레이나 루와 루도 루, 신 루와 함께 넷이서 그를 따라갔다.

"……어제 여관끼리 모임이 있었다."

밀라노 마스가 담장 안쪽에서 포장마차를 달달 끌면서 불쑥 내뱉었다.

"자네, 《서풍정》에도 음식을 납품할 작정인가?"

"네? 거기는 아직 아무것도 정해진 게 없는데요."

내가 놀라며 말하자 밀라노 마스는 "그렇군" 하고 고개를 돌렸다.

"《서풍정》 딸이 그런 소리를 하더군. 그 때문에《남쪽의 대수정》에 가서 자네 요리 실력을 확인할 거라고 말이야."

"그래요? 그런데 거기 주인은 숲가의 백성과 기바에 대해 반감이 심하다고 해서 어떻게 될지는 아직 전혀 모르겠어요."

나는 대답하면서 가슴속에 품고 있던 심정을 털어놓지 않을 수 없게 되었다.

"그리고…… 음식을 납품하는 일은 저는《키뮤스의 꼬리정》에서 먼저 이뤄내고 싶어요."

"뭐?" 하고 밀라노 마스가 놀란 듯이 눈을 동그랗게 떴다.

"그게 대체 무슨 농담이지? 내 가게에서 자네 음식을 팔고 싶다고 지껄이는 건가?"

"네. 서쪽 백성을 위한 여관에서 기바 요리를 팔 수 있게 된다면 그 일을《키뮤스의 꼬리정》에서 제일 먼저 이뤄내고 싶거든요. 물론《남쪽의 대수정》과《현옹정》에도 서쪽 백성 손님이 많이 오고 있기는 하지만, 그래도 역시 그쪽은 어디까지나 남쪽과 동쪽 손님이 중심이잖아요."

"모르겠군. 그렇다고 해서 그게 내 가게를 고집하는 이유가 되지는 않을 텐데."

"아뇨. 밀라노 마스에게는 여러모로 신세를 지고 있으니까, 말하자면 장사에 있어 경쟁 업체인《서풍정》의 의뢰를 먼저 받아들이는 건 뭐라 할지. 매우 의리 없는 짓이라는 생각이 들거든요…….

밀라노 마스는 씁쓸한 얼굴로 입을 다물었다.

나는 그 얼굴을 바라보며 "그렇지만" 하고 덧붙였다.

"당분간은 되도록 거래처를 늘리거나 일을 확대하지 않을 생각이에요. 우리와 인연을 깊게 맺는 탓에 재앙을 부르게 된다면 면목이 없을 테니까요."

"뭐라고? 아무리 성 녀석들과 이야기가 잘 안 풀렸다고 해도 자네 장사를 방해할 이유는 없지 않은가?"

밀라노 마스와 돌라 아저씨, 그리고 《현옹정》의 주인장 네일. 장사하면서 인연을 맺게 된 이들 거래처 사람들에게는 다시 호위를 붙이게 된 이유를 처음 단계에서 밝혀두었다.

그렇다고 사이크레우스의 이름을 언급하면 위험할 듯하여 '숲의 은혜를 훼손한 죄인에게 어떤 처벌을 내려야 하는지 상의했는데 성 사람들과 의견이 맞지 않는다' 정도로만 설명해두었다.

"저도 어제까지는 그렇게 생각했죠. 그런데 또 다른 사정이 생겨서요."

"뭐? 또 뭔가 말썽이 생겼나?"

"네. 원래 이건 밀라노 마스에게도 말하려던 이야기인데요."

거기서 나는 붉은 수염 골람의 아들 지다에 대해 털어놓게 되었다.

10년 전 숲가의 백성이 저지른 죄를 대신 뒤집어쓴 도적단 두

목의 아들이 복수심을 불태우며 이곳 제노스에 모습을 드러냈다고.

이 이야기도 자칫 잘못 퍼지면 사이크레우스의 귀에 들어갈 수 있기 때문에 섣불리 입 밖에 내서는 안 된다. 그러나 밀라노 마스에게만은 전해야 한다고 생각했다. 밀라노 마스 또한 엄연히 그 사건의 관계자이기 때문이다.

"《붉은 수염당》이라. 그 이름을 들었더니 옛날 생각이 나는군."

밀라노 마스는 심기가 좋지 않은 듯 중얼거리며 짧고 굵은 팔로 팔짱을 끼었다.

"그런데 그런 놈들 때문에 자네가 손해를 볼 필요는 없지. 켕길 것이 없다면 가슴을 펴고 일을 계속해야 하는 것 아닌가?"

"켕기는 건 없지만 그동안 슨가 사람이 죄를 범한 건 사실이니까요."

"그 죄인들은 이미 심판을 받았다. 그런데 누가 또 자네들에게 벌을 주기를 원한다는 건가?"

밀라노 마스는 그렇게 말하며 나뿐만 아니라 레이나 루 일행의 모습도 둘러보았다.

"도대체가 10년 전이면 자네들은 모두 코흘리개 꼬마였는데 말이야. 먼 옛날에 있었던 일로 자네들을 탓하다니. ……게다가 그 지다라는 놈은 잘 알아보려 하지도 않고 무작정 습격했다면서?"

"아, 네."

"아무리 숲가의 백성이 밉기로서니 그런 수법이 허용될 리 없지. 의적이니 뭐니 해서 떠받들어진 아버지도 하늘에서 아들의 잘못을 개탄하고 있겠군."

밀라노 마스는 몹시 역정이 나는 모양이었다.

그에게만은 지다라는 소년의 행동에 화를 낼 자격이 있다. 밀라노 마스 역시 지다와 마찬가지로 소중한 가족을 잃은 채 비통한 운명을 견뎠기 때문이다.

"아무튼 그런 놈은 위병에게 맡기라고. 그리고 역참 마을 한가운데에서 여관을 습격하는 어리석은 짓은 하지 않겠지. 그런 짓을 했다가는 그야말로 위병에게 찔려 죽을 테니."

"네…… 그런데 밀라노 마스는 어떠세요?

"엉?"

"제 음식을 이곳 《키뮤스의 꼬리정》에서 취급해주실 수 있나요? 지다라는 소년의 일은 둘째 치고, 어쨌든 저는 《서풍정》보다 빨리, 아니면 최소한 같은 시기에 이곳에 음식을 납품하고 싶거든요."

밀라노 마스는 입을 일자로 꾹 다물었다.

그러고는 "무리로군" 하고 내뱉었다.

"무리인가요……."

"당연하지. 우리 가게에서 자네 음식을 취급했다가는 다른 음식은 하나도 안 팔리게 될 것 아닌가? 그런 위험한 장사는 못 해."

"네에? 서쪽 백성 손님이면 백이면 백 기바 요리를 피하겠죠."

"그래도 자네 음식을 한 번 맛보기 시작하면 나와 딸이 만든 음식은 거들떠보지도 않을 테지. 애초에 우리 여관은 맛있는 음식을 내세워 장사하는 곳이 아니야."

밀라노 마스는 부인을 일찍 떠나보냈기 때문에 《키뮤스의 꼬리정》은 다른 여관보다 음식의 질이 낮다고 전에 카뮤아 요슈가 말한 적이 있다.

나는 주먹을 불끈 쥐고 큰마음 먹고 말했다.

"그럼, 제가 조리 지도를 해드리면 어떨까요?"

밀라노 마스는 이번에야말로 기겁을 한 듯 눈을 휘둥그렇게 떴다.

"죄송합니다. 엄청나게 무례한 제안일지도 모르고, 키뮤스와 카론 고기를 다뤄본 적도 없는 제가 뭘 얼마나 할 수 있을지 잘 모르지만, 그래도 조금은 도움이 될 수 있을 거예요."

"자, 자네에게 그렇게까지 신세를 질 수야 없지! 아니면 지도 대금이라도 가로챌 작정인가?"

"그런 일로 돈을 받을 수는 없죠. 제가 조리 지도를 해드리고 이곳에서도 기바 요리를 취급해주신다면 저한테도 훌륭한 거래인 셈입니다. ……게다가 지금껏 여러모로 신세 진 은혜를 갚을 수도 있고요."

"자네에게 특별히 잘해준 기억은 하나도 없는데!"

"그런가요? 그럼 밀라노 마스는 우리를 무의식중에 도와주신 거네요."

내 입가에 절로 미소가 번졌다.

밀라노 마스는 더욱 씁쓸한 표정을 지었다.

"잘 풀리면 내일부터 《남쪽의 대수정》 일을 일찌감치 마무리할 수 있을 것 같아요. 그럼 빈 시간에 이곳에 들를 수 있으니 시험 삼아 저를 주방에 들여보내 주시면 안 될까요?"

밀라노 마스는 실컷 고민한 끝에 "딸에게 물어보는 게 먼저다" 하고 대답해주었다.

이리하여 해가 중천에 오기 두 시간 전, 내 체감으로는 오전 10시.

포장마차 두 대를 빌려 《키뮤스의 꼬리정》에서 출발한 뒤 우선 돌라 아저씨의 가게에서 채소를 구입했다.

"여, 아스타. 오늘도 늘 사던 대로 주면 될까?"

"아, 오늘부터 당분간은 프라가 필요 없어졌어요. 《현옹정》에 납품할 음식이 바뀌었거든요."

"오, 그렇구나. 그럼 프라는 빼서──."

지금까지는 장사하던 도중이나 집에 가는 길에도 이곳에 들렀지만 짐수레를 장만한 뒤로는 오전 이 시간대에 필요한 식재료를 전부 구입하고 있다.

포장마차 요리에 사용할 아리아 48개, 티노 8개.

여관 요리에 사용할 아리아 100개.

여기에 더해 내일 포장마차용 준비 작업에 자용할 아리아 30개, 포이탄 150개, 타라파 5개.

돌라 아저씨의 가게에서 사는 채소만 해도 어느덧 상당한 양이 되었다.

프라 대금을 포함해도 금액은 적동화 82닢이었다.

"이야, 매일 아리아와 포이탄을 이렇게 많이 사주는 손님은 또 없지. 솔직히 우리 주머니가 제법 두둑해졌단다."

돌라 아저씨가 싱글벙글 웃으며 말했다.

그 옆에서 탈라도 방글방글 웃고 있다.

뚱뚱한 체형이 푸근한 인상을 주는 돌라 아저씨와 리미 루보다 더 홀쭉한 탈라. 체형은 달라도 웃을 때는 눈매가 쏙 닮았다.

"보통 아리아와 포이탄이 다 팔리는 일은 없어서 말이야. 수확한 지 오래돼서 슬슬 상하겠구나 싶을 무렵이면 옆 마을 다백의 푸줏간에 카론의 먹이로 납품을 하지. 그 경우 값도 반값으로 깎아야 했어. 그런데 지난 두 달간은 아스타, 네 덕분에 큰돈을 벌었단다."

"아니에요, 저희도 품절 걱정 없이 채소를 살 수 있어서 큰 도움이 되었어요. ……참고로 아리아는 100개쯤 더 살 건데 양이 그렇게 늘어도 괜찮은가요?"

"뭐?! 여기서 더 사겠다는 소리냐?"

"아뇨, 아직 확정은 아닌데요, 여관하고도 거래를 하게 되면 그 정도는 더 필요할 것 같아서요."

돌라 아저씨는 감탄한 모습으로 두꺼운 목을 끄덕끄덕했다.

"정말 그렇게 된다면 다백에 아리아를 한 개도 납품하지 않게 될지도 모르겠구나! 물론 우리 가게로서는 큰 도움이 되겠어!"

"잘됐네요. ……아, 혹시 그러다 카론의 먹잇값이 오르고 결과적으로 카론의 고깃값까지 오르게 되지는 않을까요?"

"아냐, 걱정 마. 아리아를 재배하는 곳이 우리 가게만 있는 것도 아니니까. 푸줏간에도 팔지 못하고 버려지는 아리아의 양이 줄어들 뿐일 거다."

"그럼 안심이네요."

아리아의 개수를 확인하며 대답하자 마찬가지로 동전 개수를 확인하던 돌라 아저씨가 신기한 듯 고개를 갸웃거렸다.

"아스타, 너는 늘 다른 가게까지 걱정하는구나. 카론 값이 오르면 기바를 파는 너한테는 오히려 유리한 이야기이지 않나?"

"아뇨, 아니에요. 푸줏간이나 다른 포장마차 사람들에게 반감을 살까 봐 두렵거든요. 그래서 어떻게든 장사를 원만하게 계속하고 싶다고 생각할 뿐이에요."

"흠. 그래도 장사를 하면 경쟁하는 것이 당연하니 그런 부분까지 걱정할 필요는 없는 것 같구나."

"네에, 그 생각도 옳다고 생각하지만…… 그래도 역시 숲가의 백성으로서 되도록 반감은 사고 싶지 않거든요."

이 말에 돌라 아저씨는 웬일로 복잡한 표정을 지었다.

"아스타, 너희는 정정당당히 장사하고 있을 뿐이야. 아무것도 걱정할 필요는 없단다. 죄인도 전부 없어졌으니 앞으로는 좋은 방향으로 흘러갈 거라 생각하는데?"

나도 그렇게 되면 좋겠다고 생각했다.

하지만 그러려면 최소한 사이크레우스, 그리고 지다와의 관계에 결판을 내야 할 것이다.

대답하기가 곤란해 잠시 말을 찾고 있자 가만히 이 대화를 지켜보던 탈라가 "있지, 아빠" 하고 돌라 아저씨의 허리 가리개를 잡아당겼다.

"무슨 이야기를 하는지는 몰라도 아스타 오빠를 곤란하게 하면 안 돼, 아빠."

"아냐, 괜찮아, 탈라. ……아저씨, 고맙습니다."

"인사를 받을 만한 말은 안 했는데."

돌라 아저씨는 쑥스러운지 손을 내젓더니 잠시 후 그 손을 탈라의 머리 위에 얹었다. 대화 내용을 다 이해하지는 못했을 텐데 탈라는 만족스러운지 방긋 웃었다.

그런 부녀의 모습에 마음이 따뜻해지는 것을 느끼며 나는 어제 습격받은 일에 관해 고유명사만 숨기고 설명했다. 숲가의 백성에게 깊은 원한을 품은 인물이 대낮부터 습격해왔으므로 돌라 아저씨와 탈라도 모쪼록 조심하라고 말이다.

"그래, 뭐, 그런 녀석들도 아직 적잖이 있을 테지. 우리는 괜찮으니 아스타, 너희야말로 조심해라."

다시 한번 "고맙습니다" 하고 인사하고 나서 우리는 돌라 아저씨의 채소 가게를 뒤로했다.

이리하여 오늘도 포장마차 장사가 시작되었다.

늘 사용하던 공간인 노점 구역의 북쪽 끝에 도착하자 오늘도 서른 명이나 되는 손님이 기다리고 있었다. 《은 항아리》열 명과 건축상 여덟 명, 합해서 18명의 단골손님을 잃은 우리 포장마차 이지만 이른 아침부터 북적대는 손님들의 모습은 여전했다.

『먀무구이』는 나와 라라 루가 맡고, 『기바 버거』는 레이나 루와 실라 루가 맡았다. 머지않아 『기바 버거』 포장마차 운영을 루가에 맡기기 위한 사전 준비로 어제부터 이 인원 배치를 기본으로 하고 있다.

"그러고 보니 리 스도라가 포장마차 일을 도운 지 벌써 보름이나 됐지? 그 사람은 우리가 일하는 시간의 반밖에 일하지 않는데, 일을 익히는 속도가 엄청나게 빠르더라."

라라 루가 그 말을 꺼낸 것은 아침의 첫 손님들을 치르고 나서 겨우 한숨 돌리던 무렵이었다.

"솔직히 나나 비나 언니랑 비교해도 전혀 뒤지지 않아. 대가 말이야, 다시 생각해야 하지 않아?"

"아, 그렇구나. 매번 리 스도라하고 교대로 일하느라 일하는 모습을 거의 못 봤거든. 대가는 생각지도 못했네."

그렇다면 라라 루 일행의 임금은 초임의 1.5배, 즉 적동화 아홉 닢까지 인상했으니, 적동화 세 닢을 받고 일하는 리 스도라도 4.5닢── 소수점은 반올림하여 적동화 다섯 닢을 줘야 한다.

"그런데 작은 씨족에게는 돈 벌 기회를 공평하게 주고 싶다고, 가끔 사람을 바꿔가며 고용한다고 하지 않았어?"

"응, 그랬지. 일단 20일 정도를 기준으로 바꿀 예정이었으니 이제 슬슬 알아봐야겠어. ……라라 루, 고마워. 최근에 너무 요리 개발에만 신경 썼나 봐."

"천만의 말씀이네요" 하고 라라 루는 어깨를 으쓱하고 나서 덧붙였다.

"그럼 내친 김에 말할게. 어젯밤에 또 리미 루가 난리를 피웠어. 레이나 언니만 포장마차 일을 돕게 하는 건 치사하다면서."

하긴. 비나 루의 부상을 계기로 레이나 루까지 합류했으니 이로써 루 본가의 네 자매 중 리미 루만 포장마차 장사를 돕지 못하는 상황이 되고 말았다.

"으음, 어떻게 해야 하나. 원래는 제노스 성과의 관계가 안정될 때까지 레이나 루와 리미 루의 합류는 보류하기로 했잖아. 이렇게 호위역이 있는 동안에는 리미 루에게 부탁해도 괜찮을까? 위험하지 않을까?"

"글쎄? 그런 이야기는 미아 레이 어머니랑 해봐. ……뭐, 오늘처럼 집에 다친 비나 언니랑 리미밖에 남지 않을 경우엔 미아 레이 어머니랑 티토 민 할머니의 일이 좀 늘어나겠지만."

그럼 미아 레이 아주머니와 의논해볼까.

"아, 그런데 그렇게 되면 리미 루는 라라 루, 너랑 하루씩 번갈아 가면서 하게 될 것 같은데, 그래도 괜찮겠어?"

"괜찮아. 하루걸러 하루씩이라면. ……포장마차 일은 재미있으니까 되도록 계속하고 싶지만."

그렇게 말하고 라라 루는 흰 이를 드러내며 씩 웃었다. 이렇게 웃는 얼굴은 오빠인 루도 루를 쏙 빼닮았다.

그때 체격 좋은 서쪽 백성이 포장마차 앞에 훌쩍 나타났다.

"어서 오세요" 하고 인사한 뒤 나는 입을 다물었다. 그는 손님이 아니었기 때문이다.

"여어, 오늘도 장사가 잘 되는 모양이로군. 별일 없는 것 같아 다행이네."

짙은 갈색의 머리와 수염, 밝은 갈색의 눈동자와 볕에 그은 황갈색 피부. 머리에는 터번 같은 모래색 헝겊을 둘렀고 소매 없는 조끼와 원통형 바지를 입은, 산적 두목처럼 쾌활하고 호방해 보이는 장년의 남자. 카뮤아 요슈와 멜프리드의 계획에 협조하여 일전에 슨가를 함정에 빠트리기 위해 상단의 단장을 연기한 남자, 《수호자》 잣슈마였다.

"잣슈마, 기다리고 있었어요. 실은 알려드려야 할 이야기가 있거든요."

카뮤아 요슈와 소년 레이토가 제노스를 떠나 있는 현재, 이 사람이 매일 아침 포장마차를 찾아와 무슨 일이 생기지는 않았는지 확인하는 역할을 맡기로 한 것이다.

《키뮤스의 꼬리정》에는 만일의 사태에 대비해 《수호자》 세 명이 투숙객으로 머물기로 했는데 밀라노 마스가 잣슈마의 얼굴을 알고 있어서 그 역할을 맡지 못했다고 한다.

"흠? 그럼 저 짐수레 뒤에 가서 이야기하겠나? ……아아, 아니지, 바로 움직이면 의심받겠군. 자네는 잠시 후에 움직이게나."

잣슈마는 그 말을 남기고 자리를 떴다. 포장마차에서 더 거리를 둔 다음 뒤쪽 잡목림으로 들어가려는 것이다. 카뮤아 요슈 일행은 지다의 존재를 알기 전부터 이 포장마차가 누군가에게 감시될 가능성까지 고려해 움직이고 있다.

"어쩐지 수상한 남자라니까. 하긴, 그 수상한 금발 남자 동료이니 당연한 거겠지만."

라라 루 님께서는 잣슈마가 별로 마음에 드시지 않는 모양이다.

뭐, 상단의 단장인 척 기꺼이 연기하는 가식적인 인물이 숲가의 백성의 기질에 맞을 리가 없겠지.

나는 딱히 저 사람이 카뮤아 요슈와 비슷하다고는 생각하지 않는다. 잣슈마는 카뮤아 요슈만큼 정체 모를 느낌도 들지 않고, 또 카뮤아 요슈처럼 신기한 흡인력 같은 것도 지니고 있지 않다고 생각한다. 요컨대 카뮤아 요슈만큼 기묘한 인간은 그리 흔치 않다는 것이다.

"그럼 나는 잠깐 다녀올게. 가게 잘 봐줘."

"응. 조심히 다녀와."

라라 루의 가벼운 배웅을 받으며 나는 짐수레 뒤편으로 돌아 들어갔다.

그곳에서 호위를 서고 있던 신 루가 내게 의아한 눈길을 보내왔다.

"카뮤아의 동료가 와줘서 어제 있었던 일을 보고하려고."

"그렇군" 하고 신 루는 고개를 한 번 끄덕였다. 지다의 공격을 받은 것이 어제였기 때문에 그의 얼굴에는 아직 시퍼런 멍이 선명하게 남아 있었다.

그렇게 1분 정도 기루루와 루루를 쓰다듬고 있자 이윽고 숲속에서 분가 소년의 안내를 받으며 잣슈마가 나타났다.

"파가의 아스타. 이 남자는 카뮤아 요슈라는 남자의 동료이며 자네와 대화를 하기로 약속했다고 하는데 틀림없는가?"

"응, 틀림없어. 안내해줘서 고마워."

소년은 "음" 하고 목례를 한 뒤 자리를 떴다.

그의 뒷모습을 지켜보며 잣슈마가 "이것 참" 하고 쓴웃음을 지었다.

"제법 삼엄한 경호로군. 저렇게 어린데도 박력이 대단한 걸 보니 역시 숲가의 사냥꾼이야. 여자들은 죄다 미인이라 호감이 가는데 말일세."

이렇게 경솔한 말을 하는 점이 또 숲가의 백성의 기질에는 맞지 않는 것이리라.

다만 입이 거칠고 세속적인 사람일지는 몰라도 천성이 그리 나쁘지는 않은 것 같다.

"그래서? 대체 무슨 일이 있었다는 건가? 얼핏 봐서는 평화롭게 지내는 것 같은데."

나는 세 번째로 어제 있었던 일의 전말을 말하기로 했다.

잣슈마는 햇볕에 그은 뺨을 문지르며 "오호, 오호" 하고 감탄하는 소리를 냈다.

"붉은 수염 골람의 아들이라니! 진짜 주인공이 나타났군. ……한데 《북쪽의 회오리바람》이 쫓고 있는 건 그의 어미인데 말일세. 아들만으로는 좀 부족하지 않겠나?"

"네. 게다가 그 아들은 숲가의 백성을 몹시 원망하는 것 같았어요."

"흐음. 어미에게 아비가 비열한 책략에 걸려들었다는 이야기를 들으며 자란 건가. 10년 전이면 아들은 서너 살밖에 되지 않았을 텐데."

그렇다면 역시 나와 신 루보다 어리다는 것이다.

확실히 키가 그 나이쯤 되어 보이긴 했지만, 그 어린 나이에 엄청난 증오에 사로잡혀 있다고 생각하니 가슴이 아팠다.

풀어헤친 붉은 머리칼 사이로 엿보이던 육식동물 같은 누르스름한 눈동자. 그것은 숲가의 사냥꾼에도 결코 뒤지지 않을 만큼 격렬히 불타오르고 있었다.

"잣슈마. 만약 그 어머니라는 인물까지 제노스에 숨어 있다면 카뮤아 일행이 하는 일이 완전히 헛걸음이 되어버려요. 이 사실을 카뮤아 일행에게 전할 방법이 없나요?"

"흠. 토토스를 죽일 각오로 타고 가면 따라잡을 수 있을지도 모르나 만약 성공한다 해도 무의미하지 않은가. 어미가 어디 있는지 알아내지 못하는 한 《북쪽의 회오리바람》 일행의 발길을

되돌릴 수도 없을 테니 말일세. 그들은 그들대로, 우리는 우리
대로 수색을 계속할 수밖에 없네."

과연. 그것도 옳은 방법이다.

"한데 마살라의 사냥꾼이라…… 그게 사실이라면 이것 참 번
거롭게 되었군."

그 말에 신 루가 잣슈마를 돌아봤다.

늘 침착한 그 기다란 눈에 사냥꾼의 빛이 일렁인다.

"잠시 대화에 끼어들겠다. 서쪽 사람이여, 당신은 마살라의
사냥꾼이 무엇인지 알고 있는가?"

"응? 뭐, 그런 셈이지. 나도 실제로 본 적은 없네만, 마살라라
는 것은 제노스에서 토토스를 타고 사흘쯤 달려야 있는 산을 가
리키네. 그 마살라에서 잡히는 바로바로 새의 고기가 기가 막히
게 맛있는 걸로 유명하지."

"바로바로 새……."

"단 그 마살라 산에는 가제의 표범이라 불리는 흉악한 짐승도
살고 있어서 어설픈 사냥 실력으로는 바로바로 새를 잡지 못한
다고 하더군. 마살라의 사냥꾼은 제 힘으로 가제의 표범의 숨통
을 끊어놓아야만 비로소 사냥꾼으로 인정받는 모양일세."

그렇다면 그 소년이 걸치고 있던 황갈색 털가죽 망토가 그에
게는 사냥꾼의 옷이라는 말이다.

잣슈마는 시퍼런 멍자국이 있는 신 루의 얼굴을 바라보며 덧
붙였다.

"가제의 표범은 사람만 한 크기의 흉포한 육식동물이라고 하네만. 고작 열서너 살 난 소년이 그런 짐승을 잡을 만한 역량을 갖추었다면 확실히 숲가의 사냥꾼을 당황하게 할 수도 있겠군."

"그렇군. ……귀중한 이야기를 들려주어 고맙다."

신 루는 목례를 하고 입을 다물었다.

잣슈마는 다시 "흠" 하고 뺨을 문지르며 나를 쳐다봤다.

"그럼 붉은 수염 골람의 반려자와 아들은 지난 10년간 마살라 산 근처에 몸을 숨기고 있었다는 이야기가 되는데. 그리고 반려자가 아직 그쪽에 남아 있다고 가정하면, 마살라 산까지는 편도로 사흘이 걸리니 시간적인 여유가 없다고 봐야겠군."

회담 날짜는 보름 뒤다.

왕복으로 엿새를 소비한다면 자유로이 움직일 수 있는 날은 열흘도 되지 않는다. 그리고 카무아 요슈가 곧장 마살라 산을 향하고 있는지도 알 길이 없다.

"우리가 어떻게 해야 하나요? ……아니, 지다가 또 우리 앞에 나타나준다면 어떻게든 험한 일로 번지지 않도록 하고 그간의 사정을 밝히고 싶기는 합니다. 그 밖에 뭔가 손쓸 방법이 없을까요?"

"이렇다 할 방법은 없는 것 같군. 그 어미의 기분을 상하게 하면 《북쪽의 회오리바람》의 계획도 물거품으로 돌아갈 테니 가급적 원만하게 제압하는 수밖에 없겠네. ……한데 그 소년이 부상을 입었다지? 만약 그 몸으로 위병에게 붙잡힌다면 일이 성가셔

지겠군."

"역시 위병이 개입하면 난처한가요?"

"몹시 난처하다네. 예의 그 백작님의 성품이 우리가 예상한 대로라면, 또 그 소년의 태생이 밝혀지면 입이 영구히 봉해지거나 혹은 어미의 입을 봉하기 위한 도구로 취급될 걸세."

잣슈마는 불온한 말을 토해내며 두툼한 어깨를 움츠렸다.

"만약 그 소년이 여관을 이용하고 있다면 머지않아 내 귀에 소식이 닿을 걸세. 마살라의 사냥꾼은 이곳 제노스에서는 싫어도 눈에 띄게 되어 있으니."

"그런가요……?"

"그래. 내 일은 밤마다 여관을 다니며 술도 마시고 정보를 모으는 걸세. 이제야 일한 보람이 좀 생기는 것 같군."

거기서 잣슈마는 악한 사람처럼 히죽 웃어 보였다.

"그러고 보니 자네, 그 채소 장수와 어지간히 친하게 지내는 모양이지? 슨가의 대죄인이 처리된 이후 여관에서 자주 마주치는 것 같네만."

"네? 채소 장수라면 돌라 아저씨 말인가요?"

"이름까지는 모르네. 자네가 매일 아침 들르는 그 남자 채소 장수 말일세."

그렇다면 돌라 아저씨 말고는 없는데.

나는 심박수가 조금 높아지기 시작했다.

"돌라 아저씨가 뭐가 어떻다는 말씀이세요? 그 사람을 괜한 일에 끌어들일 생각은 없는데요."

"그럼 당사자에게 직접 말하게. ……실은 그 채소 장수가 나처럼 밤마다 여관에 나타나서는 숲가의 백성에 대해 이야기하고 다니고 있거든. 숲가의 백성은 참으로 착한 사람들이다, 대죄인은 이미 심판받았으니 남은 사람들은 죄가 없다, 우리는 숲가의 백성에게 더 고마워해야 한다, 뭐 그런 이야기를 하더군."

"…………."

"가끔 숲가의 백성을 싫어하는 손님과 드잡이를 할 뻔하기도 했네만, 요즘은 위병을 부르는 일도 없이 원만하게 이야기하는 모양일세. ……한데 그 사람은 역참 마을의 남쪽에 있는 농장에 사는 것 아닌가? 그럼 처음부터 여관에서 밥을 먹을 필요도 없을 텐데 말일세."

"……그렇군요" 하는 말밖에 나오지 않았다.

나는 도대체 돌라 아저씨와 밀라노 마스, 유미 등 이곳 사람들에게 얼마나 큰 도움을 받고 있는 걸까.

히죽히죽 웃고 있는 잣슈마가 알아채지 못하도록 나는 가슴에 복받쳐 오른 뜨거운 감정을 필사적으로 억눌러야 했다.

3

잣슈마와 대화를 마치고 포장마차로 돌아오자 낯익은 얼굴의 소녀 두 명이 『기바 버거』를 손에 쥔 채 서로를 험악하게 노려보고 있었다.

혼자 포장마차를 지키고 있던 라라 루가 지긋지긋하다는 표정으로 나를 돌아본다.

"이제야 왔네. 아스타, 이 애들 좀 어떻게 해봐."

당연하다고 해야 할지 두 사람은 디알과 유미였다.

디알은 최근 제노스에 들어온 철물상의 딸이고 유미는 여관 《서풍정》의 딸이다. 전자는 남자 같은 옷차림에 머리가 쇼트커트인 소녀이고, 후자는 숲가의 여자들처럼 노출이 많은 옷차림의 요염한 소녀다.

화해했을 터인 두 사람이 어쩌다 또 이렇게 위태로운 분위기를 뿜어내고 있는지 나로서는 곤혹스러울 뿐이었다.

"저기, 대체 무슨 일이야……?"

말을 건네자 두 사람이 동시에 나를 쳐다봤다.

"여, 아스타. ……뭐, 별일 아니야. 큰소리를 내는 것도 아니니 아스타한테 민폐는 아니지?"

"흥. 냉큼 성 밑 마을로 가시지? 너처럼 눈초리가 매서운 여자애가 알짱거리는 것만으로 아스타에게는 민폐가 된다고!"

"눈초리가 매서운 건 너도 마찬가지야. 너야말로 집에 가지 그래?"

"나는 아스타랑 일 얘기를 해야 하거든."

"나도 오늘은 장사 이야기를 하러 왔어."

확실히 목소리는 크지 않다.

그러나 꾹꾹 눌러 담은 격정이 공기 중에 스며 있어 당장에라도 불꽃이 파바박 튈 것 같은 분위기다.

참고로 그 옆에서는 디알의 수행원인 청년 라비스 또한 루도 루에게 험악한 시선을 보내며 불온한 분위기에 기름을 붓고 있었다. 루도 루는 시치미 떼는 얼굴을 하고 있지만 이런 상황이라면 라라 루가 지긋지긋해하는 것도 이해가 갔다.

"어, 어쨌든 잠깐 저쪽으로…… 아니, 도대체 어떻게 된 거야? 어제는 꽤 사이좋은 분위기였잖아?"

"몰라. 나는 그냥 《남쪽의 대수정》에서 먹은 음식 이야기를 했을 뿐인데 이 애가 갑자기 덤벼들잖아."

"흥! 네가 자랑처럼 떠들지만 않았어도 나도 화가 나지는 않았을 거야. ……나도 아스타의 요리를 더 많이 먹고 싶은데."

디알이 풀 죽은 표정을 하자 유미는 "아, 진짜!" 하고 긴 머리를 쓸어 올렸다.

"딱히 자랑하려던 건 아니야. 어찌나 맛있던지 계속 생각나서 그런 거야……. 그게 거슬렸다면 사과할게."

"아니야. ……나도 성급했어. 네가 부러워서 그랬어. 나야말로 미안."

뭐야, 하고 나는 어깨를 축 늘어뜨렸다.

몇 초 전까지만 해도 서로를 험악하게 노려보던 두 사람은 "헤헤" 하고 멋쩍다는 듯 눈빛을 교환하더니 이번에는 웃는 얼굴로 나를 쳐다봤다.

"뭐, 어쨌든. 아스타의 요리 굉장히 맛있더라! 통, 통삼겹조림? 맞나? 기가 막히게 맛있더라!"

"그, 그래? 그렇게 말해주니 나도 기쁘네."

"좋겠다. 그거 타우유를 넣어서 만든 요리지? 나도 먹어보고 싶은데."

디알이 어린아이 같은 순수함으로 다시 투덜댄다. 통삼겹조림은 기바 고기를 깍둑썰기하여 디알의 고향 자갈에서 들여온 조미료인 타우유를 듬뿍 붓고 조린 음식이다.

그런 디알의 모습을 바라보며 유미는 잘록한 허리에 손을 얹고 쓴웃음을 지었다.

"너도 먹으러 가면 되잖아. 밤에는 성 밑 마을에서 못 나와?"

"응. 날이 저물면 위험하다고 아버지가 통행증을 압수하거든. 애초에 밤에는 성문 앞에 있는 도개교도 올라가 있고. ……저기, 아스타. 낮에는 그 요리를 먹을 수가 없나?"

"으음, 조리 시작하는 때가 해가 중천을 지나서거든. 그런데 날이 저물 때까지 기다리지 않아도 여관 주인에게 부탁하면 팔아줄 것 같은데."

"그래?! 그럼 일이 바쁘지 않은 날이면 나도 먹을 수 있을지도 모르겠네!"

디알은 희망이 생겼다는 듯이 생긋 웃었다. 유미도 마음이 놓였는지 미소를 머금고 있다.

어린 남자아이처럼 작고 아담한 디알과 누가 봐도 여성스러운 몸매의 유미. 외모는 극과 극을 달리는 두 사람이지만 웃는 얼굴은 똑같이 매력적이었다.

"그런데 그 통삼겹조림이라는 요리는 어제가 마지막이었어? 주인 말로는 오늘부터 다른 요리가 나올 예정이라던데?"

"어, 맞아. 오늘은 국물 요리를 낼 거야. 고기 요리는 주인이 맛을 보고 나서 결정하기로 했어. 주인이 채용하기로 하면 그 고기 요리도 내일부터 선보일 예정이야."

"정말?! 그럼 그것도 먹어봐야지! 와, 벌써 기대된다."

"쳇! 역시 뭔가 치사하네!"

"아하하. 미안, 미안."

유미는 웃으면서 디알의 머리를 쓰다듬었다.

그렇게 어린아이 취급을 하다가 또 발끈 성깔을 내면 어쩌나 걱정되었지만 디알은 불만스레 뺨을 부풀릴 뿐이었다. 제법 잘 어울리는 콤비다.

"그런데 너도 장사 이야기를 하러 왔다고 하지 않았어?"

"아, 맞다! 아스타한테 보여줄 게 있어!"

디알이 활기차게 말하며 허리에서 칼을 하나 빼 들었다. 오늘은 허리에 호신용 단검과 함께 다른 칼도 차고 있었다.

가죽 칼집에 든 그것은 아무래도 조리칼인 것 같았다. 내 산토쿠 식도나 시무의 채소칼과는 달리 자루가 금속제이고 미끄럼 방지를 위해 대각선으로 물결무늬가 새겨져 있다.

"와. 이게 너희 가게에서 취급하는 조리칼이구나?"

"응! 고기칼이야! 좀 무겁긴 해도 키뮤스의 뼈 정도는 쉽게 자를 수 있어!"

디알이 자루 쪽을 내밀기에 나는 대단한 호기심을 품고 그것을 받아 들었다.

"음, 칼집에서 빼도 되나?"

"칼집에서 빼지 않고도 좋은지 나쁜지 알 수 있어?"

물론 알 수 없다. 그리하여 나는 가죽 칼집에서 칼을 빼보았다.

백강(白鋼) 재질의 아름다운 칼몸이다. 우도(牛刀, 원래 육류용 칼이지만 생선에도 사용하는 등 쓰임새가 많다.)라고 해야 할지 서양 데바(洋出刃, 생선을 토막 내거나 뼈를 자를 때 사용한다. 일식 데바는 외날, 서양 데바는 양날이다.)라고 해야 할지, 전체적으로 산토쿠 식도의 칼몸 폭을 약간 좁힌 것 같은 실루엣이다.

칼날 길이는 20센티미터 남짓. 칼몸의 폭은 약간 늘씬하지만 칼날의 두께가 제법 실하고 자루까지 금속인 것치고는 그리 무겁지도 않다. 산토쿠 식도 못지않게 쓰임새가 많아 보인다.

"그래, 좋은 칼인 것 같아."

산토쿠 식도보다는 무겁고 사냥꾼의 소도보다는 가볍다. 금속 자루도 의외로 손에 착 감기는 맛이 있고 칼몸과의 무게 균형에도 문제가 없어 보인다.

"어때? 괜찮으면 잘 썰어지는지도 확인해봐!"

물론 나로서는 거절할 이유가 없다.

그렇지 않아도 아버지의 혼이 깃든 산토쿠 식도를 아무데나 쓰지 않고 아끼기 위해 마침 고기칼이 필요하던 참이었다. 아이파에게도 미리 구입 허가를 받아두었다.

하지만 역참 마을에서 파는 칼에는 도무지 구미가 동하지 않았다. 슈미랄에게 훌륭한 채소칼을 구입한 탓에 어설프게 눈만 높아진 것이다.

나는 《현웅정》의 주인 네일에게 넘겨줄 예정인 샘플 고기 중 한 꾸러미를 짐수레의 짐칸에서 꺼내와 포장마차 작업대에 펼쳐놓았다. 피코잎을 뿌려둔 통삼겹살이다. 늘컹늘컹 연한 고기의 끄트머리에 칼끝을 대고 한 장, 두 장 얇게 저미자 7밀리미터 두께로 깔끔하게 썰렸다.

저민 고기를 도마 위에 놓고 다져보았다. 순식간에 민스, 즉 다진 고기가 완성되었다.

정말이지 나무랄 데가 없다. 다른 것은 몰라도 최소한 고기를 써는 작업에서는 아버지의 산토쿠 식도에 뒤지지 않았다.

"이야, 좋은데? 나무랄 데 없이 잘 썰려."

"진짜? 그럼 사줄 거야?!"

디알이 기대에 찬 눈길로 몸을 내밀었다.

"으음, 그런데 이거 성 밑 마을에서 파는 칼이지? 그렇다는 것은 값이 꽤 나간다는 거 아닌가?"

"그야 역참 마을에서 파는 칼에 비하면 비싸겠지만 그만큼 품질도 보장해! 값은 백동화 12닢이야!"

백동화 12닢.

슈미랄에게 구입한 시무산 채소칼은 백동화 18닢이었다. 그리고 역참 마을에서 파는 칼은 백동화 4닢에서 5닢 안팎, 아이 파에게 빌린 사냥꾼의 소도는 백동화 6닢이다.

백동화 12닢을 기바의 뿔과 엄니로 환산하면 대략 열 마리분이 나온다. 결코 저렴하지 않다. 그러나 이미 20년이나 버텨온 산토쿠 식도를 계속 혹사하고 싶지는 않았다.

"그래, 결정했어. 디알, 이거 나한테 팔래?"

"야호! 고마워!"

디알은 진심으로 기쁜 듯이 웃었다.

천진난만하게 웃는 그 얼굴에 나와 유미도 절로 미소가 머금어졌다.

"그런데 갑자기 왜 고기칼을 가져온 거야? 마침 나도 좋은 칼을 찾고 있던 중이긴 한데."

"뭐어? 그야 아스타가 자갈의 칼을 쓰지 않는 게 분해서지! 저 채소칼은 아무리 봐도 시무의 칼이고 거기 있는 그 칼도 자갈의 칼이 아니잖아."

디알이 느닷없이 진지한 눈길로 작업대 위의 산토쿠 식도를 쳐다본다.

"그거 굉장히 좋은 칼이지? 어느 나라에서 만들었는지는 몰라도 좀 놀랐어. ……그래서 그 훌륭한 칼에 지지 않을 최고급 칼 중에서 만듦새가 가장 좋아 보이는 걸 골라 온 거야!"

"그랬구나. 정말 기뻐, 고마워. ……그런데 훌륭한 칼일수록

귀족인 주요 고객에게 팔아야 하는 거 아니야?"

"흥! 나는 귀족의 고용 요리사보다 아스타가 훨씬 대단하다고 생각하거든! 가장 훌륭한 칼은 가장 훌륭한 요리사가 썼으면 좋겠다고 생각했을 뿐이야."

그렇게 말하고 이번에는 당찬 미소를 띠는 디알이었다.

어떤 웃는 얼굴이라도 감정이 솔직하게 드러나서인지 매력의 정도에는 변화가 없다. 처음 만난 그날에는 밉살스럽기 짝이 없는 미소였는데, 하는 생각에 나는 살짝 웃음이 났다.

"그럼 또 보자! 내일도 꼭 올게!"

"나도 일하러 가야겠어. 아스타, 오늘 여관의 저녁식사도 기대하고 있을게!"

결국 내 가슴에 따뜻한 것을 남긴 뒤 디알과 유미는 각각 북쪽과 남쪽을 향해 갔다.

그녀들과 교대로 포장마차 앞에 훌쩍 나타난 사람은 동쪽 백성의 풍모를 지닌 서쪽 백성 산쥬라였다.

"아스타, 한 개, 부탁합니다."

"아, 어서 오세요. 매번 고맙습니다. ……저기, 어제는 여러모로 고마웠어요."

"고마워할 것까지는 없습니다. 서쪽 백성으로서, 당연한 일입니다."

산쥬라가 후드를 뒤로 젖혀 밤색의 긴 머리칼을 드러내며 온화하게 미소 지었다.

그 웃는 얼굴에 마음의 위안을 느낀 것도 잠시, 산쥬라가 그야말로 엄청난 말을 내뱉었다.

"도적의 아이, 잡혔더군요. 안녕, 지킬 수 있어 다행입니다."

"네?!" 하고 나는 놀라서 그 자리에 멈춰 섰다. 얼굴에서 핏기가 가시는 것이 스스로도 느껴졌다.

"자, 잠깐만요! 어제 그 소년이 위병에게 붙잡혔다는 말인가요?"

"아닙니까? 수배서, 돌지 않았기 때문에, 나, 그렇게 생각했습니다만."

"수배서요?"

"네. 죄인, 신고되면, 위병 대기소 앞, 인상서(범죄자를 잡기 위해 외모의 특징을 적어서 돌리는 글)가 게시됩니다. 그런데, 아까 봤더니, 아무것도 없었습니다. ……그래서, 벌써 잡혔는 줄 알았습니다만."

산쥬라가 어리둥절해하며 고개를 갸웃거린다.

나는 멈췄던 숨을 한숨으로 토해냈다.

"그런 게 있었군요. 하아, 놀랐네……. 아니, 죄송해요. 실은 저희가 아무런 조치도 안 했거든요."

"위병, 신고, 하지 않았습니까?"

이번에는 산쥬라가 놀랐는지 눈을 동그랗게 떴다. 표정의 변화가 그리 크지는 않지만 역시 시무인의 풍모이기에 몹시 드물게 느껴졌다.

하지만 그런 것에 감탄하고 있을 때가 아니었다.

"공격받았으니, 위병, 신고해야 합니다. 죄인, 내버려두면, 다

71

른 사람에게 피해가 갑니다."

"아, 이럴 때는 제대로 피해 신고를 하는 것이 서쪽 백성의 의
무였군요. ……그런데 그 소년은 숲가의 백성만 노리는 것 같았
으니 마을 사람들은 위험하지 않을 것 같아요."

"그러면, 아스타 일행이 위험합니다."

"저희는 괜찮아요. 이렇게 듬직한 동료들이 지켜주고 있거든요."

산쥬라가 엷은 색조의 눈동자로 포장마차 곁에 서 있는 루도
루를 쳐다봤다.

루도 루는 라비스를 상대하던 때와 비교도 되지 않을 만큼 진
지한 얼굴로 그 시선을 받아냈다.

"……그래도, 위병에는 신고해야 한다, 생각합니다. 혹시, 사
양하고 있습니까?"

"사양이라뇨?"

"숲가의 백성, 제노스에서는 복잡한 입장이라고 들었습니다.
나, 제노스는 별로 오지 않기 때문에 잘 모릅니다만, 숲가의 백
성, 사람들이 두려워하거나, 괴롭히고 있기도 하지요?"

산쥬라가 매우 진지한 표정으로 말하며 몸을 내밀었다.

"그래도, 숲가의 백성, 서쪽 신 셀바의 아이입니다. 나도 어머
니, 시무 백성입니다만, 나 자신은 셀바의 아이입니다. 서쪽 백
성, 모두 동포입니다. 사양, 필요 없습니다. 위병, 의지해야 한
다, 생각합니다."

사양해서가 아니다.

이 일만큼은 사이크레우스의 동생이 단장을 맡고 있는 위병을 의지할 수도 없다. 이러한 속사정을 지나가는 손님에 불과한 산쥬라에게 밝힐 수도 없는 노릇이다.

"……역시, 내키지 않습니까?"

"네. 죄송해요……."

"그렇다면, 나, 대신 신고할까요? 나, 무관하지 않으므로, 신고할 자격, 있다고 생각합니다."

"아, 아뇨! 그러시면 저희가 곤란해져요."

아무래도 모든 사정을 숨기는 것은 어려워 보인다.

나는 황급히 설명할 말을 생각해냈다.

"어, 그러니까 말이죠. 그 소년은 숲가의 백성에게 깊은 원한을 품고 있는 것 같았어요. 오해가 있으면 제대로 대화를 해서 풀어야 한다는 게 저희 생각이에요. 그 전에 소년이 죄인으로 붙잡혀버리면 오해를 풀 기회가 없어지잖아요. 그래서 위병에게 신고하지 않았던 거예요."

잘 생각하면 떳떳하게 신고할 수 없는 이유가 사이크레우스의 존재 말고는 없는 듯했다.

10년 전에 자츠 슨 일행이 죄를 저지른 것과 《붉은 수염당》이 누명을 쓰고 처단되었다는 것은 주지의 사실이 되고 있으니 숨길 필요도 없으리라. 오히려 더 많은 사람이 알아야 한다.

다만 가능하면 지다의 태생은 밝히고 싶지 않다. 그 소식이 어디에서 어떻게 사이크레우스의 귀에 들어갈지 알 수 없기 때문이다.

다만, 지다는 여기 있는 산쥬라 앞에서도 자신을 붉은 수염 골람의 아들이라고 밝히긴 했다. 산쥬라는 그 이름에 전혀 반응하지 않았다. 이곳 제노스 태생이 아니라는 산쥬라는 《붉은 수염당》에 관한 예비지식이 없을지도 모른다.

어쨌든 산쥬라는 그 이상의 설명을 요구하는 일 없이 조금 슬픈 표정으로 물러서주었다.

"그렇습니까. 뭔가, 사정이 있는 것 같군요. ……주제넘은 말을 해서, 죄송합니다."

"주제넘다뇨, 그렇지 않아요. 산쥬라의 마음 씀씀이가 기쁜 걸요."

"아스타 일행, 무사를 기원합니다. 오해, 풀리기를, 바랍니다."

산쥬라는 마지막으로 다시 온화한 미소를 남기고 『먀무구이』를 손에 든 채 자리를 떴다.

"으음, 역시 저 녀석은 상당한 실력자가 틀림없어. 오른팔 부상이 회복되기 전에는 나도 질 것 같지는 않지만."

그 훤칠한 뒷모습이 사람들 틈에 섞이는 것을 지켜보며 루도루가 중얼거렸다.

"그러지 마. 저 사람은 어제 우리를 도와줬잖아. 말하자면 은인 아니야?"

"알아. 그런데 내 손으로 쓰러뜨릴 수 있을지 모를 녀석이 주위에 얼쩡거리니까 신경이 쓰여서 가만히 못 있겠다고. ……숲가의 백성이면 또 모를까 저 녀석은 마을 사람이잖아."

숲가의 사냥꾼이란 그런 것일까.

그러고 보니 아이 파도 여전히 산쥬라에게는 경계심을 풀지 않는 모습이다.

'제노스와 건전한 관계가 구축되면 그런 감각도 누그러질까.'

숲가의 백성이 서쪽 백성을 동포로 여기는 날이 과연 올까? 그리고 서쪽 백성이 숲가의 백성을 동포로 여기는 날도 올까?

그런 아득한 생각에 마음을 맡기고 있는 사이 드디어 해가 중천에 떠오르고 있었다.

제2장 ★★★ 백의 하루, 아스타의 하루(후)

1

해가 중천에 떴다. 정오인 것이다.

이 시각부터 실라 루 일행에게 포장마차 장사를 맡기고 여관을 도는 것이 내 하루의 업무다.

조리할 때 한 사람 더 조수로 데려가야 하기에 포장마차 장사에는 리 스도라가 합류한다. 그리고 아침결에 레이나 루가 일러준 대로 루티무와 레이의 젊은 사냥꾼이 두 명씩 마을로 내려온 덕분에 루도 루를 포함한 네 명은 그들에게 포장마차 호위를 맡기고 문제없이 우리와 동행할 수 있었다.

조수를 부탁할 사람은 당연히 레이나 루다. 그녀는 포장마차 책임자를 맡은 실라 루를 부러워하면서도 여관의 조리를 돕는 일에도 큰 보람을 느끼는 것 같았다.

가장 먼저 들른 곳은 동쪽 백성의 단골 여관인 《현옹정》이다. 평소 같으면 루도 루가 주방까지 따라 들어오려고 할 테지만 오늘은 신 루가 그 임무를 맡고 나머지 세 명이 여관 밖을 감시하기로 했다.

"잘 들어. 붉은 머리의 애송이를 발견하면 절대로 혼자 덤벼들지 말고 풀피리로 동료들을 부르는 거다."

그렇게 지시를 내리는 루도 루의 눈빛에서 왠지 기대감이 잔뜩 느껴졌다. 신 루를 격퇴한 마살라의 사냥꾼이 과연 어떤 실력을 갖추었는지 대단히 흥미로운 모양이다.

그런 그들에게 인사말을 전하고 우리는 《현옹정》 안으로 들어갔다.

"네일, 약속대로 기바 고기를 가져왔어요."

내가 주방에 들어가 가져온 꾸러미를 펼쳐 보이자 네일은 무척 기쁜 듯이 눈동자를 반짝였다. 네일이 마침내 기바의 신선육을 구입하겠다고 결단해주어 오늘 냉큼 샘플을 가져온 것이다.

"고맙습니다. 오늘 고기는 맛보기용이라고 들었는데 맞습니까?"

"네. 기바 고기는 부위별로 맛이 다를 뿐 아니라 한 마리에서 얻을 수 있는 양에도 꽤 차이가 있기 때문에 부위별로 조금씩 다른 가격을 매기려고 해요."

나는 설명하면서 꾸러미를 하나둘 펼쳤다.

"단, 나오는 양이 적다고 해서 품질이 좋아지는 건 아니에요. 가격에 상관없이 각 부위가 지닌 고유의 맛깔스러움이 있으니 우선 확인을 부탁드려요."

"과연. 카론은 다리보다 몸통이 더 연하고 맛있다고 하던데 기바 고기는 어떻습니까? 매우 관심이 가는군요."

네일은 진지한 눈길로 조리대 위의 고기를 살펴봤다.

오늘은 부위별로 네 종류의 고기를 200그램씩 준비해 왔다. 앞다리살, 등심, 삼겹살, 뒷다리살 이렇게 네 종류다. 안심이나 목심처럼 희소한 부위는 다른 부위에 비해 가격이 눈에 띄게 비싸기 때문에 샘플 목록에는 넣지 않았다.

"기바도 가장 많이 나오는 부위가 뒷다리살인데요, 이걸 카론의 다리와 똑같은 가격으로 설정하려 합니다. 그걸 기준으로 해서 얻어지는 양에 따라 가격의 비율을 계산했어요."

네일은 저녁 식사용 고기를 하루에 10인분, 약 2.5킬로그램을 시험 삼아 구입하고 싶다고 했다.

그렇다면 가격은——.

뒷다리살이 적동화 9닢.

앞다리살이 적동화 11.5닢.

등심이 적동화 14.5닢.

삼겹살이 적동화 16.5닢.

이렇게 계산이 된다.

"굽느냐 삶느냐에 따라 맛이 달라지니 다양한 방법으로 시험해보세요. 물론 뒷다리살 5인분, 앞다리살 5인분 이렇게 구입하셔도 문제없습니다."

"고맙습니다. 참고로 구이 요리에 어울리는 부위, 푹 삶는 요리에 어울리는 부위가 따로 구분되어 있습니까?"

"개인적으로 뒷다리살과 앞다리살은 육질이 거칠고 질기기 때문에 푹 끓여 먹어야 맛있습니다. 그런데 미리 호리병이나 나무봉으로 두드려서 섬유와 힘줄을 끊어주거나 고기를 얇게 썰어서 먹으면 질겼던 식감이 훨씬 연해져요."

"과연. 여러모로 시도해볼 가치가 있겠군요."

네일은 그렇게 말하고 또 기쁜 듯이 눈을 가늘게 떴다.

일전에 카뮤아 요수는 여관 요리는 가정 요리의 연장에 불과하다고 말했다. 그런데 이곳《현웅정》의 주인장인 네일과《남쪽의 대수정》의 주인장 나우디스는 요리에 정성과 힘을 쏟는 것처럼 보였다.

그 밑바탕에는 고향을 떠나 제노스에 온 동쪽과 남쪽 손님에게 만족감을 주고 싶다는 강렬한 바람이 깔려 있을 것이다. 그런 사람들이기에 값비싼 이국의 조미료를 사들이고 또 나처럼 정체 모를 이방인의 요리를 여관에서 팔고 싶다고 말해주었으리라 생각한다.

"그럼 오늘의 일을 시작하겠습니다."

나는 레이나 루의 도움을 받아 30인분의 『기바소테 아라비아 타풍』조리에 임하기로 했다.

한 시간 가까이《현웅정》의 일을 처리한 뒤 이번에는《남쪽의 대수정》으로 이동했다.

어제 이맘때 이 길에서 지다의 습격을 받았지만 오늘은 무사히《남쪽의 대수정》에 도착했다.

"오오, 아스타, 기다리고 있었어요."

주인장 나우디스가 웃는 얼굴로 맞아주었다.

그러나 오늘부터 다시 숲가의 사냥꾼이 출입구를 감시했으면 좋겠다고 부탁하자 그 웃는 얼굴이 다소 흐려졌다.

"또 무슨 골치 아픈 일이라도 생겼나요? 성 사람과 이야기가 잘 안 되었나요?"

밀라노 마스, 돌라 아저씨, 잣슈마, 산쥬라, 네일에 이어 여섯 번째로 설명을 했다.

성 사람과 사이가 나쁠 뿐 아니라 이번에는 숲가의 백성에게 원한을 품은 자에게 습격을 당했다. 따라서 호위를 강화했으면 좋겠다는 뒤숭숭한 이야기였다. 설명을 할수록 나우디스의 얼굴은 어두워졌다.

"흠…… 그것참 난감한 이야기로군요……."

나우디스는 네일과 달리 숲가의 백성을 중립적인 자세로 대하는 듯하다. 숲가의 백성을 기피할 이유도 없거니와 옹호할 이유도 없으니 그저 중요한 장사 상대로 존중해주는 느낌이었다.

따라서 이런 일이 계속되면 우리에게 관여하는 것으로 불이익을 받을지도 모른다고 판단할 가능성이 없지는 않을 것 같지만, 일단 오늘은 "돌아가"라는 말은 하지 않았다.

"생각건대 지난번에 그런 난리가 났었는데도 불구하고 성 사람이 우리에게 아무런 고지도 하지 않는 것은 문제가 아닐까 합니다. 숲가의 백성과 성 측 양쪽에게 미흡한 점이 있었다. 향후 똑같은 실수를 되풀이하지 않도록 노력하겠다, 이렇게라도 말해주면 역참 마을 사람도 더 안심할 수 있을 텐데 말이에요."

나우디스는 그렇게까지 말해주었다.

"모든 사실이 드러난 것 같으면서도 아닌 것 같은 찜찜함이 우리 가슴에도 적잖이 남아 있답니다. ……뭐, 성 사람이 자기들 수치나 실패에 대한 이야기를 입 밖에 낼 리는 없을 테지만요."

그것은 제노스 성과 역참 마을의 관계가 얼마나 얄팍한지 잘 나타내는 말이기도 했다.

역참 마을에 처음 발을 들여놓은 지 벌써 한 달 반이 되었다. 나는 역참 마을 사람이 제노스 성이나 위병에 대해 호의적인 발언을 하는 장면을 한 번도 본 적이 없다. 멜프리드라는 미래의 제노스 영주는 이 현상을 심각하게 받아들이고 타파해야 하지 않을까.

"그나저나 우리 거래 이야기를 해야겠군요. 오늘도 새로운 요리를 먹을 수 있다는 기대에 부풀어 기다렸답니다."

"네. 그럼 오늘 약속된 요리부터 만들겠습니다."

《남쪽의 대수정》의 메뉴도 오늘부터 변경된다.

오늘의 메뉴는 국물 요리다. 이름은 뭘로 할까. 『타우유로 맛을 낸 기바 수프』로 할까. 사실 이 요리는 파가의 저녁 식사로 만든 전골과 거의 비슷하다.

기바 고기는 뒷다리살과 앞다리살, 삼겹살 이렇게 세 종류, 채소는 아리아와 티노, 찻치, 기고 네 종류. 이 재료들을 냄비에 넣고 끓인 뒤 돌소금과 타우유로 맛을 낸다. 켄친지루(볶은 두부,

우엉, 표고를 넣어 끓인 장국)를 생각하며 만든 최신판『기바 수프』다.

채소 가짓수는 풍부해도 각각의 양을 줄였기 때문에 원가율도 최저치로, 고기를 제외하면 23퍼센트, 고기를 넣으면 60퍼센트다. 『기바 통삼겹조림』에는 타우유와 과실주를 대량으로 사용하기 때문에 원가율이 『기바 수프』보다 약 5퍼센트 상승한다.

평소 먹던 수프와 딱 하나 다른 점이 있다면 처음에 고기를 끓일 때 리로잎을 넣어 누린내를 철저히 제거한다는 점이다. 피 빼기를 한 고기이기 때문에 누린내가 진하게 남아 있지는 않지만, 키뮤스나 카론에 비해 특유의 풍미가 강한 기바 고기를 잘못 먹는 사람도 적지 않은 듯하여 한 번 더 신경을 쓴 것이다.

이 요리에서 내세울 점은 감자 같은 찻치와 마 같은 기고이다. 찻치는 냄비에 물과 함께 집어넣어 푹 끓이고 기고는 모든 채소가 익으면 마지막에 넣는다. 이렇게 하면 둘 다 포근포근한 상태로 먹을 수 있다.

"좋았어. 이제 거품을 다 걷어내고 약한 불로 뭉근히 끓이면 돼."

"네. 맡겨만 줘요."

레이나 루가 생긋 미소 짓는다. 사실 수프를 끓이는 실력은 나와 동등하거나 나보다도 더 훌륭하기 때문에 안심하고 맡길 수 있다.

여담이지만 아이 파도 아직 수프만큼은 "아스타, 네가 끓인 게 더 맛있군"이라는 말을 명확하게 한 적이 없다. 마지막으로 해준 소감은 "거의 호각이라고 말할 수밖에 없을 듯하군……"이었다.

어쨌든 레이나 루에게 수프를 맡긴 뒤 나는 오늘의 시식품을 만들기 시작했다. 나우디스는 『기바 수프』의 맛을 인정하긴 했어도 아직은 메뉴에서 『기바 통삼겹조림』을 빼지 않기를 간절히 원하고 있다. 오늘 선보일 요리는 그 『기바 통삼겹조림』을 대신할 새로운 고기 요리다.

"오늘 요리에도 이름이 있나요?"

"네. 『고기 찻치조림』이라는 이름이에요."

그 대답에 나우디스는 눈을 동그랗게 뜨고 나를 멀거니 쳐다봤다.

"『기바 찻치조림』이 아니라 『고기 찻치조림』이라고요? 왜 그런 이름이 붙은 건가요?"

"아하하. 제 고향에서는 그렇게 부르거든요. 그리고 《현옹정》에 『기바 치트』라는 요리를 납품한 적이 있어서 그것과 구별하는 게 좋겠다 싶어서요."

단 내 고향에는 찻치라는 채소는 존재하지 않는다. 존재한 것은 찻치와 흡사한 맛을 지닌 감자다. 따라서 이 요리는 내 고향에서는 『고기 감자조림』에 해당한다.

'이건 《츠루미야》에서도 질리도록 만들었는데.'

하지만 환경이 다른 까닭에 조리법도 달라진다. 건더기 재료는 감자와 양파의 대용품인 찻치와 아리아만 있으면 충분하지만 애석하게도 내 주위에는 간장도 설탕도 미림도 없다. 있는 것이라고는 간장과 흡사한 타우유, 그리고 와인과 흡사한 과실주뿐이다. 과실주의 당도가 와인보다 훨씬 높기 때문에 그나마 『기바 통삼겹조림』이나 『고기 찻치조림』을 만들기로 결심할 수 있었다.

'건더기야 어쨌든 조미료가 부족한 건 어떻게 해야 하나.'

그런 생각을 하면서 쇠 냄비에 기바의 비계를 한 조각 떨어뜨려 삼겹살을 볶았다.

붉은 기가 살짝 남아 있는 단계에서 아리아와 찻치를 넣고 볶다가 기름이 골고루 배면 타우유와 과실주와 물을 부어준다.

한소끔 끓인 뒤 거품을 걷어내고 나무 뚜껑을 덮고 중간 불로 보글보글 끓인다. 이제 찻치가 부드럽게 익을 때까지 열을 가해 주면 완성이다.

"……이제 기다리기만 하면 되나요, 아스타?"

옆 아궁이에서 작업 순서를 열심히 살펴보던 레이나 루가 물었다.

"그래" 하고 대답하자, "그럼 꽤 간단한 요리네요" 하는 대답이 돌아왔다.

"맞아, 작업 면에서는 간단하지. 그만큼 타우유와 과실주의 비율, 끓이는 시간, 불의 세기로 맛이 달라져."

게다가 이 세계에는 계량컵과 가스레인지도 존재하지 않는다. 이런 불안정한 환경에서는 요리하는 사람의 감각이 더욱 중요해진다.

"내 고향에서도 옛날엔 가정 요리의 대명사 같은 요리였거든.

그런데 의외로 이런 요리가 햄버그나 통삼겹조림보다 조리법을 전수하기가 더 어려울지도 모르겠어."

"그렇군요" 하고 레이나 루의 눈빛이 더 열정적으로 빛났다.

"음. 타우유와 과실주 향기가 향긋하군요" 하고 나우디스가 큼직한 코를 벌름거린다.

"나도 요리할 때 과실주를 쓰기도 하는데 아스타만큼 대담하게 쓰지는 않았거든요. 과실주를 넣음으로써 생기는 부드러운 단맛은 그야말로 남쪽 백성 입맛에 딱 맞겠군요."

"아, 그러고 보니 자갈에는 설탕이 존재하죠?"

일전에 건축상인 알다스 일행이 말하는 것을 들었다.

"제노스에도 존재하기는 할 거예요. 다만 돌담 밖에서 파는 모습은 본 적이 없군요."

"성 밑 마을에서만 취급할 만큼 귀한가요? 으음, 역참 마을에는 조미료가 없어도 너무 없네요. 타우유도 남쪽 행상인과 특별한 연줄이 없으면 얻지 못하는 거죠? 어디 보자, 그럼 돌소금 외에 쉽게 구입할 수 있는 조미료가 없다는 건가요?"

"없다고 대답하는 것이 가장 적확하겠지요. 먀무 향초를 채소로 볼지 조미료로 볼지는 사람마다 다를 테니 말이에요."

나는 아궁이에 작은 장작을 밀어 넣으며 "과연" 하고 고개를 끄덕였다.

"그러고 보니 피코잎이나 리로잎도 파는 걸 거의 못 봤어요. 아주 가끔 돌소금과 함께 가게에서 파는 모습을 보긴 했지만요."

"이 부근에서 피코잎과 리로잎은 모르가 숲에서만 캘 수 있으니까요. 그걸 양껏 캘 수 있다는 건 숲가의 백성에게 몇 안 되는 특권일 테죠."

나우디스가 빈정대거나 비꼬는 말로 들리지 않도록 단어를 신중히 고르는 것이 전해졌다. 분명히 나우디스도 숲가의 백성을 특별 취급하지 않으려고 애쓰고 있음이 틀림없다.

"그럼 역참 마을에서는 고기를 저장하려면 소금에 절이는 것 말고는 방법이 없다는 말씀인가요?"

"그렇죠. 매일 신선한 고기를 사는 건 번거로운 데다 한꺼번에 많이 사지 않으면 값도 비싸지니까 대부분 며칠분의 고기를 사서 소금에 절이는 거죠."

"그렇군요."

일이 잘 풀리면 나는 그 카론이나 키뮤스 고기를 이용해 밀라노 마스에게 조리 지도를 하게 될지도 모른다. 기바가 아닌 다른 고기를 가지고 제대로 요리를 할 수 있을까. 내 입장에서 도전 정신을 자극하는 전개이기는 하다.

"아, 잠깐 실례할게요."

슬슬 다 되었겠구나 싶어 나는 쇠 냄비 뚜껑을 치웠다.

그 순간 타우유와 과실주 향기를 머금은 수증기가 폭발하듯 피어올랐다.

건더기가 잠길랑 말랑 했던 국물은 절반으로 줄어 있었다.

나는 나무 주걱으로 쇠 냄비 속을 한 번 젓고 나서 그리기 이

쑤시개로 찻치를 찔러봤다.

이쑤시개는 아무런 막힘도 없이 쑥쑥 잘 들어갔다.

그렇다면 맛은 어떨까.

찻치를 이쑤시개로 쪼개 삼겹살과 함께 한 조각씩 먹어봤다.

은은하게 달고 보드라운 맛이다. 찻치는 포근포근하고 고기는 적당히 연하다. 씹어보니 달콤함과 감칠맛이 한데 어우러져 입속에 퍼진다.

'그래도 역시 단맛이 덜하네. 조금만 더 진하면 이상적인 맛일 텐데.'

나는 호리병에 든 타우유를 나무 숟가락에 반만 따른 다음 나무 접시에서 국물에 풀어 냄비에 추가로 넣었다.

찻치가 부서지지 않도록 냄비를 조심히 저어주고 다시 한소끔 끓였다가 맛을 봤다.

제법 괜찮은 맛이다. 원래 이것도 통삼겹조림과 마찬가지로 일단 식히고 나서 간이 배도록 해야 가장 맛있지만. 이 단계에서도 만족할 만한 맛이다.

나는 새 나무 접시에 쇠 냄비 속 건더기를 퍼 담았다.

"자, 드셔보세요. 이만큼이 1인분의 절반이에요."

고기는 120그램 전후, 아리아는 반 개, 찻치는 4분의 1개.

가능하면 찻치를 더 넉넉히 담고 싶었지만, 원가를 『기바 통삼겹조림』과 비슷하게 낮추기 위해서는 이것이 최선이었다. 찻치는 아리아의 2.5배 정도 비싼 식재료다.

'저렴한 아리아와 포이탄 값을 기준으로 삼으면 아무래도 비싸게 느껴진단 말이야.'

나는 그런 생각을 하면서 나머지 반을 다른 나무 접시에 먹기 좋게 담았다.

"레이나 루, 불 당번은 내가 대신 할 테니 이거 맛 좀 봐줄래?"

"앗, 그래도 돼요?"

레이나 루는 어린아이처럼 기뻐했다.

나우디스도 레이나 루 못지않게 싱글벙글 웃고 있다.

두 사람은 동시에 나무 숟가락을 입으로 가져가더니 동시에 희색을 터뜨렸다.

"아스타, 맛있어요!"

"음, 맛있군요."

특히 나우디스는 눈꼬리와 눈썹이 축 내려가 있었다.

"아아, 정말 맛있군요. 찻치의 부드러운 식감도 훌륭하고 단맛이 배어든 아리아도 각별해요. 심지어 기바 고기까지 맛있군요……. 이건 그 삼겹살조림이라는 요리보다 더 채소 본연의 맛을 살린 요리로군요!"

"고맙습니다. ……그런데 이건 삼겹살조림이나 수프와 달리 리로잎을 사용하지 않았어요. 양념이 그리 강한 편도 아니라서 기바 고기 특유의 풍미가 남쪽 백성 손님에게 거부감이 들지는 않을지 그게 좀 걱정이에요."

"그 점은 괜찮을 겁니다. 나는 기바 수프에도 리로잎을 넣을

필요는 없지 않나 생각하거든요. 리로잎의 강한 향기가 타우유의 풍미를 조금은 해치는 것처럼 느껴져서요."

참으로 날카로운 지적이었다.

리로잎이 『기바 수프』의 맛과 조화를 이루었다면 나도 파가에서 그 수프를 끓일 때 리로잎을 사용했을 것이다. 리로잎은 어디까지나 누린내 제거를 위한 고육지책이다.

"애초에 나는 기바 고기에서 누린내가 많이 난다고 생각하지도 않는답니다. 이 풍미를 싫어하는 손님이 있다는 사실이 신기하게 느껴질 만큼 말이에요."

나우디스가 여전히 웃는 얼굴로 고개를 살짝 기울였다.

털보 아저씨이지만 제법 매력적인 동작이었다.

"어쩌면 기바는 사람이 먹을 만한 고기가 아니라는 선입견 때문이 아닐까요? 기바 고기의 맛은 카론이나 키뮤스와 크게 다른데다 특유의 풍미가 강한 것도 사실이니 그런 선입견과 결부되면 혐오감이 생길 수도 있겠지요."

그러고 보니 바란 반장 일행은 그런 선입견을 가진 상태에서 『기바 버거』를 시식한 뒤 '맛없다'는 평가를 내렸다.

그런데 한 달 뒤에는 카론이 아닌 기바의 육포를 대량으로 구입해주었다. 바란 반장은 "한 달이나 먹었더니 강한 풍미에 익숙해졌다"라고 말했다.

"아스타가 포장마차 장사를 시작한 지 한 달이 훌쩍 넘었지요? 그렇다면 역참 마을에도 기바 고기가 먹을 만한 고기라는 평판이 퍼졌을 겁니다. 이 특유의 풍미야말로 기바의 매력이니 그걸 줄여주는 양념에 집착할 필요는 없다고 생각해요."

"그런가요? ……그렇게 말씀해주시니 마음이 든든합니다."

나도 나우디스에게 웃는 얼굴로 대답할 수 있었다.

"그럼 이 요리도 사주시겠어요?"

"물론이죠! ……아, 그런데 역시 그 통삼겹조림이라는 요리도 버리기엔 너무 아깝군요. 닷새에 하루, 아니 열흘에 한 번이라도 좋으니 통삼겹조림을 만들어서 팔아주면 안 될까요……?"

"그 정도 빈도라도 좋으시면 거래하겠습니다. 그럼 계약 기간인 열흘 중 첫날에 『기바 통삼겹조림』을 준비하고 그 후에는 하루걸러 이 『고기 찻치조림』과 『기바 수프』를 납품하고 싶은데 어떠세요?"

손님의 평판 때문이기도 하겠지만 실은 나우디스 본인이 『기바 통삼겹조림』을 원하는 것이리라. 나우디스는 네일과 달리 내가 납품한 요리를 직접 저녁 식사로 먹는 모양이다. 그 1인분의 매출을 희생하더라도 먹지 않고는 못 배길 만큼 내 요리를 좋아해주는 것이니 참으로 영광스러운 일이다.

어쨌든 『기바 통삼겹조림』을 메뉴에서 빼려고 한 것은 조리 시간 때문이었다. 열흘에 한 번이면 다른 일과 타협하여 시간을 낼 수 있을 것이다. 그것이 안 되면 포장마차에 있는 시간을 그날만 단축하는 수밖에 없다.

'아, 그런데 지금 상황이면 아침부터 호위역도 늘려야겠네…….

다른 여관하고 거래할 무렵에는 호위역이 필요 없는 생활이 되었으면 좋겠는데.'

그런 생각을 하고 있는데 아직 조금 미덥지 못한 표정을 하고 있는 나우디스가 다시 입을 열었다.

"그런데 아스타여……. 앞으로는 열흘에 한 번 장사를 쉬겠다고 하지 않았나요?"

"네. 그래서 향후 계약은 그 일정에 맞춰서 열흘씩 부탁드리려고 해요."

"그야 물론 괜찮습니다. 그런데── 이번에는 하얀 달 7일과 8일 이틀간 쉴 예정이라고 했죠?"

"네. 저도 요리 공부를 좀 하려고요."

"그렇군요……" 하고 나우디스가 고개를 숙였다.

그사이 레이나 루는 자신의 『고기 찻치조림』을 신 루에게 나눠 주고 있었다.

그것을 맛본 신 루가 만족한 듯 눈을 가늘게 뜨는 것을 슬며시 확인한 뒤 나는 다시 나우디스를 쳐다봤다.

"왜 그러세요? 무슨 문제라도 있나요?"

"문제가, 있답니다. 그런데 이건 나 스스로 해결해야 하는 문제일 테죠."

그런 다음 나우디스가 결연히 고개를 들고 말했다.

"아스타여, 당신은 예전에 내게 기바 고기만 매입해서 직접 조리해보면 어떻겠느냐고 했죠. 그 제안은 아직 유효한가요?"

"네에? 네, 물론이죠."

"그렇다면, 기바 고기를 매입하겠습니다."

"어째서요?" 하고 묻지 않을 수가 없었다.

그 당시 나우디스는 내 제안을 그리 긍정적으로 받아들이지 않았을 터였다.

"물론 장사를 위해서죠. 만약 아스타의 요리를 이틀이나 제공하지 못한다면 우리 여관 손님들이 다른 여관으로 저녁을 먹으러 갈 것 같군요."

"그, 그건 지나친 생각이 아닐까요? 쉴 때는 모든 여관의 일을 쉴 예정이라 그날은 어디를 가도 제 요리를 파는 곳이 없을 거예요."

"그런데 아스타는 《현웅정》의 주인에게 기바 고기를 팔잖아요. 그리고 《서풍정》과 《키뮤스의 꼬리정》에도 요리를 납품하고 싶다고 말했고요. ……그렇다면 그 여관들도 조만간 기바 요리를 독자적으로 팔게 될지도 모르는 것 아닌가요? 나는 그걸 걱정하는 겁니다."

"네에……."

"다른 여관의 주인들은 아스타만큼 실력이 좋지는 않을 테죠. 하지만 기바 요리를 먹지 못한다는 불만은 역시 기바 요리로만 해소할 수 있겠죠? 적어도 내가 손님의 입장이라면 그렇게 생각할 겁니다."

나우디스는 그렇게 말하고 머리를 깊이 숙였다.

"부디 나한테도 기바 고기를 팔아주기를 부탁합니다. 남은 며칠간 아내와 함께 열심히 노력해서 손님상에 나가도 부끄럽지 않을 요리를 만들고 싶군요."

물론 나도 "고맙습니다" 하고 머리를 숙였다.

내 본래 목적은 요리가 아닌 기바 고기 자체를 매입하게 하는 것이다. 네일에 이어 나우디스까지 그 결단을 내려주다니 나는 고마움을 넘어 황송하여 어안이 벙벙했다.

여하튼 그날은 붉은 머리 소년 지다에게 습격당하는 일도, 사이크레우스의 마수가 뻗쳐오는 일도 없이 역참 마을에서의 장사를 무사히 마칠 수 있었다. 이로써 기묘하게 충실한 하얀 달 첫째 날의 약 3분의 2가 끝났다.

2

중천에 떴던 해가 일몰을 향해 가는 중간 즈음, 체감으로는 오후 3시 30분.

모든 일을 마친 우리는 역참 마을에서 나와 숲가의 마을로 향했다.

고맙게도 단골손님인 《은 항아리》와 건축상 무리를 한꺼번에 잃었음에도 불구하고 포장마차 매출이 눈에 띄게 떨어지는 일은 없었다. 오늘 매출은 143인분. 슈미랄과 바란 반장 일행이 있었다면 음식이 동났을 정도의 매출이다.

요컨대 제노스를 떠나는 사람이 있으면 그만큼 들어오는 사람도 있고 그들은 지금까지와 비슷한 비율로 우리 포장마차를 찾아와주는 것이다.

어쨌든 오늘 일을 무사히 끝냈다. 루티무와 레이의 젊은 사냥꾼들과는 숲가로 가는 길목에서 헤어진 뒤 나는 기루루의 고삐를 잡았다. 리 스도라와 루 분가의 소년들까지 합하면 짐수레의 정원이 꽉 차서 기루루에게 미안한 마음이 든다.

게다가 식재료와 쇠 냄비 같은 짐까지 어마어마하기 때문에 나는 기루루에게 무리시키지 않으려 보통 걸음으로 가기로 했다. 가뜩이나 경사가 심한 길이라 기루루에게는 나름 부담이 될 터였다.

그런데도 기루루는 여느 때와 같이 아무 생각이 없는 표정으로 짐수레를 힘차게 끌어주었다. 보통 걸음으로도 루의 촌락에 도착하기까지 30분도 걸리지 않았다.

루의 촌락에 도착한 뒤, 내일 장사를 위해 『기바 버거』 패티 만들기에 임하는 레이나 루 일행에게 자잘한 조언을 하고 나서 다시 파가로 가기 위해 길을 나섰다. 어제까지와 달라진 점은 그 귀로를 루루에 올라탄 루도 루와 신 루의 경호를 받으며 간다는 것이었다. 아이 파가 동행하지 않는 날은 숲가의 마을 안에서도 경계를 늦추지 않고 있다.

지다든 사이크레우스든 숲가의 마을까지 들어올 가능성은 거의 없을 것 같지만 돈다 루도 취할 수 있는 조치는 전부 취해야 한다는 심산일 것이다. 그 마음에 감사하는 한편 빨리 평화로운 일상이 돌아오기를 바라 마지않는 나였다.

"오, 아스타, 기다리고 있었단다."

집에 도착하자 여섯명 정도의 여성이 나를 기다리고 있었다.

포우가, 란가, 딘가에서 두 명씩 요리를 배우러 온 것이다. 그 중에 사리스 란 포우의 모습은 없고 그 대신 투르 딘과 자스 딘의 모습이 있었다.

"아스타, 오랜만이에요."

딘가의 가장의 누나, 엄격한 눈빛을 지닌 중년 여성 자스 딘이 차분히 머리를 숙였다.

슨 분가에서 딘가에 거두어진 열 살 소녀 투르 딘도 머뭇머뭇 따라 했다.

투르 딘과는 내장 요리를 함께 만들며 친해졌지만 못 보는 기간이 길어지면서 소심한 성격이 되살아난 듯하다. 그렇다면 다시 천천히 시간을 들여 친해질 수밖에 없다는 생각을 하며 나는 미소를 지어 보였다.

"오늘은 햄버그 패티 만들기를 가르쳐줄 예정이야. 투르 딘도 열심히 해야 한다?"

"아, 에, 네……" 하고 투르 딘이 고개를 숙였다.

그러나 그 커다란 눈망울은 어두운 그늘을 드리우는 일 없이 눈을 치뜨고 나를 바라봐주었다.

"그런데 다른 집 아궁이에서 고기를 굽는 건 숲가의 관례에 어긋난다고 하셨죠? 굽기 전의 밑 준비까지는 여기서 해도 **괜찮은가요?**"

"네. 저희도 그리 생각해서 필요한 재료를 가지고 왔어요."

그렇게 대답한 사람은 란의 여자였다.

란도 포우도 딘과 마찬가지로 어린 소녀와 중년 여성의 조합이다. 그 여섯 명과 리 스도라, 나도 포함하면 총 여덟 명의 대인원이다.

"우리는 아이 파가 올 때까지 저쪽을 돌아보고 있을게."

그렇게 말한 루도 루에게 "고마워" 하고 대답하고 나서 나는 여자들과 함께 집으로 들어갔다.

"우선 고기 반죽을 차지게 하기 위해 포이탄을 끓여서 졸여줍니다. 품과 시간을 들일 수 없을 때는 대신 기고를 갈아서 써도 되니까 그 부분은 상황에 맞게 해주시면 돼요. ……그리고 포이탄도 이 정도 양이면 금방 마를 테니 그사이에 아리아를 잘게 썰어줍니다."

일몰까지는 두 시간 남짓은 남았을 것이다. 고기를 썰어두는 작업은 당일 아침에 하기로 했으니 지금 시간은 내게 완전한 자유 시간이었다.

이제 잘게 썬 아리아를 과실주로 볶아주고 그 열을 식히는 동안 고기를 잘게 다진다. 그 작업을 가르쳐준 다음엔 내 조리 연구를 시작할 수 있었다.

현재 과제는 지금껏 손대지 못하고 있던 채소를 맛보는 것이다.

루티무가의 혼례식 연회나 역참 마을의 장사 등 큰일을 시작하기 전에는 이렇게 새로운 식재료를 탐구해왔다. 그 덕분에 아리아와 포이탄뿐만 아니라 티노, 프라, 타라파, 찻치, 기고, 먀무와 같은 다양한 식재료를 만날 수 있었다. 물론 역참 마을에서는 더 다양한 채소를 팔고 있다.

하지만 그중에는 어떻게 써야 할지 알아내지 못한 채소도 있었다. 한때 포이탄이 그랬듯이 내가 알고 있는 식재료와의 유사성을 찾아내지 못한 채소 말이다.

또 장사에는 적합하지 않은 채소류도 있었다. 다시 말해 수확량이 불안정해서 필요한 양을 매일 갖추지 못할 것 같은 채소 말이다.

그런 것을 제외했더니 수중에 남은 장기짝이 많지 않았다.

'으음…… 오늘은 시간이 많지 않으니 이걸 해치워버릴까.'

그렇게 생각하고 손을 뻗은 것은 두리안처럼 껍데기에 가시가 나 있는 오렌지색 과실이었다.

큼직한 자몽 크기에 모양은 럭비공처럼 타원형이다. 가격은 적동화 0.5닢. 찻치와 동일하지만 질량 면에서는 더 나은 만큼 괜찮은 가격의 식재료라고 할 수 있다.

이름은 씰이라고 한다. 역참 마을에서는 수북하게 쌓아놓고 팔고 있지만 숲가의 마을에서는 구입한 적이 거의 없다는 식재료다.

가시 돋친 껍데기가 제법 단단하여 채소칼이 아닌 오늘 구입한 고기칼로 쪼개보기로 했다. 이른바 우도라는 칼은 산토쿠 식도와 마찬가지로 고기가 아닌 다른 식재료에도 사용하기 편리한 조리칼이다. 기대한 대로 디알이 추천한 고기칼은 씰이라는 열매를 쩍 쪼개주었다.

생고기 냄새를 압도하는 달콤하고 시큼한 향기가 부엌에 퍼진다.

감귤류 특유의 상큼한 향기다.

단면은 노란색이다.

석류처럼 작고 동그란 과육이 빼곡히 들어차 있다.

그것을 나무 접시에 대고 짜자 노르스름한 과즙이 뚝뚝 떨어지면서 부엌이 향긋한 냄새로 가득 찼다.

"……엄청 달콤할 것 같은 냄새네요?"

고기를 잘게 다지고 있던 투르 딘이 수줍어하며 나를 돌아봤다.

역시 이 세계에서도 어린이가 단것에 더 민감한 걸까.

"이건 씰이라는 열매인데 숲가의 마을에서는 잘 먹지 않는 열매인가 봐. 한번 맛볼래?"

"앗, 그래도 돼요?"

"응" 하고 나는 과즙을 나무 숟가락으로 조금만 떴다.

고기 기름으로 손이 더러워진 투르 딘이 난처한 듯 눈을 이리저리 굴렸다. 그 모습에 나는 투르 딘의 입에 "자, 아 해봐" 하고 숟가락을 갖다 대주었다.

투르 딘은 수줍은지 뺨을 붉게 물들이며 나무 숟가락 끝을 입에 머금었다.

그 순간 그 깜찍한 입술에서 "아이, 셔!" 하는 큰 목소리가 터져 나왔다.

"응. 그래서 그동안 숲가에서는 먹지 않았나 봐."

향기대로 감귤류가 맞더라도 이 셜이라는 열매는 레몬에 가까운 강렬한 신맛을 지녔다. 레몬보다 더 달기는 하겠지만 그래도 신맛이 훨씬 풍부할 것이다.

투르 딘은 "아이, 참!" 하고 화난 목소리를 내면서 손을 번쩍 들었다. 그러나 기름 묻은 손이 다른 사람의 몸에 닿으면 안 된다고 생각했는지 팔꿈치로 내 등을 톡톡 쳤다.

"미안, 미안. 그래도 물을 타면 꽤 맛있을 것 같지 않아?"

"맛없어요! 입이 아리단 말이에요!"

투르 딘이 소리를 지르며 고개를 홱 돌려버렸다.

투르 딘의 나이에 걸맞은 귀여운 몸짓을 자스 딘이 흐뭇한 표정으로 지켜보고 있었다. 포우와 란의 여자들도 소리 죽여 쿡쿡 웃는다.

"아스타, 이렇게 하면 되나요?"

리 스도라 역시 상냥하게 미소 지으며 조리대 위를 가리켰다.

고운 분홍색의 민스의 산이 완성되어 있었다.

"네, 그만큼 다졌으면 충분해요. 이제 아까 썰어둔 아리아랑 졸인 포이탄을 섞어서 반죽해줍니다. 아, 돌소금과 피코잎을 조금 섞어주면 맛이 좋아지니 오늘은 파가의 것을 나눠드릴게요."

이윽고 다른 여자들도 고기를 잘게 다지는 작업을 완료했다.

역시 굳센 숲가의 백성이다. 고기 다지기는 나름 중노동인데도 작업 속도가 나 못지않게 빨랐다.

이렇게 된 이상 미리 조리법을 알려주는 편이 나을 것 같았다. 나는 씰과 그 과즙을 짠 나무 접시를 부엌 구석으로 옮긴 뒤, 패티 성형까지 한꺼번에 전수하기로 했다.

"아궁이 두 개에 각각 강한 불과 약한 불을 지펴놓으면 큰 패티를 구워낼 수 있지만 불 조절이 어려우니 오늘은 작은 패티를 구워볼게요. 고기는 이 정도 양을 떼서 모양을 둥글게 만들어주세요. 그런 다른 왼손, 오른손으로 던져서 고기 속 공기를 빼줍니다."

탁, 탁, 패티를 왼손, 오른손으로 캐치볼 한다. 이 작업에서는 약간의 실력 차가 났다. 잘한 사람은 투르 딘과 리 스도라였다. 역시 두 사람은 조리에 센스가 있는 것 같다.

포우와 란의 여자들은 "잘 안 되네" 하고 중얼거렸지만 그래도 모두가 즐거운 표정을 짓고 있었다. 드디어 햄버그라는 제대로 된 요리에 도전한다는 것을 진심으로 기뻐하는 모습이었다.

"아, 그렇지. 포우와 란의 여러분에게 의논할 것이 있는데요."

갑자기 아침에 라라 루와 대화한 내용이 떠올랐다. 역참 마을에서의 일의 분배였다.

부를 공평히 나누고 싶기에 스도라가 대신 역참 마을의 일을 도와줄 수 없겠느냐고 그 자리에 있는 네 명에게 물어봤다.

그러나, 반응이 시원찮았다.

"역참 마을의 일이라……. 물론 파가에는 신세를 많이 지고 있으니 보답하고 싶은 마음은 있네."

중년의 포우 아낙이 대답했다.

그러나 왠지 진지한 표정이다.

"무슨 일이든 분부만 내려주게. 반드시 해낼 테니."

"앗, 아니, 보답이니 그런 이야기가 아니라요, 평소와는 다른 종류의 일을 즐겁게 해주시면 감사하겠습니다만."

라라 루와 레이나 루의 흡족해하는 웃는 얼굴을 떠올리며 나는 그렇게 말해봤다.

하지만 사람들의 표정에 변화는 없었다.

"아스타. 역참 마을의 일은 지금 시점에도 일손이 부족한가요?"

리 스도라가 온화하게 물었다.

"아뇨, 지금은 그렇지도 않아요. 머지않아 포장마차를 세 대로 늘리면 그때는 일손이 필요해지지만요."

"그렇군요. 그렇다면 포우와 란에 도움을 청하는 것은 그때 가서 해도 괜찮지 않을까요? 사실 루나 루티무처럼 큰 씨족이 아니고서는 한나절이나 일손을 할애하기란 어려우니까요."

리 스도라는 그렇게 말하고 상쾌하게 미소 지었다.

"스도라의 경우에는 반대로 식구가 너무 적은 까닭에 여자 일손이 남았던 거예요. 지난 몇 년 사이 분가와 친족이 모두 본가 사람이 되었는데도 불구하고 스도라에는 남자 네 명과 여자 다섯 명밖에 없답니다. ……돌봐야 할 아기가 있는 것도 아니고요."

들고 보니 포우와 란에는 여자 일손이 충분치 않은 모양이었다. 이렇게 조리 지도를 받을 시간을 짜내는 데에도 많은 노력을 기울인 듯하다.

더구나 파가에 고기를 파는 것만으로 지금은 충분한 부를 얻고 있다. 그렇다면 무리하게 리 스도라와 교대할 필요는 없는 것 같다. 그런데도 그녀들은 큰 은혜를 입은 파가를 위해서라면 기꺼이 고난을 짊어질 각오로 조금 전에 그렇게 말해주었던 것이다.

"그럼 정말 일손이 부족해지면 그때 다시 의논드릴게요. 게다가 가즈와 라츠 등 역참 마을의 일을 제안할 씨족은 많이 있으니까요."

"그런가? 그럼 그때는 사양 말고 말해주게. 우리도 파가에 도움이 되고 싶으니."

"고맙습니다. 말씀만으로도 충분히 감사해요."

그리하여 그 자리는 그렇게 정리되었다. 그런데 한쪽에 표정이 어두운 소녀가 한 명 있었다.

다름 아닌 투르 딘이었다.

왜 그러느냐고 내가 묻기 전에 자스 딘이 입을 열었다.

"딘가라면 여자 일손에 조금은 여유가 있어요. 그런데 아시다시피 친족의 장인 자자가에서 파가의 장사를 찬성하지 않고 있지요. 신세만 지고 보답하지 못하는 처지라 제 마음이 좋지 않습니다."

"아, 아뇨. 그건──."

익히 알고 있기 때문에 나도 딘가에는 일부러 제안하지 않은 것이다. 자자의 친족인 딘가에 허락된 것은 피 빼기와 조리 지도를 받는 것까지다. 파가의 장사에 가담하는 것은 금지되어 있다.

"……투르 딘, 넌 아스타를 돕고 싶은 거구나."

자스 딘이 차분히 말했다.

투르 딘은 두 갈래로 묶은 머리를 쌀래쌀래 흔들었다.

"저는 족장과 가장의 명령에 따를 거예요."

결코 크지는 않지만 또박또박 힘이 깃든 목소리였다.

다만 그 눈망울에 어렴풋이 눈물이 어려 있었다.

"나도 언젠가 자자의 가장에게 인정받을 수 있도록 노력할게. 그래서 딘가에도 도움을 청하게 되면 그때는 부탁해도 될까?"

"네" 하고 투르 딘이 고개를 끄덕였다.

지금은 사이크레우스와 지다의 일만 해도 벅차지만 조만간 자자의 가장을 필두로 하는 사람들과도 손을 맞잡을 수 있도록 진력해야 할 것이다.

그리고, 지금은 최대 협력자인 루가도 차기 가장이 지자 루다.

지자 루와 마음을 터놓고 이야기한 지도 꽤 오래되었다. 마지막에 그의 본심을 조금이나마 들었던 때가 아마 가장 회의가 열리기 전일 터였다.

'이런 상상은 하기도 싫지만 만약 지금 돈다 루의 신변에 무슨 일이 생기면 파가의 입장은 상당히 곤란해지겠지.'

루티무와 레이 같은 친족들은 파가를 우호적으로 대하고 있으니 아무리 지자 루라도 갑자기 손바닥 뒤집듯이 태도를 바꾸지는 못할 것이다.

하지만 족장 집안인 루가와 자자가 두 씨족에게 외면을 당하면 어떻게 될지 모른다. 전도다난, 앞으로도 힘든 일이 많으리라 예상하면서 무거워지기 시작한 분위기를 풀기 위해 나는 "자!" 하고 밝은 목소리를 내기로 했다.

"패티 성형이 거의 다 된 것 같네요. 마지막으로 시식할 패티를 밖에 있는 아궁이에서 구우면서 시범을 보여드릴게요."

여자들도 마음을 새로이 가다듬었는지 웃는 얼굴로 고개를 끄덕이며 일어섰다.

시식은 리 스도라가 파가의 고기로 반죽해 만든 패티로 하면 된다. 나는 그 패티와 찜구이를 위한 과실주를 손에 들고 현관문을 열었다.

그러자 그곳에는 나의 친애하는 가장 아이 파가 서 있었다.

"우와, 엄청나게 큰데!"

어서 오라는 인사말보다 그 말이 먼저 튀어나왔다. 아이 파가 등에 7, 80킬로그램은 되어 보이는 수컷 기바를 짊어지고 있었기 때문이다.

"음" 하고 고개를 끄덕이는 아이 파의 얼굴에는 땀방울이 반짝이고 숨도 조금 가쁜 상태다. 걷기 불편한 숲속 길을 이렇게 거대한 짐을 메고 돌아왔다면 그 정도는 당연하리라. 아이 파는 발치에 기바를 내려놓고 "후우" 하고 작게 숨을 내뱉었다.

"비교적 가까운 곳에 설치한 덫에 걸려 있더군. 피 빼기도 잘되었고 문토에게 주기에는 아까워서 가지고 돌아온 거다. ……한데 조금 피곤하군."

"그야 당연하지. 수고했어, 아이 파."

"음. ……너도."

아이 파의 눈동자에 어렴풋이 부드러운 빛이 깃들었다.

분명 내가 무사히 돌아온 것을 기뻐하는 것이리라.

다만 내 뒤에 죽 늘어서 있는 여자들 때문인지 그 얼굴에는 여전히 가장의 위엄이 서려 있었다.

"너, 진짜 대단하다, 아이 파! 혼자서 이 거구의 기바를 사냥한 거야?"

어디서 나타났는지 루도 루 일행도 달려온다.

아이 파는 그쪽을 돌아보며 눈인사를 했다.

"파가를 지켜주고 있었군, 고맙다."

"섭섭하게 뭐 그런 말을 해? 그나저나 대단하네. 그놈이 덫에 걸려 있었어?"

"음. 구덩이에 빠져 있어서 숨통을 끊어놓기가 어렵지는 않았지."

"그럼 뭐, 누구나 잡을 수 있을지도 모르겠네. 그래도 덫을 알맞은 장소에 설치하는 것도 사냥꾼의 재능이지. 게다가 이놈을 혼자서 구덩이 밖으로 끌어낸 데다 피 빼기도 하고 여기까지 짊어지고 왔지? 넌 역시 대단해."

루도 루는 그야말로 순수하게 칭찬하는 눈으로 아이 파를 보고 있었다.

그러나 옆에 있는 신 루는, 내 기분 탓이 아니라면 약간 골똘히 생각하는 눈빛을 하고 있는 것처럼 느껴졌다.

신 루는 일전에 아이 파에게 위험한 『제물 사냥』하는 법을 배우려 했다. 누나인 실라 루가 역참 마을에서 일하면서 동전 걱정은 하지 않아도 되었을 텐데, 아무래도 16세의 젊은 가장으로서 현재 자신의 역량에 만족할 수가 없는 걸까.

그리고 나이와 체격이 비슷한 아이 파와 루도 루, 라우 레이가 남들보다 뛰어난 역량을 갖추었다는 사실도 있고, 또 어제 지다를 놓쳐버린 일 때문에 스스로를 창피하게 여기는 것이 분명하다.

'아마 아이 파와 루도 루가 말도 안 되게 뛰어난 편일 거야. 그러니 신 루가 열등감을 느낄 필요는 전혀 없을 텐데…… 그렇게 납득할 수 있으면 마음고생할 일도 없겠지.'

나 또한 내 또래에게 요리 실력으로 계속 지기만 하면 분하고 속상해서 밤에 잠도 못 이룰 것이다.

그렇다고 내가 신 루에게 힘이 될 수 있을 것 같지도 않다.

도대체 어떻게 해야 할까. 그런 생각을 하고 있는데 내 손을 빤히 쳐다보던 아이 파가 "……오늘 저녁은 햄버그인가?" 하고 물었다.

"아니, 이건 시범으로 굽기만 할 거야."

그렇게 대답하고 나서 나는 황급히 고개를 저었다.

"그런데 파가도 오늘 저녁은 햄버그로 해야겠다! 다 같이 만드는 걸 봤더니 나도 먹고 싶어졌어."

아주 잠깐 흐려질 뻔한 눈동자에 빛을 되찾으며 아이 파는 "그렇군" 하고 나직하게 말했다. 아이 파가 가장 좋아하는 음식은 변함없이 햄버그인 것이다. 애꿎은 아이 파의 기대를 저버리지 않게 되어 나는 후유 하고 안도의 한숨을 내쉬었다.

그때 루도 루가 "앙?" 하고 고개를 갸웃거렸다.

"토토스 발소리인데? 자자나 사우티 사람들인가?"

아이 파와 신 루도 고갯짓을 하고 길 쪽으로 시선을 돌렸다.

내 귀에는 아무 소리도 들리지 않았다. 그런데 5초도 지나지 않아 거대한 토토스가 모습을 드러냈다. 숲 그늘에서 튀어나와 곧장 우리 쪽으로 돌진해왔다.

"으악!" 나는 하마터면 나무 접시를 떨어뜨릴 뻔했다.

여자들 중 몇 명도 비명을 지를 뻔했을 것이다.

그러나 토토스는 우리와 부딪히는 일 없이, 다시 말해 아이 파나 루도 루에게 격퇴되는 일 없이 아슬아슬한 지점에서 고삐가 당겨져 급정지했다.

"오, 미안하게 됐어! 달리는 게 신나서 그만 토토스의 옆구리를 너무 많이 찼나 봐."

머리 위에서 명랑한 목소리가 들려왔다.

목소리의 주인은 자자도, 사우티도 아니었다.

"어? 라우 레이?"

"오, 수확 연회 이후 처음 보는군, 아스타."

금갈색의 긴 머리에 밝은 물색 눈동자, 중성적인 얼굴 생김새와 그에 어울리지 않게 거칠게 웃는 얼굴. 그는 레이가의 젊은 가장 라우 레이였다.

"……정말, 작작 좀 해줬으면 좋겠어. 죽는 줄 알았잖아."

그리고 그 뒤에서 다른 목소리도 울려 퍼졌다.

조금 나른하고 목에 걸린 느낌의 요염한 목소리. 야밀 레이였다. 야밀 레이가 털가죽 망토를 걸친 라우 레이의 등에 달라붙어 있었다.

"라우 레이가 왜 토토스를 타고 있어? 사우티가에서 빌렸어?"

루도 루의 질문에 라우 레이는 토토스 위에서 "아니" 하고 고개를 내저었다.

"이 녀석은 레이가의 토토스다. 오늘 낮에 내가 역참 마을까지 내려가서 사 왔지."

"뭐어?! 직접 사 왔다고? 역참 마을의 토토스 목장에서?"

나도 놀라서 소리를 냈다.

"어, 그래." 라우 레이는 자랑스럽게 가슴을 젖혔다.

"덕분에 엄니와 뿔을 많이 써버렸지만. 뭐, 갖고 싶었으니 살 수밖에 없는 것 아니겠어? 그나마 가장 저렴한 녀석을 골랐지."

그러고 보니 이 토토스는 숲가에 있는 네 마리보다 몸집이 한결 작다. 아직 어려서 사람을 태우는 데 익숙지 않은 토토스일지도 모른다. 깃털 색은 기루루보다 옅고 눈초리가 약간 날카로운 느낌이다.

"그렇게 됐어. 놀라게 해서 미안하다. 나쁜 뜻은 없으니 용서해줘."

라우 레이가 땅바닥으로 훌쩍 뛰어내렸다.

그러고는 의아한 듯이 토토스 위의 야밀 레이를 쳐다본다.

"뭐 하고 있어? 너도 냉큼 내려와."

"……그렇게 쉽게 말하지 말아줄래? 나는 사냥꾼도 뭣도 아닌걸."

"뭐야, 투덜투덜 불평할 만큼 높지도 않은데. 잔말 말고 뛰어내리기나 해."

"토토스 좀 그만 건드려, 자꾸 움직이잖아."

야밀 레이는 싸늘한 눈초리로 라우 레이를 쏘아봤다.

그러나 그 손끝은 적잖이 필사적으로 토토스의 등 깃털을 움켜쥐고 있었다.

"너 정말 겉보기와는 다르게 겁이 많구나. 여자치고는 키도크고 힘도 세 보이는데 어린아이처럼 약해빠졌어. 뭐, 그런 점이 다 슨가에서 타락한 응보일 테지."

변함없는 솔직함으로 라우 레이가 투덜거렸다.

듣고 보니 야밀 레이는 다른 여자보다 팔심이 약하다. 조리 지도를 몇 번 해봤을 뿐인 나도 그것을 체감할 수 있었다.

하지만 뭐, 숲가의 일을 해내지 못할 만큼 연약하지는 않았고 그 정도 결점은 애교로 봐줄 수도 있지 않을까. 그렇게 생각하고 있는데 야밀 레이가 어쩐 일인지 나까지 힐끗 노려보고 있었다.

"어쩔 수 없는 녀석이군. 자, 내려와" 하고 라우 레이가 손을 내밀었다.

야밀 레이는 "흥" 하고 작게 콧방귀를 뀌더니 라우 레이의 머리에 손을 짚고 땅바닥에 우아하게 내려섰다.

"너 말이야! 가장의 머리를 받침대로 쓰는 녀석이 어디 있어!"

"어휴, 시끄러워" 하고 야밀 레이는 긴 흑갈색 머리를 쓸어 올린다.

비나 루에 뒤지지 않는 몸매로 비나 루와는 전혀 다른 야릇한 섹시함과 분위기를 지닌 야밀 레이였다.

여러 가닥으로 가늘게 땋은 머리를 주렁주렁 늘어뜨린 것도 숲가의 여자들에게서는 보기 드문 헤어스타일이다. 또 독사처럼 불길한 오라는 사라졌지만 역시 어딘지 모르게 차갑고 위압적인 분위기를 휘감고 있다.

그런데도 우울한 것 같지 않고 건강해 보여 다행이다.

"……그래서 결국 너희는 뭘 하러 온 건데?"

루도 루가 일동을 대표하여 질문했다.

"응? 당연히 야밀 레이는 조리 지도를 받게 하려고 데려왔지! 지금까지는 루티무의 여자들에게 신세를 졌지만 이왕이면 아스타 본인에게 배우는 편이 실력이 빠르게 늘 것 같더군."

그런 다음 라우 레이는 사냥개처럼 눈을 번뜩이며 아이 파를 쳐다봤다.

"그리고 나는 파의 가장님에게 힘겨루기를 청하려고 왔다! 사냥꾼이기는 하나 여자인 네게 진 상태로 가만히 있을 수야 없지!"

"뭐?" 아이 파는 고개를 갸웃거리며 작게 한숨을 내쉬었다.

"먼 길을 오느라 수고했다. ……한데 나는 집안일을 해야 하기에 그런 성가신 일에 얽매여 있을 시간이 없다."

라우 레이는 루가의 수확제에서 아이 파와 힘겨루기를 하다 지고 말았다. 그날 밤 연회에서도 그는 몹시 불만스러워하는 모습을 보였다.

그런데 사냥꾼의 힘겨루기는 이겼을 경우 자랑스럽기는 해도 졌다고 해서 창피해할 것은 없을 터였다. 하지만 라우 레이는 도저히 참지 못할 만큼 분했던 것이리라. 아이 파의 야박한 대답에 그의 눈썹이 한층 치켜 올라갔다.

"성가신 일이라니 무슨! 사냥 일은 이미 완수했던데! 참으로 훌륭한 기바를 잡았더군."

"그래서 이제부터 기바의 가죽을 벗기고 내장을 꺼내야 한다. ……그리고 내장을 세척하는 법도 배울 생각이다."

"어?" 하고 놀란 사람은 나였다.

아이 파는 라우 레이를 쏘아본 채 퉁명스럽게 내뱉었다.

"내장을 세척하려면 시간이 걸리지. 아스타는 저녁 준비와 장

사를 위한 밑 준비를 해야 하므로 그 일은 내가 맡기로 했다. ……따라서 자네 상대를 하고 있을 시간이 없다.”

“그럼 나도 그 일을 돕겠어! 그렇게 해서 생기는 빈 시간을 나를 위해 써줘.”

아이 파가 다시 한숨을 내뱉었다.

“앞날을 위해 일을 배우는 데 남의 손을 빌려서는 의미가 없지. ……게다가 그날 밤 말했을 터. 몇 번을 해도 결과는 바뀌지 않는다고.”

“뭐라고?! 내 실력이 너보다 한참 아래라는 건가?!”

라우 레이의 눈이 더 위험하게 번뜩였다.

그 말에 아이 파는 오히려 의아하다는 듯이 눈을 가늘게 떴다.

“레이의 가장, 미안하지만 자네에게는 절대 지지 않을 것 같다. ……한데, 그렇군…… 확실히 이상한 이야기일지도 모르겠어. 자네에게서는 이따금 루의 차남보다 강한 힘이 느껴지기도 하니…….”

“그렇지! 나도 다루무 루에게 지지 않을 만큼 실력을 키웠다고 자부해!”

“음…… 그럼 어쩌면……” 하고 아이 파는 천천히 신 루를 향해 돌아섰다.

“신 루여, 미안하지만 레이의 가장과 겨뤄주지 않겠나?”

신 루는 몹시 고요한 눈길로 아이 파를 쳐다봤다.

“……라우 레이는 여덟 명의 용자로 뽑힐 만큼 역량이 뛰어나다. 내 실력으로는 상대가 되지 않을 것이다."

"그건 모르는 일이다. 왠지 자네가 이길 것 같은 생각을 떨칠 수가 없군."

그 말에 신 루가 아닌 라우 레이가 격분했다.

"알겠어! 그럼 상대해주지! 단 내가 이길 경우 너도 나를 상대 해줘야겠다, 아이 파!"

"그러든가." 아이 파는 어깨를 으쓱했다.

이리하여 느닷없이 사냥꾼의 힘겨루기가 거행되는 단계에 이르렀다.

사냥꾼의 옷을 벗고 칼을 내려놓은 두 사람이 풀숲에 서서 대치한다.

"신 루, 전력으로 덤비는 거다. 내가 지더라도 널 원망하진 않을 테니."

라우 레이는 말만 그렇게 할 뿐 한 치의 빈틈도 없이 싸울 태세를 갖추었다.

하긴, 그것이 당연한 것이리라. 이 힘겨루기는 단순한 싸움이 아니라 사냥꾼에게 있어 어떤 신성함을 지닌 행위인 것이다.

신 루도 평소 잔잔하던 길쭉한 눈에 사냥꾼의 투지를 불태우고 자세를 낮추었다. 내가 봤을 때 그 모습은 라우 레이에게 뒤지지 않을 만큼 박력이 있었다.

이렇게 가까이서 사냥꾼의 힘겨루기를 관전한다는 것은 평정심을 유지할 수 없는 상황이다. 나는 마른침을 삼키면서 두 사람의 대치를 지켜봤다.

그러나 승부는 한순간에 나고 말았다.

루도 루가 "시작!" 하고 외치자마자 라우 레이가 신 루에게 맹렬히 덤벼들고, 그 손목이 비틀리더니 참으로 싱겁게 땅바닥에 쓰러진 것이었다.

"어라?" 하고 라우 레이가 벌떡 일어났다.

"너, 제법 빠르구나, 신 루. ……미안한데 한 번 더 부탁해도 될까?"

"그래."

이번에는 멱살을 잡히더니 안뒤축후리기(유도에서 상대의 다리를 안쪽에서 걸어서 뒤로 메치는 기술) 기술로 자빠지고 말았다.

"뭐야, 꽤 강하잖아, 신 루여! 이렇게 강한 네가 수확의 연회에서는 왜 싱겁게 져버린 거지?"

라우 레이가 땅에 주저앉은 채 불만스럽게 말했다.

신 루는 몹시 혼란스러워하는 표정으로 아이 파를 돌아봤다.

그러나 "과연" 하고 중얼거린 사람은 루도 루였다.

"알겠다, 알겠어. 신 루의 몸놀림이 압도적으로 민첩해. 그에 반해 너는 호리호리한 몸을 가졌으면서 다루무 형이나 지자 형처럼 싸우네, 라우 레이."

"뭐? 무슨 뜻이지?!"

"쉽게 말해 너무 힘에만 의지한다는 거지. 나와 신 루, 그리고 아이 파도 마찬가지겠지만 힘센 걸로는 다루무 형의 상대도 되지 않아. 가급적 상대의 힘을 이용해서 싸워야지, 안 그러면 승산이 없다고."

"무슨 뜻인지 모르겠군. 힘겨루기니까 힘을 사용하는 게 당연하잖아? 상대의 힘을 이용한다는 건 도대체 무슨 기술이지?"

"아니, 반대로 생각해보니 용케도 그런 방식으로 너보다 큰 상대를 쓰러뜨리네. 너는 지 마무를 이긴 적이 있지 않나?"

"음. 세 번에 두 번은 내가 이겼지."

풀숲에 책상다리를 하고 앉은 채 라우 레이가 가슴을 젖혔다.

지 마무는 루의 친족 중에서도 월등히 거대한 체구를 지닌 사냥꾼이다. 아이 파와 미다는 그런 지 마무를 이겼지만 신 루는 졌을 터였다.

"······혹시 어렸을 때는 몸집이 크지 않았나? 레이의 가장이여."

아이 파가 깊은 생각에 잠긴 듯 팔짱을 끼며 물었다.

"뭐, 그랬지" 하고 라우 레이가 수긍했다.

"어렸을 때 레이의 촌락에서는 내 몸집이 가장 컸어. 사냥꾼이 되어서도 웬만한 녀석들보다는 내가 더 컸지. 그런데 2, 3년쯤 지나니 다들 나보다 커졌더군."

"그래서 힘에 의지하는 방법으로 싸우게 되었던 거군. 그 방법으로 자신보다 큰 상대를 쓰러뜨렸다니 놀랍지만, 그렇게 해선 돈다 루나 단 루티무는 절대로 이길 수 없다. 지자 루나 가즈란 루티무를 이기는 것도 어려울 터."

"물론 나도 아직 그 녀석들을 이길 수 있을 거란 생각은 안 하지만……."

그렇게 말하다 라우 레이는 물색 눈동자를 동그랗게 떴다.

"잠깐! 너 설마 돈다 루나 단 루티무를 이길 자신이 있다고 말하려는 건가? 아이 파여."

"나는 이미 단 루티무에게 졌다. ……한데 어떻게 싸우냐에 따라서는 이길 수도 있다고 생각한다."

"아, 그건 나도 마찬가지야. 아버지와 지자 형을 이긴 적은 한 번도 없지만 말이야. 질 것 같았으면 아예 도전하지 않았겠지."

차분하게 말하는 아이 파와 루도 루의 눈동자에는 불굴의 불꽃과도 같은 빛이 피어올랐다.

"나는, 여자다. 그래서 처음에는 어떤 사냥꾼보다도 힘이 달렸지. 그렇기 때문에 어떻게 하면 사냥꾼의 힘을 키울 수 있을지 늘 고민하면서 단련에 힘써왔다."

"음, 아이 파, 이번에도 또 마찬가지야. 나도 키가 잘 안 자라서 어떻게 하면 아버지와 형들의 발목을 잡지 않을 수 있을까 내내 고민했거든."

루도 루는 그렇게 말하며 씨익 하고 당돌하게 웃었다.

"그리고 힘을 인정받고 싶어서 힘겨루기에서 아버지와 형들을 이길 수 있는 방법도 오랫동안 생각했어. 아이 파, 너도 그렇지? 네 아버지가 사냥꾼으로서 엄청난 힘을 가졌었다고 하더라?"

아이 파는 눈을 내리뜨고 아무 대답도 하지 않았다.

루도 루는 같은 표정으로 라우 레이와 신 루를 번갈아 봤다.

"요컨대 이게 바로 모르가의 삼자 견제 아니겠어? 발브의 늑대는 야인보다 강하고, 야인은 마다라마의 구렁이보다 강하고, 마다라마의 구렁이는 발브의 늑대보다 강한 거 말이야. 신 루가 늑대고 라우 레이가 야인, 지 마무는 구렁이인 셈이지."

"왜 내가 야인이지?! ……그리고 아이 파와 루도 루는 어디에 해당하는데? 돈다 루는? 단 루티무는?"

"아버지랑 단 루티무는 늑대한테도 구렁이한테도 지지 않아. ……그래서 나는 아버지를 이겨보고 싶어."

라우 레이가 짜증이 나는지 머리를 쥐어뜯었다.

"……그러고 보니 나는 루도 루에게도 이긴 기억이 없군. 아직 두세 번밖에 겨뤄보지 않았지만."

"그러게. 미안한데 실은 나도 너한테 질 것 같지가 않아, 라우 레이."

"역시! ……한마디로 내가 너나 아이 파의 영역에는 아직 도달하지 못했다는 거군."

라우 레이가 기운차게 몸을 일으켰다.

"신 루! 한 번 더 상대해줬으면 좋겠다. 아니, 한 번이 아니라 몇 번이고!"

"아니, 실은…… 나도 자네를 쉽게 이기는 건 아니다. 온 힘을 쥐어 짜내서야 겨우 이기고 있을 뿐. 첫 동작에서 선수를 치지 않았으면 아마 내가 번번이 졌을 거다."

"그럼 너도 힘을 키워! 나한테는 이기고 지 마무에게는 졌지 않나! 그런데도 분하지 않은 건가?!"

신 루가 미간에 힘을 빡 주더니 "분하다" 하고 나직하게 중얼거렸다.

"그렇다면 힘을 키워야지! 사냥꾼의 일이 없는 지금이 절호의 기회다!"

그리고 나서 라우 레이는 별 관심 없이 서 있기만 하는 야밀 레이를 쳐다봤다.

"그런고로 나는 신 루와 단련에 힘쓰도록 하겠다! 너는 아스타에게 조리 지도를, 아니, 내장을 세척한다면 그걸 배우도록! 기바의 심장이 꽤 맛있었거든!"

"……어째서 이런 덜렁이가 레이의 가장일까."

야밀 레이는 작게 숨을 내뱉었다. 제법 인간다운 표정이 몸에 밴 듯하다. 뭐라 말할 수 없는 기쁨을 곱씹으면서 나는 아이 파를 돌아봤다.

"그럼 가죽 벗기기와 내장 적출 작업은 맡길게. 그동안 나는 모두에게 햄버그 굽는 방법을 가르쳐둘 테니까 그다음에 같이 냇가에 가자."

"음? 너도 간다고?"

"그래, 나도 아직 내장에 관해서는 초보나 마찬가지거든. 오늘은 모처럼 든든한 선생님도 있으니──."

그렇게 말하며 뒤로 돌아선 나는 흠칫 놀라게 되었다. 그 작은 선생님인 투르 딘이 새파랗게 질린 얼굴로 자스 딘의 몸에 매달려 있었기 때문이다.

크고 동그란 눈망울이 공포에 사로잡혀 더 커졌고 여린 어깨는 바들바들 떨고 있다. 그 겁에 질린 시선을 따라가니, 그곳에 야밀 레이의 모습이 있었다.

야밀 레이는 미심쩍다는 듯 눈을 가늘게 뜨고 투르 딘의 모습을 쳐다본다.

"아아…… 당신은 슨의 분가였던 집의 소녀 맞지?"

"…………."

"그럼 그 옆의 당신은 슨가의 친족이었던 집 출신인가?"

"네. 저는 딘가의 가장의 누나, 자스 딘입니다."

자스 딘은 엄격한 눈길로 야밀 레이를 쳐다봤다. 그 힘줄이 불거진 손은 투르 딘의 여린 어깨를 감싸고 있다.

자스 딘의 여동생이 슨 분가로 시집을 가 투르 딘을 낳은 것이다. 그리고 그녀는 숲가의 백성으로서 있을 수 없는 슨가의 비뚤어진 규율에 따라 모르가의 은혜를 훼손하게 되어, 결국 원통함을 풀지 못한 채 젊은 나이에 죽음을 맞았다.

야밀 레이가 긴 머리를 찰랑거리며 고개를 가로저었다.

"욕하고 싶으면 해도 좋아. 당신들은 그럴 자격이 있으니까."

"아뇨" 하고 자스 딘도 고개를 저었다.

"혈족과의 인연을 끊고 레이가 사람으로 바르게 사는 것이 당신의 속죄라고 들었어요. 족장들과 가장이 그렇게 결정했으니 우리는 그저 따를 뿐입니다. ……그렇지, 투르 딘?"

"네" 하고 투르 딘이 작게 대답했다.

그 작은 얼굴은 여전히 파랗게 질려 있고 몸의 떨림도 전혀 잦아들지 않았다. 그런데도 그 눈망울은 야밀 레이의 모습을 피하지 않았다.

그 모습을 가만히 지켜보던 라우 레이가 유쾌한 듯 소리 내어 웃었다.

"슨가는 백성을 이끌어 갈 자격을 잃었어. 앞으로는 우리가 슨가 출신의 사람들을 이끌어가야 하지. 변변치 못한 여자이지만 야밀 레이를 잘 부탁한다, 딘가의 여자들이여."

"잘 알겠습니다." 자스 딘이 고개를 끄덕였다.

"그럼 우리도 이제 우리 일을 시작할까, 신 루여. ……아, 그렇지! 아스타여, 야밀 레이의 냄새는 어떤가?"

"어? 냄새?"

"그래. 가장 회의가 끝난 지 20일도 넘어서 리로잎을 문질러 냄새를 없애는 일은 이제 그만해도 된다고 봐줬거든. 피 냄새가 웬만큼 가신 것 같으니 네가 확인 좀 해줘."

"아, 응, 괜찮네. 피 냄새 같은 건 전혀 생각 안 하고 있었어."

"정말이야? 제대로 확인해줘. ……이봐, 야밀 레이."

야밀 레이가 또 작게 한숨을 쉬고 나서 내 쪽으로 다가왔다.

그러고는 긴 머리를 쓸어 올리며 목덜미를 내 코앞에 들이밀었다.

숲가의 백성으로서의 숲의 향기, 그리고 아마 젊은 여성의 자연스러운 냄새가 콧속을 쓱 파고든다.

"……어때?"

"완전 괜찮습니다!"

야밀 레이가 고개를 들고 가까이서 나를 노려봤다.

한때 독사처럼 싸늘했던 그 눈동자가 토라진 듯 나를 본다.

"거…… 건강해 보여 다행이에요."

나도 모르게 그 말이 튀어나왔다.

잘 생각해보면 야밀 레이와는 보름 만에 재회한 것이다.

보름 전, 역참 마을에서 목숨을 잃은 테이 슨. 협의 끝에 그의 시신을 돌려받아 숲에 묻은 그날 이후다.

야밀 레이는 얼굴을 돌리고 나직이 말했다.

"당신도", 라고.

3

"이야, 왠지 오늘은 다채로운 하루였어."

해가 진 뒤였다.

시무산 건락을 넣어 만든 치즈 기바 버그로 저녁 식사를 마친 나와 아이 파는 늘 그랬듯이 어둠 속에서 이야기를 나누었다.

"오늘은 특히 많은 사람들을 만난 것 같은 데다 장사 쪽도 여러모로 움직이기 시작했지. 지다와 사이크레우스는 꿈쩍도 안 했는데 제법 소란스러운 하루였어."

"그렇군." 아이 파는 시치미 떼는 얼굴로 유리 술잔을 이리저리 뜯어보고 있었다. 슈미랄에게 받은 투명한 원통형의 술잔이 무척 마음에 든 모양이다. 어젯밤에도 아이 파는 질리지도 않고 유리 술잔을 요리조리 살펴보았다.

그런데 그 눈빛에 어제와 달리 그늘이 엿보인다. 어딘지 모르게 언짢은 것 같기도, 아닌 것 같기도 한 마음을 읽기 어려운 느낌이다.

"아, 그렇지. 아이 파, 모처럼 술잔과 고급 과실주가 갖추어졌으니 가끔은 반주로 기분 내는 게 어때?"

"반주?"

"저녁을 먹으면서 술을 곁들이는 거야. 아이 파는 술 잘 마시지? 식료품 창고에 과실주를 보관해둘 정도이니."

그런 것치고는 나는 아이 파가 과실주를 즐기는 모습을 본 적이 없다.

아이 파는 취침 전이라 풀어놓은 금갈색의 긴 머리를 나른하게 쓸어 올렸다.

"한데 아스타, 너는 술을 마실 수 없을 텐데? 그렇다면 나 혼자 마시는 것은 내키지 않는군. 과실주 역시 너한테는 요리의 재료일 테니."

"나는 신경 쓰지 않아도 돼. 돈다 루도 혼자 꿀꺽꿀꺽 마시던데 뭐."

"……그 말은 나보다 돈다 루가 더 가장답게 행동하고 있다는 뜻인가?"

"그게 아니라, 이걸 보내준 사람들의 후의를 최대한 만끽하고 싶다는 거지."

역시 언짢은 건가 싶어 걱정하면서 나는 식료품 창고에서 호리병 두 병을 가져왔다.

한 병은 바란 반장 일행이 선물해준 고급 과실주이고 다른 한 병은 낮에 씰 과즙을 짜서 담은 것이다.

"나는 이걸 맛볼게. 아이 파도 실컷 마셔."

"그건 요리에 쓸 즙이 아닌가?"

"응, 그런데 오늘은 공부할 시간이 별로 없었잖아. 내일이면 상할지도 모르니까 그럴 바에야 조금은 기호품처럼 즐겨도 되지 않을까 싶어서."

실제로 이것을 기바 스테이크에 레몬즙 대신 뿌려보면 어떨까 고민 중이다. 청량한 향기와 산미로 기바 고기 특유의 냄새를 잡아주면서 고기 본연의 맛을 직접적으로 즐길 수 있게 해주지 않을까 여러모로 따져보고 있던 중이었다.

어쩌면 과실주나 조미료와 섞어서 레몬 소스처럼 만들어도 좋을 것이다. 어쨌든 지금껏 해보지 않은 접근 방식으로 기바 고기에 도전해볼 생각이다.

그러나 연구는 내일로 미뤄졌다. 나는 내 술잔에 씰 과즙을 따른 뒤 물을 탔다.

비율은 2 대 1로, 물을 넉넉히 했다. 손끝으로 찍어서 맛을 보니 물이 훨씬 많은데도 산미가 잘 느껴졌다. 그러나 이래서는 단순한 레몬 물에 불과하다. 가능하면 꿀과 얼음도 있으면 좋겠다는 생각이 들었다.

"으음, 풍미도 돋울 겸 나도 과실주를 조금만 마셔볼까."

찻숟가락 하나의 분량도 되지 않을 만큼 과실주를 아주 조금 술잔에 조심스럽게 따랐다.

그것만으로 향기가 한결 향긋해졌다. 나는 술은 못 마셔도 와인이나 럼주 향기는 매우 좋아한다.

"이것 봐, 역시 안을 채워야 비로소 술잔이라고 할 수 있지."

씰 과즙은 약간 노르스름할 뿐이라 이 정도 양을 섞어 봤자 과실주의 색깔에는 변화가 생기지 않는다. 그런데도 술잔을 가볍게 흔들자 촛대의 불을 받아 빛 알갱이가 반짝반짝 흩어졌다.

그제야 관심이 생겼는지 아이 파도 자신의 술잔에 과실주를 따랐다. 유리 술잔이 뚜렷한 적갈색으로 변했다. 술잔 측면에는 군데군데 칼집이 들어가 있어 그것이 진홍색 빛을 난반사했다.

"……아름답군." 아이 파의 입가에 미소가 번졌다.

오랜만에 보는 웃는 얼굴에 기분이 좋아진 나는 아이 파의 술잔에 내 술잔을 갖다 댔다. 칭 하고 시원한 소리가 났다.

"오늘 하루도 수고했어."

나는 술잔을 입에 댔다.

미지근한 물에 레몬즙을 타서 포도주로 향기를 입힌 그런 맛이었다. 맛있다고 할 수는 없지만 그래도 분위기가 좋았다.

아이 파는 어깨를 한 번 으쓱하고 나서 과실주를 꿀꺽꿀꺽 마셨다. 술잔의 8할까지 채워졌던 과실주가 순식간에 흔적도 없이 사라졌다.

"아니, 잠깐, 부추긴 건 나지만 너무 폭음하지 말아줄래? 평소 마시던 과실주보다 도수가 높을 것 같단 말이야."

"도수?" 아이 파가 고개를 갸웃거리며 또 과실주를 따랐다.

"독한 술이라 쉽게 취한다는 뜻이야. 불이 붙는 술이란 그런 거야."

예전에 루티무의 축하연에서 나는 이 고급 과실주를 플랑베(프랑스 요리에서 독한 술을 부어 불을 붙이는 조리법으로, 알코올 성분이 날아가며 향기 및 풍미를 남긴다.) 도구로 사용한 적이 있다. 평소 사용하던 과실주의 알코올 도수는 와인과 비슷한데 이 과실주는 브랜디나 위스키만큼 높으리라는 것이 나의 추측이다.

"취해서 곤드라지는 어리석은 짓은 하지 않을 테니 그리 걱정할 것 없어. 야음을 틈타 누군가 습격해올지도 모르고 말이다."

아이 파는 그렇게 말하며 이번에는 술잔의 절반을 마셨다.

그래도 역시 술 마시는 모습이 참으로 호쾌하다.

"그러고 보니 아스타여. 투란의 미켈이라는 사내는 아직 나타나지 않은 건가?"

"어, 오늘은 안 나타났어."

사이크레우스의 죄를 알고 있다는 수수께끼의 인물, 투란의 미켈.

언젠가 《현옹정》에 모습을 드러내리라고 슈미랄이 말해주었 지만 그날이 오늘은 아니었나 보다.

"그럼 그 산쥬라라는 사내는?"

"산쥬라는 포장마차에 음식을 사러 와주었어. 지다를 위병에 신고하지 않았다는 이야기를 듣고 많이 걱정해주더라."

"……그랬군."

"아이 파는 산쥬라를 심하게 경계하는 것 같은데 무슨 이유가 있어서 그러는 거야?"

"특별히 그런 건 없어. 다만 놈이 적이 되면 몹시 성가신 일이 될 테니 긴장을 풀지 못하는 것뿐이다."

그러고는 나머지 절반을 또 단숨에 들이켰다.

아무래도 아이 파도 돈다 루에 버금가는 술고래인 모양이다. 책상다리로 앉아 자작을 하는 모습이 제법 호방하다.

"지금껏 그렇게 실력 있는 마을 사람은 본 적이 없어. 숲가의 백성에 뒤지지 않을 실력을 지닌 사람이라고 해봐야 카뮤아 요 슈와 그 잿빛 눈동자를 지닌 귀족 사내 정도였지."

"잿빛 눈동자라 하면 멜프리드를 말하는 건가? ……아, 그런 데 지다라는 녀석은 실력이 어때 보이는데?"

"그래, 그놈도 숲가의 사냥꾼에 뒤지지 않더군. ……한데 적 어도 나와 루도 루에게는 못 미치지."

"그럼 카뮤아 요슈랑 멜프리드는? 구체적으로 역량이 얼마나 되는 사람들이야?"

이왕 말이 나온 김에 물어봤다.

아이 파가 얼굴을 살짝 찌푸리고는 과실주를 들이켠다.

"내 눈이 틀리지 않았다면 카뮤아 요슈는 돈다 루 못지않은 실력의 소유자이고, 잿빛 눈동자를 한 귀족은 지자 루와 동등한 실력을 지녔을 터."

"그럼 순위를 매기면 꼭대기에 선 사람은 돈다 루, 단 루티무, 카뮤아 요슈 이렇게 세 명이겠네? 역시 카뮤아는 의외네."

"……솔직히 그자의 실력은 가늠하기가 어려워. 다만 아무리 돈다 루와 단 루티무일지라도 쉽게 쓰러뜨리지는 못할 거라는 생각이 드는군."

"그렇구나. 그런데 너도 단 루티무와 호각으로 승부를 겨루었 잖아."

그렇다면 혹시 톱 3가 아닌 톱 4인 걸까.

아이 파의 실력이 그토록 엄청난 걸까.

"나도 그자들을 이긴다고 확신할 수는 없어."

아이 파가 반짝이는 술잔을 가만히 응시한다.

"다만…… 무조건 진다고도 생각하지 않는다. 잘하면 이길 수 있을 것 같기도 하고 최악의 경우에도 목숨은 지킬 수 있을 거다. 이기지는 못해도 도망가는 데 성공하면 어떻게든 될 테니."

"그렇구나. 그리고 산쥬라는 루도 루와 비슷한 실력을 가졌다 고 했지? ……그럼 루도 루의 실력은 지자 루와 다루무 루에 비 해 어느 정도인데?"

"왜 그런 걸 궁금해하지? 내가 감지할 수 있는 건 나와 비교했을 때의 상대의 실력뿐이다."

아이 파는 약간 귀찮은 듯이 말하고는 과실주를 날름 핥았다.

술 마시는 속도가 빠르다는 것을 알아차린 걸까. 고양이 같은 혀 놀림이 참으로 귀엽다.

"막상 겨뤄보면 아까 신 루와 라우 레이처럼 승패가 뒤집히기도 하지. 그렇기 때문에 루도 루와 산쥬라의 실력이 비슷하게 느껴지고 또 지자 루와 멜프리드가 비슷하게 느껴진다 해도 그들이 실제로 겨뤘을 때 어떻게 될지는 예측하기 어렵다."

"흠. 나름 일리가 있네. ……아, 그럼 마지막으로 두 사람만 더 물을게. 잣슈마랑 라비스는 실력이 어느 정도야?"

"음? 그자들이 누구지?"

"잣슈마는 일전에 상단의 단장인 척 연기한 카뮤아의 동료야. 라비스는…… 그, 디알의 수행원인 남쪽 백성이고."

디알의 이름을 듣자마자 아이 파의 미간에 주름이 잡혔다.

이내 과실주를 또 벌컥벌컥 들이켠다.

"그자들은 내 알 바 아니다. 숲가의 가장 젊은 사냥꾼도 그런 자들에게는 밀리지 않을 터."

그런가.

하지만 잣슈마는 위험한 일을 생업으로 하는 《수호자》인 데다 라비스도 도적 떼를 상대할 수 있는 검사라는 이야기를 들었다.

그렇다면 숲가의 사냥꾼은 범상치 않은 힘을 지니고 있으며 아이 파는 그중에서도 손꼽히는 실력자라는 결론에 도달한다.

'정말 대단하네. 카뮈아나 산쥬라보다 아이 파의 존재가 훨씬 더 경이롭잖아.'

그런 생각을 하고 있는데 아이 파가 얼굴을 불쑥 들이밀었다.

"아스타여, 무슨 생각을 하는 거지? ……설마 그 소녀를 생각하는 건 아니겠지?"

"그, 그 소녀라니? 혹시 디알을 말하는 거야?"

"시치미 떼지 마. 아니면 서쪽 백성 소녀 쪽인가? 너는 그 소녀와도 허물없이 대화를 하더군."

"서쪽 백성이면 유미를 말하는 건가? 허물없이 대화하게 된 건 어쩔 수 없는 일이었어. 아이 파, 너도 그때 상황을 다 보고 있었잖아."

"흥!" 아이 파는 나를 노려본 채 술잔을 입에 댔다.

"나는, 시끄러운 여자는 좋아하지 않는다. 그렇다고 조용하기만 하면 다 좋다는 것이 아니라 야밀 레이처럼 정체 모를 여자는 논외다."

"아니, 그러니까 저기……."

"색시로 삼기에는 실라 루 같은 여자가 바람직하지. 나는 단아하고 얌전한 여자가 좋다."

그 말은 전에도 들은 적이 있다.

하지만 나와는 상관없는 이야기이리라.

아이 파가 얼굴을 더 바짝 들이밀었다.

"혹은 리 스도라도 괜찮지. 아마 민 루티무도 훌륭한 여자다. 한데 너는 단아하고 얌전한 여자만 멀리하는 것처럼 느껴진다, 아스타여."

"절대 일부러 그러는 건 아니야! 애초에 그 두 분은 이미 반려자가 있잖아!"

"그래서 미혼인 여자만 보면 좋아서 헤벌쭉했던 거로군."

"내가 언제 헤벌쭉했다고 그래?!"

"설마 딘가의 어린 소녀에게 발칙한 마음을 품고 있는 건——."

"그만하라니까! 너 아까부터 이상하다? 술에 취한 거 아니야?"

"취하지 않았다."

아이 파는 술잔에 남아 있던 술을 목구멍에 털어 넣은 뒤 내 가슴에 풀썩 머리를 기댔다.

"역시 취했잖아!"

"끈질긴 녀석이군…… 이 정도 술에 취할 내가 아니다."

뜨거운 숨결이 가슴을 파고든다.

아니, 실은 내 몸에 닿은 아이 파의 온몸이 불덩이처럼 뜨겁다.

"……색시로 삼기에는 실라 루 같은 여자가 잘 어울린다……."

"아니, 그러니까 나는 아무도 색시로 삼지 않겠다니까."

"……나는 가장으로서 그 일을 축복해야 할 입장일 터……."

"그럴 필요 없다고 전에도 말했잖아."

"……가장은 가족의 행복을 빌어줘야 하지……."

아이 파가 내 몸을 꽉 껴안았다.

술 때문에 힘 조절이 되지 않는지 갈비뼈가 삐걱거리는 소리가 들려와 나는 "끄아!" 하고 비명을 질렀다.

"숨 막혀! 진짜 부러지겠어! 아이 파, 정신 좀 차려봐!"

"……나를 거부하는 건가, 아스타여."

"그게 아니라! 가냘픈 내 갈비뼈가 비명을 지르고 있잖아!"

안 되겠다 싶어 아이 파의 어깨를 두들겼다. 그제야 팔의 힘이 느슨해졌다.

그러나 아이 파의 팔은 나를 놔주려 하지 않고 얼굴도 내 가슴에 딱 붙은 채였다.

부드러운 머리칼이 코끝을 간질이는 통에 나는 숨을 깊이 쉬어야 했다.

"……내 가장 큰 행복은 네 곁에 있는 거야, 아이 파."

침착한 말로 겨우 수습해도 두근대는 내 심장박동은 고스란히 전해졌으리라. 나 역시 똑같이 두근대는 아이 파의 심장박동이 느껴졌다.

"그러니까 나는 누구와도 혼인하지 않을 거야. 부부가 된다는 건 평생 그 사람 곁에 있고 싶다는 거니까. 너만 있으면 나는 누구와도 혼인할 필요가 없거든."

대답은 없었다.

어쩌면 아이 파는 진작 곯아떨어졌을지도 모른다. 오늘 밤 이 대화는 이렇게 마무리되는 걸까.

나는 다시 한번 크게 숨을 쉬고 나서 아이 파의 머리와 등에 가만히 팔을 둘렀다.

아이 파의 체온이 온몸에 전해져 내 심장을 더욱 빨리 뛰게 했다.

'네가 있어서야, 아이 파.'

지난 두 달 남짓한 기간 동안 소중한 사람이 많이 생겼다. 숲 가의 마을에도, 역참 마을에도, 절대로 잃고 싶지 않은 사람들이 많이 생겼다. 일일이 세다 보면 한도 끝도 없을 만큼 많은 사람들이 나라는 존재를 지탱해주고 있다.

하지만 그래도 내 가슴속 한복판에 자리 잡고 있는 사람은 아이 파다. 그 마음만큼은 지금도 변함없다. 아니, 변하기는커녕 날로 강해질 지경이다.

그리고 아이 파도 마찬가지로 내 존재를 소중히 생각한다. 그렇게 믿을 수 있는 지금의 생활이 얼마나 소중한지, 얼마나 행복한지. 그 또한 가슴이 아리도록 잘 알고 있다.

이런 행복한 삶을 내팽개치면서까지 내가 다른 여자를 색시로 삼을 리가 없다. 그 마음이 아이 파에게 전해지지 않는 것이 오히려 이상할 정도다.

'아이 파, 너는 도대체 언제쯤이면 네가 그만큼 매력적인 사람이라는 걸 깨닫게 될까. 아니면 그런 건 자기 스스로는 절대로 알지 못하는 걸까.'

그런 생각을 하면서 나는 아이 파의 몸을 껴안은 팔에 살짝 힘을 주었다.

그러자, 아이 파가 고양이처럼 몸을 꼼지락거리더니 내 심장

에 대고 말을 쏟아부었다.

"······그 말이 진실이라면 나도 행복하다."

나는 눈을 감고 아이 파의 부드러운 머리칼에 뺨을 기대었다.

그리하여 길고 긴 하얀 달의 첫째 날은 그제야 끝을 고하게 되
었다.

제3장 ★★★ 용서할 수 없는 흉보

1

하얀 달 첫째 날은 실로 다양한 일이 벌어졌지만 기본적으로는 평화롭게 마무리되었다.

그러나 마치 그 대가를 치러야 하는 것처럼 이튿날부터 며칠 간은 파란만장한 나날을 보내게 되었다.

심지어 그것은 그 후에 이어질 대소동의 전채 요리에 지나지 않았다.

만약 슈미랄의 동포인 시무의 점성술사가 제노스에 머물고 있었다면 별에서 어떤 운명을 읽어냈을까.

지난번 사건처럼 누군가가 목숨을 잃은 것은 아니다.

그렇다고 피를 흘린 사람이 아예 없지도 않다.

그리고 숲가의 마을을 포함한 제노스의 앞날은 이 시기를 터닝 포인트로 크게 요동치게 되었다.

결과적으로 내게 올바른 변화였다는 생각은 들지만, 그 결과에 이르기까지의 과정은 지난번 사건 못지않게 감정의 소용돌이를 일으키는 것이었다.

◇

"어? 오늘 돌라 아저씨는 쉬는 날인가요?"

아침에 역참 마을에서.

평소처럼 필요한 채소를 구입하기 위해 노점에 들른 나는 그곳에서 돌라 아저씨가 아닌 그 아들의 모습을 보게 되었다.

돌라 아저씨도 열흘에 한 번쯤은 가게에 나오지 않는다. 그 경우에는 두 아들 중 한 명이 나와서 가게를 본다.

잘은 모르지만 돌라 아저씨는 농가 다섯 군데와 합동으로 큰 농장을 관리하고 있으며 역참 마을에서 채소를 판매하는 일을 도맡아서 하는 모양이다. 하루의 절반을 역참 마을에서 지내고 나머지 시간은 채소 재배와 수확에 할당하고 있다. 숲가의 백성 못지않게 근면한 생활을 하는 것이다.

그런 연유로 내가 그의 아들을 마주하는 것도 이번이 처음은 아니지만 그날은 다른 사정이 있었다고 한다. 건장한 체격과 순박한 얼굴의 그 아들이 전에 없이 심각한 눈초리로 내게 속삭였다.

"아버지가 좀 다치셔서 며칠간 일을 쉬게 되셨습니다. ……실은 간밤에 농장 창고를 도적에게 습격당했습니다."

"네에?!" 나는 놀라서 소리만 지를 뿐 뒷말을 잇지 못했다.

농장 창고가 도적에게 습격당했다. 그 결과 돌라 아저씨가 다치고 말았다. 갑작스러운 흉보에 나도 머릿속이 순간 정지된 것이다.

"걱정할 것 없습니다. 어깨를 몽둥이 같은 걸로 맞으셔서 근육을 다치셨을 뿐이라 며칠 내로 다시 일하실 수 있을 겁니다."

돌라 아저씨의 아들이자 탈라의 오빠이기도 한 그 젊은이는 나직한 목소리로 덧붙였다.

나이는 내 또래인데 언행이 차분하고 숲가의 백성을 호의적으로 대하는 청년이다. 그러나 과연 오늘의 그는 갈색 눈동자에 강한 우려의 빛을 띠고 있었다.

"아버지가 말씀을 전해달라 하셨습니다. 실은 그 도적놈들이 기바의 털가죽으로 만든 외투를 입고 있었다고 합니다."

"기바의 털가죽—— 외투라고요?"

외투란 요컨대 망토를 말하는 것이리라. 숲가의 백성의, 사냥꾼의 옷 말이다.

함께 대화를 듣고 있던 아이 파와 루도 루도 심각한 눈초리로 양옆에서 얼굴을 들이밀었다.

"가슴에는 엄니와 뿔 목걸이도 걸고 있었다고 합니다. 나머지는 어두워서 잘 못 보셨다고 하던데, 다시 말해 그 도적놈들은 숲가의 백성으로 오인할 만한 차림새를 하고 있었던 거죠."

"거참 재미있는 이야기네. ……그래서 놈들은 얼굴이 어떻게 생겼는데? 마을 사람인지 숲가의 백성인지는 얼굴 생김새와 피부색 같은 걸로 대충 구분이 갈 거 아냐?"

루도 루의 질문에 돌라 아저씨의 아들은 고개를 내저었다.

"얼굴을 천 조각으로 둘둘 감고 있었다고 합니다. 마을 사람도 햇볕에 타면 숲가의 백성과 별반 차이가 없기 때문에 피부색은 잘 모르겠다고 하시더군요. 어쨌든 변변한 불빛도 없는 어둠 속에서 일어난 일이라…….”

“흐음. 정말 재미있는 이야기네.”

루도 루의 눈동자에 사냥꾼의 불꽃이 일렁인다.

아들의 얼굴빛이 약간 어두워지더니 몸을 움츠리려 했다.

“그래서 아버지는 누군가가 숲가의 백성에게 절도죄를 덮어씌우려는 게 아닌가 걱정하고 계십니다. 아스타 일행에게 부디 몸조심하라고 하셨고요. 그래서 말인데요, 한 가지 확인하고 싶은 게 있습니다.”

그가 절박한 표정으로 다시 몸을 내밀었다.

“숲가의 마을의 죄인은 모두 심판을 받았지요? 당신들 몰래 죄를 저지를 만한 사람은 이제 없는 것이죠?”

“……숲가의 백성은 족장 집안이 죄를 지었다는 사실에 충격을 받아 앞으로는 누구에게도 부끄럽지 않은 삶을 살겠다고 굳게 맹세했어요. 수백 명에 달하는 숲가의 백성을 제가 전부 만나본 건 아니지만 그 결의가 의심된 적은 한 번도 없습니다.”

그제야 충격에서 회복된 나는 그렇게 대답했다.

정신이 맑아질수록 가슴 깊은 곳에서 격한 분노가 소용돌이쳤다.

“또한 감정에 치우치지 않고 항변하자면, 슨가는 숲의 은혜를 훼손해도 웬만해서는 다른 집 사람에게 들키지 않으리라 믿고 있었어요. 슨가의 소행으로 그런 사실까지 밝혀진 지금 굳이 위험을 무릅쓰면서까지 농장을 습격하려 드는 숲가의 백성은 없을 겁니다."

"아…… 그렇겠군요. 미안합니다. 실은 같은 농장에서 일하는 다른 집 사람들이 덮어놓고 숲가의 백성을 의심해서 분란이 일었거든요. 만약 숲가의 백성이 진짜 범인으로 밝혀지면 아버지 입장이 몹시 난처해지기 때문에……."

"내 아버지는 숲가의 새 족장이다. 그런 아버지의 눈을 피해 죄를 저지를 사람은 아마 숲가의 마을에는 없을 거야."

옆에서 루도 루도 거들었다.

"가령 숲가의 은혜를 훼손하는 것은 긍지가 허락하지 않지만 역참 마을 사람은 꼴 보기 싫으니까 농장을 습격해야겠다! 하고 바보 같은 생각을 하는 사람이 있더라도 우리 아버지나 또 다른 족장인 그라프 자자가 미친 듯이 화내는 모습을 상상하면 그런 생각이 싹 달아날 거다."

여전히 스스럼없는 말투였다.

하지만 가슴에는 나보다 더 격한 분노의 불길이 타오르고 있으리라. 루도 루의 엷은 빛깔의 눈동자에는 이제는 뚜렷한 사냥꾼의 안광이 번뜩이고 있었다.

돌라 아저씨의 아들이 "아……" 하고 새파랗게 질린 얼굴로 뒷걸음질을 쳤다. 루도 루는 그 모습을 보고 겸연쩍은지 누런빛이 도는 머리칼을 헝클었다.

"내가 무섭게 했나? 미안."

"아…… 아니……."

"당신들 신뢰에 보답하고 싶어. 걱정해줘서 고맙다고 당신 아버지한테 전해줘. ……그런데 설마 그 꼬맹이가 위험에 처한 건 아니겠지?"

"꼬, 꼬맹이? 탈라 말인가요? 네, 탈라는 아버지를 간병하고 있습니다. 아버지가 다 나으시면 다시 함께 마을로 나올 겁니다만……."

"그렇군. 고마워. 야, 신 루."

"어."

"미안한데 루루를 타고 가서 아버지에게 이 사실을 전해줘."

"알겠어."

여느 때와 같이 침착한 신 루는 루루의 고삐를 당기며 왔던 길을 되돌아갔다.

우리도 이제 각자 맡은 일을 시작해야 한다.

단 마지막으로 아이 파가 수심에 잠긴 표정으로 아들에게 물었다.

"그런데 그 숲가의 옷을 걸친 악한들은 몇 명이었지?"

"네? ……아버지가 보시기로는 세 명이었다고 합니다."

그것으로 이 대화는 끝났다.

"열받아 미치겠네!"

아침에 몰려든 손님을 치르고 나서 교대로 짧은 휴식에 들어갔을 때 루도 루가 불쾌하기 짝이 없다는 듯 투덜거렸다.

나와 비나 루가 먼저 휴식을 취하고 옆에서 루도 루와 아이 파가 경호해주고 있었다. 물론 우리끼리만 출출한 배를 채울 수는 없는 노릇이라 루도 루 일행의 손에도 절반 크기의 『먀무구이』를 쥐여주었다.

루도 루는 『먀무구이』를 악에 받친 듯이 씹어 먹으며 거듭 주장했다.

"아무리 생각해도 이번 일은 마을 사람 아니면 성 사람 짓이야. 만약 진짜 숲가의 사냥꾼이 했다면 얼굴을 가리기 전에 숲가의 복장부터 가리겠지! 속셈이 빤히 들여다보이는 수법을 쓰다니, 안 그래, 아스타?"

"응. 그런데 그만큼 효과가 엄청날 수도 있어. 아직은 숲가와 역참 마을의 관계가 불안정한 상태라 이런 이야기가 퍼지면 지난번 사건의 전철을 밟게 될 거야."

포장마차 뒤 빈 공간에 놓인 짐수레 옆에서 나 또한 출출한 배를 채우며 그렇게 대답했다.

지난번 사건. 말하지 않아도 다 아는 슨가의 사건이다. 10년 전 습격 사건의 진상을 자츠 슨이 발설했을 때 역참 마을 사람들은 강한 공포와 경계심을 느껴야 했다. 그 후 테이 슨이 모두가 보는 앞에서 죄인으로 심판받을 때까지 숲가의 백성과 마을 사람들은 일촉즉발의 상태였다.

"돌라 아저씨도 위병들에게는 상황을 있는 그대로 설명할 수밖에 없을 테니까 이야기 자체는 마을 여기저기에 퍼지게 될 거야. 문제는 마을 사람들이 어떻게 받아들이느냐 그건데. ……그런데 이번 일이 숲가의 백성을 함정에 빠뜨리기 위한 거라면 그 흑막이 도대체 누구일까?"

"아앙? 당연히 사이크레우스인가 하는 귀족이겠지. 달리 누가 또 있는데?"

"또 한 사람 있잖아. 숲가의 백성에게 깊은 원한을 품고 있는 사람이."

"……아, 그 지다인가 하는 빨간 머리 애송이?"

"응. 일반적으로 생각했을 때 숲가의 백성을 이런 방법으로 함정에 빠뜨리고 싶어 하는 건 지다가 더 걸맞지 않아?"

지다는 자신의 아버지가 누명을 쓴 사실에 억울해한다. 그 보복으로 이번에는 숲가의 백성이 엉뚱한 의심을 받게 해야겠다고 생각하는 것은 그리 부자연스러운 이야기가 아니라고 생각한다.

애초에 사이크레우스가 이런 짓을 해서 도대체 무슨 이익이 있을지 나는 그쪽이 더 상상이 가지 않는다. 이런 음습한 수법은 지다보다 사이크레우스가 더 걸맞은 것처럼 생각되지만 단순히 괴롭히기 위해 이런 짓을 꾸밀 것 같지는 않았다.

"……나는 세 명이라는 인원수가 마음에 걸리더군."

함께 휴식을 취하고 있던 아이 파가 나직한 목소리로 의견을 말했다.

"카뮤아 요슈가 제노스 밖으로 데려간 사냥꾼의 수와 일치하기 때문이지. 이것이 과연 우연이겠나?"

"그건 또 무슨 소리야? 그 아저씨가 데려간 건 루 분가의 남자들이잖아. 아이 파, 너 설마 그들을 의심하는 거야?"

"그럴 리 없잖은가. 조금 냉정해져라, 루도 루여. ……나는 그 세 명의 사냥꾼에게 죄를 뒤집어씌우려는 흉계가 아닌가 생각했을 뿐이다."

그 발상에 나는 놀라고 말았다.

설령 제노스 밖에 있는 세 명의 사냥꾼이 누군가에 의해 살해되었다면 그들은 자신의 결백을 밝힐 기회도 얻지 못할 것이다.

게다가 그들은 루 분가의 남자들이다. 만약 아이 파의 추측이 맞는다면 루가의 신뢰는 땅에 떨어지고 돈다 루는 족장 자리에서 끌어내려질지도 모른다.

'……그렇다는 건 역시 사이크레우스의 음모인가?'

사이크레우스는 돈다 루 일행이 족장에 걸맞은 사람이냐는 의념을 드러냈다. 그런 그에게 의혹의 시선을 보내는 돈다 루 일행의 존재는 필시 눈엣가시였을 것이다.

하지만 카뮤아 요슈가 숲가의 사냥꾼을 이끌고 제노스를 떠났다는 것까지는 알아낼 수 있다 해도 그 사냥꾼이 루가의 남자라는 사실까지 사이크레우스가 과연 어떻게 알아낸다는 걸까.

모르겠다. 모든 것이 추측으로 가득하다.

'아니면, 지다랑도 사이크레우스랑도 상관없는 단순한 도적이 숲가의 백성에게 죄를 덮어씌우려는 걸지도 몰라. 추측밖에 하지 못하는 이 단계에서 머리 아프게 고민해도 소용없는 걸까.'

나는 한숨을 삼키며 아까부터 조용한 비나 루를 향해 시선을 던졌다.

비나 루는 짐수레에 기대어 고개를 숙이고 있다. 오른손에는 먹다 만 『먀무구이』를 쥐고 있고 왼손으로는── 오른 손목에 낀 분홍색 돌이 박힌 팔찌를 만지작거리거나 가만히 쓰다듬고 있었다.

말할 것도 없이 그것은 슈미랄이 선물한 재액을 물리치는 팔찌였다. 비나 루에게는 그녀만의 고뇌와 번민이 있는 것이다.

"그럼 우리가 어떻게 해야 해? 농장에서 보초라도 서야 하나?"

루도 루가 다시 화난 목소리로 말했다.

"보초라…… 그렇게 하고 싶은 마음은 굴뚝같은데, 농장이라는 곳은 무지막지하게 넓지 않아? 숲가의 백성만으로 감당할 수 있을까?"

그렇게 대답하면서 나 또한 가슴 깊은 곳에서 격정이 고개를 쳐들었다.

수많은 농장 가운데 하필이면 돌라 아저씨가 관리하는 농장이 습격당하다니, 우연일까 그렇지 않을까. 나는 그 점이 가장 신경 쓰였다.

만에 하나 숲가의 백성과 친밀히 지낸다는 이유로 표적이 되었다면 돌라 아저씨에게 너무나 죄송스럽다. 그리고 나는 범인을 절대 용서하지 못할 것이다. 서쪽 백성인데도 누구보다 열심히 숲가의 백성을 옹호해주던 돌라 아저씨가 더러운 음모의 희생양이 되다니 용서할 수 있을 리가 없다.

시간이 지나 마음이 진정될수록 몸속에 순수한 분노의 감정이 자랐다. 머리와 뒷덜미는 싸늘할 지경인데 배부터 가슴에 이르기까지는 용암처럼 뜨거운 것이 소용돌이치는 그런 감각이다. 이토록 분노가 치밀어 오른 것은 디가와 도드가 꾸민 음모 때문에 잠자던 아이 파가 납치되었을 때 이래로 처음일 것이다.

"······아스타, 눈빛이 왜 그 모양이지?"

갑자기 아이 파가 내 어깨를 붙잡았다.

"네 일은 맛있는 음식을 만드는 것이다. 그 밖의 번거로운 일은 우리에게 맡기도록. ······그런, 사냥꾼 같은 눈빛은 하지 마."

그러는 아이 파도, 나와 루도 루에 비하면 고요한 눈빛일지언정 그 속에는 뚜렷한 분노의 불꽃이 깃들어 있었다. 역시 이런 수법은 누구든 용서할 수 없는 것이다.

그렇게 우리는 은밀하게 분노를 느끼고 있었다. 그때 잡목림 쪽을 지키고 있던 분가의 소년이 잣슈마가 왔다고 알려주었다. 루도 루는 그 소년과 함께 경호 일로 돌아가고 나는 아이 파와 함께 짐수레 뒤쪽으로 돌아 들어갔다.

잣슈마는 이미 어젯밤 사건을 알고 있었다. 우리가 장사에 힘쓰는 동안 위병이 마을 사람들에게 알린 모양이다.

"도적 수는 세 명. 모두 숲가의 백성의 옷을 걸치고 있었지만 정체는 불명. 사실이 밝혀질 때까지 결코 경솔히 행동하지 말 것, 이렇게 우선은 평범하게 고지되어 있더군. 어쨌든 증거가 없으니 지난번처럼 소동을 일으킨 자는 엄벌에 처하겠다는 어감이었네. ……나는 이제 성 밑 마을로 가서 고용주의 의향을 확인하고 오겠네."

잣슈마의 고용주란 물론 멜프리드를 뜻한다. 기본적인 계책은 카뮤아 요슈가 고안하지만 실행에 옮기는 경비는 멜프리드가 댄다.

"저, 이번에 피해를 입은 농장에 경호를 붙일 수 있나요?"

"경호? 그건 호민병단의 일이야. 농장뿐만 아니라 제노스 영내는 호민병단이 지키고 있으니. 도적에 습격당했다는 보고가 들어가면 경호를 더욱 강화할 테지."

"그런데 호민병단의 지휘관은 사이크레우스의 동생이잖아요."

"그렇다고 해서 경호를 소홀히 할 수는 없네. 그런 짓을 했다가는 그야말로 자신들이 도적질을 사주했다는 의심을 받을 테니 말일세. ……이봐, 만약을 위해 말해두지만 숲가의 백성에게 경호를 시키려는 생각은 아예 하지도 말게. 그랬다가 또 다른 농장이 습격을 당하면 괜히 더 번거로워지기만 할 테니. 어쩌면 숲가의 백성을 숲에서 끌어내리려는 것이 목적일지도 모르지 않나."

"하지만……."

"알겠네, 알겠어. 가만히 내버려두면 혈기왕성한 숲가의 백성이 자경단을 결성할 수도 있다고 고용주에게 단단히 일러두겠네. 근위병단이 엄중히 감시하면 호위병단 녀석들도 더 근면하게 일할 수밖에 없을 테지."

그렇게 말한 뒤 잣슈마는 왠지 흥미진진하게 내 얼굴을 빤히 쳐다봤다.

"자네도 의외로 고집이 세군. 남 못지않게 강렬한 눈빛을 하고 있는 걸 보니."

"……아는 사람이 습격을 당하면 화나는 게 당연하잖아요."

"흠. 뭐, 험한 일은 우리에게 맡기게나. 저쪽이 움직일수록 파고들 틈도 생기기 마련이니."

그 말을 끝으로 잣슈마는 자리를 떴다.

나는 양손으로 얼굴을 때리고 애써 가슴속 격정을 가라앉히며 포장마차로 돌아갔다.

포장마차에는 어제와 마찬가지로 디알이 기다리고 있었다.

"여어! 오늘도 하나 부탁해, 아스타."

역참 마을에 큰일이 벌어진 것을 모르는지 오늘도 활기차게 웃고 있다. 성 밑 마을에 머무는 그녀로서는 이런 떠들썩한 소식을 접하지 못하는 것이리라.

탈라는 물론 유미도 오늘은 아직 나타나지 않고 있다. 이럴 때일수록 이 감정 풍부한 소녀의 천진난만한 미소가 위로가 되었다.

"저기, 제노스의 성 밑 마을에는 언제까지 머무는 거야?"

그렇게 묻자 디알이『먀무구이』를 우걱우걱 먹으면서 "으응?"

하고 귀엽게 고개를 갸우뚱했다.

"몰라. 이번에는 장사의 규모를 확장할 수 있을 것 같대. 그래서 지인짜 진짜 잘 풀리면 성 밑 마을에 가게를 차린다던데?"

"가게? 이런 노점이 아니라?"

"응. 서쪽 백성을 고용해서 가게를 보게 하고 주문도 받게 하고 그리고 네르위아에 있는 우리와 연락을 주고받게 하는 거지. 그럼 이렇게 우리가 직접 주문을 받으러 돌아다니지 않아도 되잖아. 실현되면 굉장할 텐데. 그런데 아주 큰 벌이가 예상되지 않는 한 그런 방법은 성립될 리가 없지."

디알이 장사꾼의 얼굴로 코끝을 긁적였다.

"그 귀족 영감님은 힘이 얼마나 세길래 그런 방면에까지 말발이 통하는 걸까. 귀족이 장사 이야기에 너무 깊이 관여하니까 나는 괜히 불안하더라."

"불안하다고?"

"응. 다른 나라 귀족한테 과하게 우대받는 거, 좀 위험하지 않나?"

나는 이곳 세계의 상식과 관례를 완벽히 이해한 것이 아니기에 뭐라 대답할 말이 없었다. 다만 디알의 아버지인 거상을 우대하는 자가 사이크레우스라고 생각하니 역시 기분이 좋지는 않았다.

"뭐, 그런 연유로 내일부터 바빠질 것 같아. 당분간 제노스에서 지낼 거긴 한데, 바빠서 네 요리도 못 먹을지도 몰라."

그렇게 말하고 디알은 강아지가 귀를 내리는 것처럼 풀이 죽었다. 덩달아 나까지 서운한 기분이 들었다.

"그렇구나. 일이 바쁘면 어쩔 수 없지만…… 아쉽네."

"어?"

"응? 왜 그래?"

"아, 아니, 진짜로 아쉬워하는 말투라……."

"아쉬워. 또 짬이 나면 꼭 먹으러 와줘."

내 대답에 디알은 눈을 희번덕거리며 놀랐다.

"왜, 왠지 의외네. 네가 날 골칫덩이로 여기는 줄 알았는데……."

"아니, 왜?"

"왜냐니! 그렇게 여기지 않는 게 더 이상하지 않아?"

글쎄, 그런 걸까.

하긴 첫인상이 최악이었고 얼굴도 두 대나 얻어맞은 데다 아이 파와 유미와는 일촉즉발의 분위기였으니 잔걱정이 끊이지 않는 손님이었던 것은 틀림없는 사실이다. 그러나 하루도 거르지 않고 포장마차에 와주었을 뿐 아니라 일부러 고기칼까지 마련해주었으니 결과적으로는 좋은 인연이었다는 것이 내 솔직한 소감이다.

"적어도 지금은 골칫덩이라고 생각하지 않아. 디알, 너도 사람들이 너희 집 상품을 마음에 들어 하면 기쁘지? 네가 매일 성밑 마을에서 여기까지 내 요리를 먹으러 와줘서 나도 기뻐."

나는 매너 있게 그리 대답했다.

그러자 디알이 기쁜 듯이, 진심으로 흐뭇한 듯이 생긋 웃어주었다. 비취처럼 아름다운 눈동자에서 기쁨의 빛이 흘러넘친다.

"고마워. 그렇게까지 말해줄 줄은 몰랐는데, 정말 기뻐. ……일이 일단락되면 꼭 다시 먹으러 올게."

"그래, 기다릴게."

그리하여 디알은 오늘도 활기찬 발걸음으로 돌아갔다. 마지막까지 과묵했던 라비스도 말없이 뒤를 따랐다.

그들과 교대하다시피 찾아온 손님은 산쥬라였다. 디알이 있는 내내 심기가 좋지 않은 듯 입을 다물고 있던 아이 파가 눈을 날카롭게 번뜩였다.

"어서 오세요. 자주 찾아주셔서 고맙습니다."

산쥬라도 이제는 어엿한 단골손님이다. 벌써 나흘 연속 방문인 것이다.

"오늘도 하나, 부탁합니다."

산쥬라도 평소와 다름없이 행동거지가 부드러웠다.

실은 포장마차 주변에도 별다른 변화는 보이지 않았다. 예전 같았으면 숲가의 백성의 복장을 한 도적이 나타났다는 것만으로 사람들이 일제히 의심의 눈초리를 보내왔을 터인데, 과연 예전보다 숲가의 백성에 대한 이미지가 좋아졌다고 긍정적으로 받아들여도 되는 걸까.

"아스타, 무사해서 다행입니다. 도적의 아이, 어떻게 되었습니까?"

산쥬라에게는 어젯밤 사건보다 그쪽이 더 근심의 씨앗인 모양이다.

"그 소년은 그날 이후 나타나지 않고 있어요. 지금은 부상 회복에 전념하고 있을지도 모르겠어요."

어제도 오늘도 경호역인 루도 루 일행은 수상한 시선이나 낌새를 느끼지 못했다. 안심한 반면 어쨌든 대화를 나누지 않으면 사태가 진전되지 않기에 답답한 마음도 더해진다.

게다가 만약 그가 돌라 아저씨를 습격한 진범이라면 나는 어떤 심정이 들까. 무법한 사건으로 인해 숲가의 백성을 증오하게 된 인간이 무법한 수단으로 보복을 한다. 그런 악순환의 사슬을 빨리 끊지 않으면 비극적인 미래밖에 얻을 수 없을 것이다.

이런 불안감이 내 얼굴에 드러났는지 산쥬라가 슬픈 듯이 눈썹을 아래로 내렸다.

"그때, 나, 쓸데없는 짓을 했습니까? 왼팔이었기 때문에, 힘 조절을 하지 못했습니다."

나는 황급히 손을 내저었다.

"산쥬라는 아무런 잘못도 없어요. 그러니 절대 마음 쓰지 마세요! ……그런데 오른팔은 아직 상태가 좋지 않은가요? 심한 부상을 입으셨나 봐요."

"네. 움직이지 못하기 때문에, 동전, 조금 걱정입니다."

마음을 새로이 가다듬었는지 산쥬라가 미소를 지었다.

그야말로 시무인의 풍모를 하고 있기 때문에 표정을 조금만 지어도 그 속의 감정이 바로 전해지는 느낌이 든다. 산쥬라의 미소는 디알 못지않게 마음을 편안하게 해주었다.

"그거 큰일이네요. 그런데 산쥬라는 직업이 뭔가요? 상인인 것 같지는 않아서요."

"뭐든 합니다. 그런데, 어려운 것을 생각하기보다, 힘쓰는 일을 잘하기 때문에, 돌 나르기나 짐꾼, 건축상 돕기를 주로 하지요."

"아하. 마을을 떠돌아다니며 그런 일로 돈을 버시는군요."

슈미랄은 여행이야말로 인생이라고 말했다. 시무에서도 초원에서 태어난 백성은 유랑민이라고 했다. 설령 서쪽 신의 아이라 해도 산쥬라에게도 그 피가 흐르고 있을지도 모른다.

"그럼 낮에는 뭘 하시나요? ……아, 무례했다면 죄송해요."

"낮에는, 마을을 구경할 겸, 일을 찾고 있습니다. 팔, 다 나으면, 바로 일할 수 있도록 말입니다. 제노스, 자주 오지 않기 때문에, 여러모로 신선해서 재미있습니다."

산쥬라가 왼손으로 『먀무구이』를 쥐고 먹으면서 뭔가 떠올랐다는 듯 고개를 갸웃했다.

"그러고 보니, 숲가의 마을, 함부로 발을 들여놓지 말 것, 들었습니다. 숲가의 마을, 출입을 금지하고 있습니까?"

"아뇨, 그런 건 아니지만, 숲가의 마을에는 제노스의 법뿐만 아니라 숲가의 규율이라는 게 있거든요. 그 내용을 정확히 알아두지 않으면 불행한 사건이 일어날 수도 있으니까 역참 마을 사람들에게 미리 경고해두는 것 같아요."

"그렇습니까. 그렇다면, 나도 그 규율을 배워서, 숲가의 마을을 방문해보고 싶습니다."

악의라고는 없는 듯한 모습으로 산쥬라가 말했다.

갑자기 아이 파가 온화하지 않은 눈빛으로 끼어들었다.

"산쥬라라고 했던가. 명확한 용건도 없이 숲가의 마을에 발을 들인들 아무런 이익도 없을 터. 자네는 뭣 때문에 숲가의 마을을 방문하고 싶다고 말하는 건가?"

"이유, 딱히 없습니다. 타향 사람들이 사는 모습, 보는 것이 좋습니다. 숲가의 백성, 흉악한 기바를 사냥하는 흉악한 일족, 들었습니다만, 기바 고기는 매우 맛있고, 숲가의 백성은 모두 매력적입니다. ……나, 숲가의 백성, 흥미가 생겼습니다."

아이 파도 그저 실력이 뛰어날 것 같다는 이유만으로 산쥬라를 경계하는 것이기 때문에 이렇게 솔직하게 웃는 얼굴을 맞닥뜨리면 아무런 대꾸도 하지 못하는 모양이다.

산쥬라는 무뚝뚝한 얼굴의 아이 파에게 "먼저 숲가의 규율부터 배우겠습니다" 하고 더 환한 미소를 던진 뒤 자리를 떴다.

아이 파가 머리를 긁적이며 화풀이를 하듯 나를 노려본다.

"하나부터 열까지 다 기묘한 사내다. 어째서 네 주위에는 기묘한 인간만 모이는 건가, 아스타여."

"응? 딱히 기묘한 인간만 모여 있는 건 아니잖아. 많은 사람이 있는 가운데 개성적인 사람이 눈에 띄는 것뿐이야."

"한데 너는 그중에서 기묘한 인간들과만 인연을 깊이 맺는 것처럼 보이는데."

"그것도 그런 식으로 보일 뿐이야. ……아니, 그럼 아이 파 너야말로 기묘한 인간의 으뜸이 되지 않겠어? 나랑 제일 처음 만나서 친교를 맺은 인간이니까."

농담조로 대꾸하자 아이 파가 더 못마땅한 표정을 지었다.

"나더러 기묘하다니 그 말을 부정할 수는 없군. 숲가의 마을에서 나만큼 기이한 시선을 받는 인간은 없을 테니."

"그렇구나. 그럼 나도 기묘한 인간을 끌어당기는 특성이 있는 걸 인정하고 자랑스럽게 여겨야겠다."

포장마차 뒤에서 아이 파가 내 다리를 걷어찼다.

그때 숲가의 백성이 줄줄이 나타났다. 리 스도라와 루티무 및 레이가의 젊은 사냥꾼들이다.

"오래 기다리셨죠? 이제 교대할게요, 아스타."

"네, 수고하시네요. ……저기, 오는 길은 괜찮았나요?"

이미 돈다 루를 통해 리 스도라 일행도 사정을 들었을 것이다. 리 스도라는 "네" 하고 차분하게 고개를 끄덕였다.

"평소보다 아주 조금 어수선하긴 했지만 지난번만큼 긴장하지는 않은 것 같아요."

그녀들과 배턴터치를 하고 포장마차를 벗어나자 그 말이 옳았다는 것을 실감할 수 있었다.

들던 대로 역참 마을 사람들은 평소보다 조금 어수선했다. 불안한 눈으로 쳐다보거나 화닥닥 놀라서 돌아보는 사람도 많게 느껴졌다. 그래도 노골적인 공포나 분노의 눈초리를 보내는 사람은 없었다.

이 시점에 숲가의 백성이 소란을 일으키는 것은 역시 적잖이 부자연스럽지 않은가, 하고 여겨주는 걸까. 아니면 설령 숲가의 백성이 범인일지라도 이 역참 마을에서 장사를 하는 사람들은 무관하겠지, 하고 여겨주는 걸까.

어쨌든 우리는 이렇다 할 위기감이나 이상함을 느끼는 일 없이 《현옹정》으로 향할 수 있었다.

사람의 왕래가 많은 돌의 가도에서 옆길로 들어가 인적이 없는 주택 구역으로 들어섰다. 그러나 오늘도 지다는 나타나지 않았다. 역시 산쥬라 때문에 입은 부상을 회복할 때까지는 나타나지 않을 작정인지도 모른다.

'우선 그쪽을 해결하면 마음만은 편해질 것 같은데.'

그렇게 《현옹정》에 도착하고 나서는 잠깐 옥신각신하게 되었다. 누가 주방에 들어갈지, 아이 파와 루도 루 사이에서 또 의견이 엇갈린 것이다.

그러고 보니 자츠 슨 일행의 사건 때도 이 두 사람은 옥신각신했다. 여관의 정문 입구를 지키는 사람은 마을 사람을 가장 자극하지 않을 터인 여자인 아이 파가 적합하다는 것이 루도 루의 지론이다.

그런데 이곳 《현옹정》은 사람이 잘 다니지 않는 구획에 있어 출입하는 손님도 거의 없다. 따라서 아이 파는 자신이 밖에 있어야 할 필요가 없다고 주장한다. 이에 대해 어제도 주방까지 동행하는 임무를 신 루에게 양보한 루도 루가 정색을 하고 반론하는 구도였다.

어쩐지 루도 루는 가게 밖을 지키는 임무를 더 중요하게 여기는 듯했다. 따라서 평소에는 자신이 그 임무를 맡지만 숙련된 아이 파가 있을 때만큼은 주방에 들어가고 싶은 모양이다.

"도대체가, 네 얼굴도 여자처럼 예쁘장하지 않은가!"

"누가 할 소리! 아이 파, 넌 엄청난 미인이잖아!"

내용만 듣고 있으면 절로 미소가 지어지지만 본인들은 대단히 진지하다.

게다가 둘 다 자신의 외모를 평가하는 것이 싫은지 갈수록 분위기가 험악해진다.

"저기 그러면 《현옹정》에서는 아이 파가, 《남쪽의 대수정》에서는 루도 루가 주방에 들어가면 되지 않아? 그럼 공평하잖아."

내 제안으로 싸움이 수습되었다.

아이 파는 눈에 띄게 기분이 좋아졌고, 루도 루는 투덜투덜하면서 다른 두 명의 사냥꾼에게 지시를 내렸다. 말하기 미안하지만 두 사람은 이런 유치한 점이 매력이다.

그리하여 드디어 《현옹정》에 입장을 달성하자 접수대에 앉아 있던 주인장 네일이 "어서 오십시오, 아스타" 하고 일어서서 우리를 맞아주었다. 그러나 평소처럼 우리를 주방으로 안내하는 대신 손가락으로 엉뚱한 방향을 가리켰다.

"아스타, 저쪽에서 손님이 기다리고 있습니다."

"손님이라뇨? 저한테요?"

"네. 투란의 미켈이라는 분입니다. 그분이 아스타에게 말하면 알 거라고 하시더군요."

투란의 미켈.

드디어 나타났구나 싶어 나는 긴장했다.

그는 슈미랄이 찾아준 '사이크레우스의 죄를 아는 사람'이다. 점성술사의 예언에 따르면 숲가의 백성이 그 인물과 만남으로써 더 큰 힘을 얻게 된다고 했다.

그 말이 무엇을 의미하는지 평범하기 그지없는 나로서는 전혀 알 수가 없다. 하지만 슈미랄과 그의 동포가 예언한 바를 가볍게 볼 생각은 없다.

"이쪽입니다."

네일이 손짓으로 안내한 곳으로 갔다. 오늘 처음 가보는 그곳은 이 여관의 식당이었다.

우리를 기다리고 있는 인물을 보고 나는 몹시 당황했다.

"손님. 숲가의 백성, 파가의 아스타가 도착했습니다."

"어엉……?" 그 인물이 귀찮다는 듯이 고개를 들었다.

얼굴에 주름살이 깊게 팬 초로의 남성이었다.

조끼에 원통형 바지, 다소 꾀죄죄하긴 해도 이상한 옷차림은 아니다.

그런데 그 인물은 한 손에 과실주 호리병을 든 채 나무 의자에 기대앉아 정신없이 자고 있던 모양이었다.

"자네가 기바 고기로 요리를 한다는 괴짜 요리사인가…… 뭐야, 젖비린내 나는 애송이잖아."

황갈색 얼굴은 시뻘겋게 물들어 있고 혀도 잘 돌아가지 않는다. 그 인물은 벌건 대낮부터 만취한 상태였다.

2

투란이란 사이크레우스가 다스리는 제노스의 북쪽 영토를 말한다.

그곳에는 남쪽의 농장보다 더 중요한 과수원이 펼쳐져 있다. 과수원에는 기바의 침입을 막기 위한 목재 울타리가 설치되어 있고 또 노예를 부려 수익을 낸다고 들었다.

어찌 보면 완전한 선입견일 수도 있지만 그곳에는 역참 마을 사람이나 농장 사람보다 거드름을 심하게 피우는 사람이 살고 있고 가혹한 노동은 노예에게 시키면서 유유자적한 생활을 만끽하고 있지는 않을까 하는 망상을 했다.

그러나 이 미켈이라는 인물은 역참 마을 사람보다 꾀죄죄한 옷을 몸에 걸치는 것도 모자라 대낮부터 만취한 상태였다.

그렇다고 과하게 궁상스러운 옷차림은 아니다. 다만 조끼와 바지가 거뭇거뭇한 데다 탄내까지 찌들어 있다. 불을 쓰는 직업이라도 가진 걸까.

나이는 오십을 바라보는 정도로 보인다. 서쪽 백성치고는 기골이 장대하지만 얼굴이며 팔은 묘하게 앙상하다. 골격은 건장한데 살집은 빈약한, 약간 불균형한 인상이다.

부스스한 머리는 희끗희끗하고 눈동자는 짙은 갈색에 피부색은 햇볕에 보기 좋게 그은 황갈색이다. 윤곽이 제법 뚜렷한 얼굴이라 마치 고목에 새겨진 조각 같은 분위기를 자아냈다.

그러나 그 얼굴은 취기가 얼근하게 돌아 눈까지 벌겋게 충혈되어 있다. 나무 탁자에 상체를 반쯤 엎드린 채 왼손에 과실주 호리병을 쥐고 축 처진 자세로 우리를 노려보는 그 모습은 치신머리없다는 말을 구현한 듯한 양상이었다.

"흥…… 이거 괜히 헛걸음했군."

미켈이라는 인물이 쉰 목소리로 그렇게 내뱉더니 과실주를 들이켰다.

"뭐 어쨌든 내가 할 수 있는 말은 하나뿐이다. 사이크레우스 근처에는 얼씬도 마. 귀족의 뜻을 거역해봤자 파멸할 뿐이다. ……그럼 이만."

미켈은 그렇게만 말하고 흐느적흐느적 일어섰다.

"아, 잠깐만요." 나는 황급히 그를 말렸다.

"당신은 슈미랄의 권유로 저를 만나러 와주신 거죠? 대단히 고맙게 생각하지만 솔직히 뭐가 뭔지 잘 모르겠어요."

"알 필요도 없네. 이걸로 그 시무인에 대한 의리는 지켰다. ……저리 비켜, 애송이."

161

그가 의자에서 일어서자 나보다 몸집이 크다는 것을 알 수 있었다. 그러나 술에 취해 비틀거렸다. 계속 그러다가는 쓰러질 것 같았다.

그런데도 아이 파는 신중하게 소도 자루에 손을 댄 채 미켈의 모습을 가만히 살펴봤다.

"……어차피 네놈 같은 애송이가 사이크레우스의 눈에 들 일은 없다. 기바 요리인지 기즈 요리인지 몰라도 여태껏 해온 대로 실컷 동전이나 벌라고."

"아니, 저는 요리사 입장에서 그 사이크레우스라는 인물과 문제가 있는 게 아니에요. ……저기, 슈미랄에게 이야기를 어떤 식으로 듣고 오신 거예요?"

투란의 미켈은 탁자를 짚은 오른손으로 체중을 지탱하면서 술취해 풀린 눈으로 나를 쳐다봤다.

"역참 마을에서 기바 요리를 파는 풋내기가 사이크레우스와 문제가 생겼을지도 모른다고 들었다. 그러니 지혜를 빌려줬으면 좋겠다고 말이야. ……아무튼 내가 할 수 있는 말은 해줬다. 사이크레우스 근처에는 얼씬도 마."

"저도 가능하면 얼씬도 하고 싶지 않은데요, 숲가의 백성에 대해서는 아무 말도 못 들으셨나요?"

"기바 요리를 팔려고 내놓은 사람이면 당연히 숲가의 백성이지. 뭐, 생김새로 봐서는 서쪽이나 동쪽 태생인 것 같은데, 그게 나랑 무슨 상관이라고."

미켈은 그렇게 말한 뒤 아이 파와 비나 루의 모습을 심드렁한 표정으로 번갈아 봤다.

"……그나저나 일터에 여자를 데려오다니 기가 막히는군. 참 대단한 요리사야. 그 상태로 열심히 즐겁게 일에 힘쓰라고."

"저 여인은 제 요리 조수이고 이쪽은 호위역이에요. 일은 즐겁지만 그렇다고 소홀히 하고 있지는 않습니다."

무심코 발끈해서 쏘아붙였지만 미켈은 "알 게 뭐야" 하고 술을 들이켤 뿐이었다.

나는 불뚝불뚝 부풀어 오르는 반항심을 억누르고 최대한 침착한 목소리로 설명했다.

"그러니까 말이죠, 저는 슈미랄에게 당신이 사이크레우스가 저지른 죄에 대해 알고 있고 그 이야기를 들으면 숲가의 백성에게 힘이 된다고 들었거든요. 괜찮으시면 좀 더 자세히 말씀해주실 수 없을까요?"

"별난 애송이로군. 들어도 불쾌하기만 할 텐데?"

미켈은 가시 돋친 목소리로 말하면서도 의자에 털썩 앉아주었다.

그 모습을 확인한 네일이 내게 작게 말했다.

"그럼 저는 저쪽에서 기다리고 있겠습니다. 이야기가 다 끝나면 오늘 일을 해주십시오."

"아, 죄송합니다. 최대한 빨리 끝낼게요."

나는 네일에게 머리를 숙이고 나서 미켈과 마주 앉았다.

아이 파가 잽싸게 내 옆으로 와서 섰다.

"……사이크레우스라는 남자는 비정상적일 정도의 미식가다."

한 손에 호리병을 쥔 미켈이 드디어 말문을 열었다.

"요리사도 여러 명 곁에 두고 값비싼 음식점을 차리게 하거나 자기 집에서 요리하게 하지……. 그뿐만 아니라 제노스 성의 요리사도 사이크레우스의 입김이 작용한 사람이라더군. 맛있는 식사를 하고 싶다는 욕구는 누구에게나 있을 테지만 그놈은 병적인 수준이다."

"네에. 사이크레우스라는 사람은, 그렇게까지 미식에 푹 빠져 있다는 말씀인가요?"

"그런 것도 몰랐나? ……성 밑 마을의 요리사는 대부분 사이크레우스에게 인정받기 위해 실력을 쌓고 있다. 놈의 눈에 들면 출셋길을 달리게 되니 당연하지. 그리 생각하지 않는 인간은 언젠가 신세를 망치게 되어 있다."

"신세를 망치다니……."

"실력 없는 요리사는 가게를 접을 수밖에 없을 테고 실력이 있으면 사이크레우스가 데려갈 테지. 실력이 출중한 요리사가 사이크레우스의 수하가 되기를 거부했다간, 제노스에서 추방되거나 혹은 팔 힘줄이 끊겨 요리사로서는 살아갈 수 없게 되지."

"뭐 그런 일이 다 있어요? 성 밑 마을에서 그런 무법한 일이 허용된다고요?"

가슴속에서 뜨거운 응어리가 요동치며 끓어올랐다.

미켈은 기분이 언짢은지 입가를 비틀었다.

"사이크레우스는 제노스의 영주 마르스타인에 버금가는 힘을 지닌 귀족이다. 지난 20년 만에 그 힘과 지위는 흔들리지 않는 것이 되었지. 그것도 다 네놈들 숲가의 백성이 애써준 덕분 아니겠나?"

"네?"

"10년 전 바너엄의 사절단이 전멸된 사건. 거기다 호민병단의 단장이 살해된 사건. 그건 네놈들 숲가의 백성이 사이크레우스의 수족이 되어 방해자를 제거한 일이지 않나?"

물론 나는 진심으로 경악할 수밖에 없었다.

"당신이 그 일을 어떻게 아세요?"

"사이크레우스를 호위하는 병사들이 술집에서 떠들어대더군. 술이 들어가면 사람은 입이 느슨해지는 법이니까."

그들은 족장들이 사이크레우스와 회담했을 때 동행한 병사들일까.

모든 병사가 사이크레우스에게 절대적인 충성을 맹세하지는 않는다는 것은, 뭐, 우리로서는 다행인 일일지도 모른다. 미켈의 말에 놀라기는 했지만 그 꺼림칙한 사건에 관해 제노스의 백성 모두가 바르게 알아야 한다는 생각이 들었다.

"따라서 제노스에는 사이크레우스의 죄를 심판하려는 사람이 없다. 다른 귀족들에게 엄니를 드러낸다면 꼭 그렇지만은 않을 테지만, 고작 요리사 한두 명 처치한다 해도 그런 건 귀족들에게 하잘것없는 일이지."

"너무하네요. 듣기만 해도 기분이 나빠질 지경이에요."

"흥. 그런데도 지금은 사이크레우스의 뜻을 거역하는 요리사가 돌담 안에는 한 명도 없을 테지. 잠자코 시키는 대로 하면 얼마든지 출세할 수 있으니까 말이야. ……사이크레우스에게 할당받은 도구와 식재료로 놈이 만족할 만한 요리를 만들면 된다. 그렇게만 하면 안락한 생활을 할 수 있으니까. 거역하는 놈이 어리석은 거다."

"그럼 저도 어리석은 부류에 속하겠네요. 그런 사람을 위해 요리 실력을 발휘하고 싶지는 않아요."

"……기바 요리 따위로 사이크레우스의 환심을 살 일은 없으니 안심해."

미켈은 별 우스운 놈을 다 보겠다는 듯 다시 과실주를 입에 댔다.

그러나 이미 호리병 속 술이 바닥이 났는지 콧방귀를 뀌고 호리병을 탁자에 내려놓았다.

"역참 마을에서 동전을 얼마나 벌든 귀족에게는 하잘것없는 금액이다. 하물며 네놈 같은 풋내기의 요리 따위, 상대조차 되지 않을 테지. 그러니 안심하고 여태껏 해온 대로 장사에 힘쓰면 된다는 거다, 내 말은."

"……당신은 왜 먹어보지도 않고 아스타의 요리를 비방하는 거지?"

갑자기 아이 파가 끼어들었다.

"서쪽 백성이 기바와 숲가의 백성을 기피한다는 것은 알고 있다. 한데 일일이 아스타의 실력을 비방하는 것은 그만뒀으면 한다. ……분명히 말해 불쾌하다."

"비방한 게 아니다. 다만 이런 풋내기가 사이크레우스의 눈에 들 일은 없다고 안심시켜준 것일 뿐이지."

숲가의 사냥꾼인 아이 파를 두려워하는 기색도 없이 미켈은 그렇게 말했다.

"기바 고기와 싸구려 채소로 만든 요리 따위에 사이크레우스가 식욕이 동할 리가 없다. 뭐, 어엿한 요리사라면 무슨 식재료를 쓰든 맛있는 요리를 만들 수 있겠지만 이런 풋내기한테는 어림도 없지."

"역시 비방하고 있지 않은가."

무표정인 아이 파가 역정이 난 듯 두 눈을 불태웠다.

"됐어, 아이 파. 우리가 걱정하는 건 다른 일이잖아. ……투란의 미켈, 당신 이야기는 다 끝난 건가요?"

"그래. 더 이상 무슨 이야기를 또 하라는 건가?"

"그렇군요. 아뇨, 고맙습니다. 일부러 와주셔서 감사합니다."

역시 경악스러운 사실이 새롭게 밝혀지는 일은 없었다.

애초에 이 투란의 미켈이라는 인물은 숲가의 백성에게 아무런 관심도 없어 보였다. 이래서는 우리에게 유용한 정보를 가지고 있을 리도 없지 않은가.

유일하게 주목할 만한 것은 투란의 술집에서는 숲가의 백성뿐만 아니라 사이크레우스의 악평까지 나돈다는 정도이지만, 증거 없는 악평은 아무런 의미가 없다. 의미가 있다면 카뮤아 요슈도 정보전을 벌이는 일쯤은 해두었을 것이다.

'뭐, 슈미랄은 숲가의 백성의 내부 사정을 모른 채 움직여줬던 거지. 그럼 이렇게 되는 게 당연하겠네.'

다만 그렇다면 점성술사의 예언은 뭐였단 말인가.

이 인물과의 만남으로 숲가의 백성이 더 큰 힘을 얻을 수 있다는 그 말은.

'이 사람이 가진 정보가 아니라 오늘 만남을 계기로 뭔가 숲가의 백성에게 이익이 되는 운명을 가져온다는 건가.'

하지만 그 또한 알아낼 수 없는 문제인 데다 별점 결과를 중시한들 어쩔 도리가 없다. 나는 다시 한번 "고맙습니다" 하고 인사를 한 뒤 자리에서 일어서려 했다.

그러자 미켈이 불온한 시선과 말을 쏟아냈다.

"역참 마을의 요리사는 겨우 이 정도인가. 실력을 무시하는데도 불평 한마디 못하나, 네놈은?"

"네? ……네에, 제가 귀족을 위해 요리하는 것도 아닌데요, 뭘. 역참 마을 손님들이 기뻐해준다면 그걸로 충분합니다."

"그럼 나를 기쁘게 할 수도 있나? 보잘것없는 숯구이 영감인 나를 말일세."

미켈이 도발적으로 말하며 내 코앞에 왼 손가락을 들이댔다.

그러고 보니 조끼와 마찬가지로 손가락도 거뭇거뭇하다. 손톱 사이에도 숯검정이 끼어 있다. 이 이상한 탄내는 아무래도 숯내였던 모양이다.

"숯 굽는 일을 하시는군요. 이곳 제노스에도 숯이 존재하는지 몰랐어요. 역참 마을에서는 한 번도 보지 못했거든요."

"역참 마을이나 농장 사람이 굳이 동전까지 내가며 숯을 살 일이 뭐가 있나? ……그보다 어떤가? 나를 만족시킬 만한 요리를 네놈이 만들 수 있나, 풋내기?"

"……기바 고기는 특유의 냄새가 강해요. 사람에 따라서는 그 냄새를 질색하기도 하니까 뭐라 말할 수가 없네요."

이런 취객의 도발에 응해도 별수 없는 일이다. 게다가 슈미랄을 통해 알게 된 사람이니 일을 시끄럽게 만들고 싶지도 않다. 그리하여 나는 분별 있게 그렇게 대응했지만 그는 코웃음을 쳤다.

"이렇게 의지가 없어서야. 그 시무인은 네놈을 무척 치켜세우던데, 의지 없는 요리사의 요리라고 해봤자 뻔하지."

"어이, 말이 너무 심하지 않은가."

아이 파가 두 눈을 더 활활 불태우며 나무 탁자에 오른손을 짚었다.

"그만해, 아이 파. ……저기 말이죠, 의지를 품은 방식은 사람에 따라 다르지 않겠어요? 어디에 사는 누가 먹어도 만족할 만한 요리를 만들 수 있느냐는 질문에 네, 만들 수 있습니다, 하고 무책임하게 대답하는 것이 의지가 강하다고 할 수 있을까요? 저는 그렇게 생각하지 않을 뿐이에요."

"흥, 냄비 다루기보다 혀 놀리기를 잘하는 모양이군."

"저는 그렇게까지 말재주가 뛰어나지 않아요. 제 요리에 관심이 있으시면 이곳 《현옹정》에서도 팔고 있고 포장마차 요리도 있습니다. 괜찮으시면 나중에 들러주세요."

나는 이번에야말로 이 대화를 끝내려고 했다.

하지만 상대는 공격의 화살을 거두어들이지 않았다.

"그럼 지금 여기로 요리를 가져와 봐! 만족스러우면 네놈을 어엿한 요리사로 인정해주마."

저는 스스로를 아직은 한참 부족한 요리사라고 생각하는데요, 라는 말을 내뱉으면 더 성가신 일로 번질 것 같았다.

"알겠습니다. 잠시 기다려주시면 요리를 내올게요. 동전은 여관 주인에게 지불해주세요."

"흥, 일일이 신경을 건드리는 풋내기로군. ……어이! 과실주 한 병 더 가져와!"

네일이 태연하고 침착하게 과실주 호리병을 들고 식당에 들어왔다.

'일이 이상하게 흘러가는 것 같네.'

왠지 디알과의 만남을 연상케 하는 전개였다.

아무튼 이제 그만 일을 시작해야 한다. 그렇지 않으면 이후 일정에도 차질이 생긴다. 내가 밀라노 마스와 그의 딸에게 조리 지도를 해주겠다는 제안을 밀라노 마스가 받아들였기 때문에 이후에는《키뮤스의 꼬리정》에도 가야 한다.

그런데 오늘의 메뉴는『치트전골』이다.『치트전골』은 이곳의 일을 마치고 우리가 나간 뒤에도 네일이 끓이는 작업을 30~40분간 계속 이어서 해줘야 완성된다. 그러면 시간이 너무 오래 걸리므로 여분의 고기로『기바소테 아라비아타풍』을 1인분만 만들기로 했다.

"죄송해요. 괜히 저 때문에 까다로운 손님이 오신 것 같아요."

고기를 볶으면서 네일에게 사과하자 "괜찮습니다" 하는 부드러운 대답이 돌아왔다.

"동전을 내면 다 손님입니다. 평소 만들던 30인분과는 별개로 아스타의 요리를 1인분 더 만드는 것이니 저한테도 이익이 되니까요."

네일은 그렇게 말한 뒤 "그런데" 하고 걱정스러운 눈빛을 했다.

"사이크레우스라 하면 투란 백작가의 당주 이름 아닙니까? 그런 귀족과 이상한 일로 연관되는 것은 위험하다고 생각합니다."

"아, 네…… 저도 가능하면 얽히고 싶지 않은데요, 숲가의 백성과 여러모로 인연이 있는 상대라서요."

하지만 내 요리가 사이크레우스의 입에 들어갈 가능성은 아예 없을 것이다. 귀족이 역참 마을에 내려오는 일부터가 있을 수 없는 일인 듯하고 통행증도 없는 내가 성 밑 마을에 출입할 수도 없기 때문이다.

그렇다 한들 사이크레우스가 내 요리에 관심을 가진다면 귀족의 특권으로 어떻게든 하겠지만 지금으로서는 그런 낌새도 없다. 숲가의 백성을 인간 취급도 하지 않는다는 카뮤아 요슈의 말이 진실이라면 사이크레우스가 기바 요리에 관심을 가질 일도 없을 것이다.

그런 생각을 하는 사이 『기바소테 아라비아타풍』이 완성되었다.

"저도 식당에 같이 갈게요. 괜히 불평이라도 나오면 죄송해서요."

"네. 그럼 부탁합니다."

『치트전골』의 불 당번은 비나 루에게 맡기고, 나무 접시를 들고 네일과 나와 아이 파 셋이서 식당으로 향했다.

"흥, 벌써 오는군."

미켈이 과실주 두 병째를 꿀꺽꿀꺽 들이켜며 사나운 눈초리를 보내왔다.

"이쪽이 아스타가 만든 우리 여관의 요리입니다. 후와노를 곁들이지 않으면 적동화 세 닢과 반으로 자른 동전 하나, 후와노를 포함하면 적동화 다섯 닢입니다."

"대낮부터 후와노까지 어떻게 먹나? 과실주가 있으면 충분하다."

미켈이 술내 나는 입김을 내뿜으며 탁자 위에 동전을 내던졌다.

네일은 나무 접시를 내려놓고 나서 적동화 세 닢과 반으로 자른 동전을 공손히 주웠다.

"흥——." 미켈은 나무 숟가락을 아무렇게나 거머쥐었다.

나무 접시에는 홍고추 같은 치트와 토마토 같은 타라파의 붉은 소스를 듬뿍 뿌린 기바 등심살이 김을 내뿜고 있었다.

서쪽 백성 중에도 치트의 매콤함을 좋아하는 사람이 많다고 들었는데 과연 미켈은 어떨까. 일단 냄새만 맡아도 군침이 도는 향긋한 냄새에 겁먹은 기색은 없다.

취기가 돌았는지 미켈이 위태위태한 손놀림으로 토막고기를 떠서 입에 넣었다.

순간 그 눈에서 번개 같은 광채가 번뜩인 듯한 기분이 들었다.

고기를 꼭꼭 씹고는 과실주로 삼킨다. 그러고 나서 미켈은 나를 엄청나게 매서운 눈빛으로 노려봤다.

"……이 타라파에 다진 아리알를 섞었군?"

"네. 타라파의 신맛을 잡아주려고요."

"이 풍미는 과실주와 마무로군. ……거기다 타우유까지 넣었어."

"맞아요. 아주 소량이지만요."

치트의 매운맛이 살아 있는 이 음식을 먹고 용케 거기까지 알아냈구나 싶어 나는 속으로 혀를 내둘렀다. 미켈은 제법 날카로운 미각의 소유자인 모양이다. 이 세계에서 만난 사람 중 가장 예민한 미각을 지닌 듯하다.

"기바 고기는 상당히 고급스러운 고기였군. 키뮤스나 카론의 다리였다면 분명 이 강렬한 양념에 가려졌을 테지. ……이봐, 풋내기."

"네."

"사이크레우스의 근처에 얼씬도 마."

"네?"

다음 순간 가슴 철렁한 일이 벌어졌다.

미켈의 억센 손끝이 생각지도 못한 속도로 내 멱살을 향해 뻗어 오고, 그보다 더 민첩하게 아이 파가 미켈의 손목을 움켜쥐었다.

"무례한 짓은 삼가라, 미켈."

"아이고, 아파. 이봐, 내 가녀린 팔뚝이 부러지겠는데?"

아이 파가 미켈의 손목을 거칠게 놔주었다.

"쳇." 미켈이 혀를 차더니 풀려난 왼손으로 탁자를 세게 내리쳤다.

"네놈은 안 된다. 조용하고 평안하게 살고 싶다면 절대로 그 근성부터 썩어빠진 귀족 놈에게 실력을 뽐내서는 안 된다. ……뭐, 실컷 부려 먹더라도 동전만 주면 된다고 생각하면 또 모를까."

"……칭찬하시는 거라면 감사의 말씀 올립니다."

"칭찬은 무슨. 그 넉살 좋게 잘도 나불거리는 시무인을 봐서 충고나 해준 것뿐인데?"

미켈의 눈은 불온하게 불타올랐다. 부글부글 끓어오르는 기바고기 수프처럼 격정이 치밀어 오르고 있다.

"돈을 더 많이 버는 것을 요리사의 긍지로 여기는 놈은 얼마든지 있다. 네놈이 그런 인간이라면 나도 더 할 말은 없다. ……단 그렇지 않다면 절대로 사이크레우스 근처에 얼씬도 하지 마라. 돈에 자존심을 팔아넘기지 못한다면 그 후에 기다리는 것은 자

신의 파멸뿐이다.”

“팔 힘줄이 끊겨 요리사의 길이 닫힌다는 말씀인가요? 그런 일은 절대로 겪고 싶지 않네요.”

“당연하지. 그런 몸으로 오래 살아봤자 뭐 하나? 죽은 거나 다름없는데.”

미켈이 나직하게 울리는 목소리로 말하며 탁자 밑으로 내려놓았던 오른팔을 천천히 눈높이까지 들어 올렸다.

그 거뭇거뭇한 손바닥이 내 코앞에 닥쳐왔다.

뼈마디가 앙상하고 의외로 손가락이 길다.

그 손가락이, 약지와 새끼손가락만 기묘한 느낌으로 까딱까딱 움직였다.

“내 오른손은 이제 이 두 개밖에 움직이지 못한다. 이런 팔로는 조리칼을 쥐지도, 냄비를 들지도 못하지.”

나는 경악에 찬 숨을 삼켰다.

미켈은 원통하게 불타오르는 눈으로 얼굴을 내게 확 들이밀고 말했다.

“이런 몸이 되고 싶지 않으면 절대로 사이크레우스 근처에는 얼씬도 하지 마. 차라리 제노스를 떠나는 게 낫지. ⋯⋯이곳은 제대로 된 요리사가 살 만한 마을이 아니다.”

3

《현옹정》과 《남쪽의 대수정》에서의 할 일을 마치면 그다음은 《키뮤스의 꼬리정》에서 밀라노 마스와 그의 딸에게 조리 지도를 하기로 약속되어 있다.

포장마차 영업 종료까지는 이제 한 시간이 조금 안 남았다. 투란의 미켈과 대화하느라 조리 지도의 시간이 그만큼 줄었지만 사전 연습으로는 충분할 것이다. 처음 며칠간은 일단 나부터 카론과 키뮤스 고기에 적응하는 기간이 되어야 할 것이다.

미켈과의 대화를 통해 이런저런 생각을 품게 되었지만 지금은 일에 집중해야 한다. 잡념에 사로잡혀 일을 소홀히 하면 아이 파의 호통이 떨어질 것이 분명하다. 그런 생각을 하면서 옆에서 걷는 가장의 모습을 몰래 훔쳐보자 어쩐 일인지 아이 파야말로 어두운 표정을 하고 있었다.

"……아이 파, 무슨 일 있어?"

돌의 가도를 걸으며 작게 말을 걸자 아이 파는 흘끗 맥없는 시선을 보내왔다. 전에 없이 심약한 표정이다.

"딱히 아무 일도 아니다. 그 미켈이라는 사내의 이야기를 듣고 마음이 조금 어지러워진 것뿐이야."

"앗, 왜 또? 내 팔 힘줄이 잘릴까 봐 걱정하는 거야?"

"그런 짓은 절대로 허락하지 않는다. 조심성 없이 불길한 말 하지 마, 멍청한 놈."

"그럼 왜 그러는데? ……아, 설마 내가 미켈의 충고에 따라 제노스를 떠난다거나, 뭐 그런 걱정을 하는 건 아니지?"

그 말에도 아이 파는 도리질을 쳤다.

왠지 어린아이 같은 동작이다.

"네가 숲가의 백성을 버리고 제노스를 떠날 리가 없지. 그런 걸로 고민하는 것은 네 긍지와 각오를 짓밟는 것이나 마찬가지일 터."

"그래, 맞아. 그런 게 아니라니 안심했어."

"……다만 아주 조금 불안해졌다. 지금의 생활이 너를 묶어둘 만큼 매력이 있는가, 하고."

아이 파의 손끝이 자연스럽게 내 티셔츠 자락을 꽉 쥐었다.

루도 루와 비나 루 일행은 아무것도 모른 채 우리 앞을 걷고 있었다.

"너는 다양한 사람과 인연을 맺어왔지만 결국 가장 긴 시간을 함께하는 것은 바로 나다. 나와 함께 있는 것이 네게 과연 행복한 일인지, 그걸 생각하면 불안이 깨끗이 지워지지가 않아."

"아니, 그러니까──."

"알아. 내가 같은 불안을 느낄 때마다 네가 그걸 없애주었지. 네 진정을 의심하는 게 아니다. ……그런데도 이렇게 불안한 기분이 드는 것은 나 자신이 나약하기 때문일 터."

아이 파는 그렇게 말하고 힘없이 고개를 숙였다.

어젯밤에도 내 행복은 아이 파 곁에 있는 것이라 말했건만, 취해서 기억에 없는 걸까, 아니면 불안을 깨끗이 지울 수가 없는 것뿐일까. 어쨌든 불안해졌다면 그걸 몇 번이고 뒤집는 수밖에 없다.

"괜찮아. 나는 절대로 아이 파, 네 곁을 떠나지 않아. 사이크레우스가 아무리 골치 아픈 상대라도 아이 파와 친구들이 있으면 두려워할 것 없잖아. 그렇지?"

나는 그렇게 말하며 티셔츠를 쥔 아이 파의 손에 내 손을 포개었다.

아이 파는 다시 내 얼굴을 가만히 바라보더니 이번에는 고개를 홰홰 저었다.

"나약한 모습을 보였군. 가장으로서 부끄럽게 생각한다."

"부끄럽다니 그렇지 않아. 나 같아도 네 몸에 위험이 닥치면 불안에 사로잡혀 아무것도 못 했을 거야."

그러나 실제로 내 몸에 구체적인 위험이 닥친 것도 아니다. 미켈은 사이크레우스가 내 요리를 한 번 맛보면 요리사로서 반할 테니 조심하라고 충고해준 것에 불과하다.

몇 번을 생각해도 사이크레우스가 기바 요리에 관심을 가질 리가 없고 애초에 차기 영주인 멜프리드에게 거의 선전포고를 받은 것이나 다름없는 이 상황에서 나한테까지 신경 쓸 여유는 없을 것이다. 제 몸의 안전과 취미인 미식 중 어느 쪽이 중요한가 하는 이야기일 것이다.

"한데 너는 성 밑 마을에서 요리사로 일했다는 사내에게 실력을 인정받았다. 그것만은 가슴에 새겨두도록, 아스타."

겨우겨우 가장의 위엄을 회복한 표정으로 아이 파가 그렇게 말했다. 다만 그 손은 여전히 내 티셔츠 자락을 살포시 쥐고 있었다.

"물론 명예로운 일이라고 생각해. 그래도 역시 나와 사이크레우스가 얼굴을 마주할 기회는 평생 없을 것 같단 말이지."

그것이 얼마나 낙천적인 발언이었는지도 모른 채 나는 그렇게 대답했다.

설령 사이크레우스 본인이 그런 상황을 바라지 않더라도 짓궂은 장난을 좋아하는 운명의 신의 손에 걸리면 사람의 운명이란 언제 어떻게 굴러갈지 아무도 모르는 것이다. 우리가 그 사실을 깨닫게 되는 것은 좀 더 시간이 흐른 뒤였다.

어찌 됐든 오늘의 일은 아직 끝나지 않았다. 이윽고 우리는 《키뮤스의 꼬리정》에 도착했다.

"결국 아무하고도 마주치지 않았네. ……그럼 아이 파, 여기서도 내가 안으로 들어간다?"

루도 루의 말에 아이 파는 "알고 있다" 하고 입술을 삐죽 내밀려 했다. 그러나 간신히 참고 여관 입구에서 조금 떨어진 곳으로 가서 섰다.

신 루와 분가의 소년은 뒷문 쪽으로 돌아가고 나는 루도 루와 비나 루와 함께 여관 안으로 들어갔다.

"아아, 이제야 오는군." 밀라노 마스가 접수대에서 일어섰다.

"오래 기다리셨죠?" 하고 말하다 나는 숨을 삼키고 말았다. 밀라노 마스의 표정이 심상치 않다는 것을 알아차렸기 때문이다.

"왜, 왜 그러세요? 무슨 일이 있었던 거예요, 밀라노 마스."

"딱히 아무것도 아니…… 라고는 말 못 하겠군."

밀라노 마스의 표정은 애써 노여움을 참는 듯 보였다. 단순히 노여워하기만 하는 것이 아니라 얼굴에서 핏기가 싹 가셔서 노여움이 깃듦과 동시에 초췌하기 짝이 없었다.

"아까 장을 봐오라고 딸을 내보냈지. 그랬더니 마을 불량배 놈들에게 둘러싸여 하마터면 납치될 뻔했다는군."

"네에?! 그, 그래서 따님은 지금 괜찮으신가요?"

"그래. 우연히 우리 여관 손님 하나가 그 자리에 있다가 불량배와 옥신각신했는데 그사이 위병이 나타나서 악당들이 뿔뿔이 도망쳤다는군."

그 사람은 필시 손님인 척 밀라노 마스 일행을 경호하던 《수호자》 중 한 명이었을 것이다. 카무아 요슈의 지시에 진심으로 고마워하며 "그랬군요……" 하고 나는 안도의 한숨을 쉬었다.

그러나 이야기는 아직 끝나지 않았다.

"그때 악당들이 이렇게 말했다더군. 숲가의 백성을 편드는 파렴치한, 대가를 치러라── 라고."

"어, 어째서 마을 불량배가 그런 소리를?!"

나는 접수대에 손을 짚고 밀라노 마스에게 다가갔다.

그는 격정에 떨리는 목소리로 대답했다.

"아직도 숲가의 백성을 눈엣가시로 여기는 사람은 적지 않다. 이렇다 할 사정이나 이유도 없이 덮어놓고 깔보거나 겁먹는 놈들도 말이야. ……흥, 그리 생각하면 분명한 이유를 가지고 숲가의 백성을 원망한다는 붉은 수염의 아들인지 뭔지가 그나마 인간다울지도 모르지."

"그 불량배가 지다의 동료일 가능성은?"

"없을 거다. 일자리를 얻지 못한 퇴물 용병 같은 놈들이 숲가의 백성을 핑계로 기분 전환이라도 하려고 했던 모양이지."

정말 그럴까?

간밤에는 돌라 아저씨가 숲가의 백성으로 위장한 도적들에게 습격을 당했다. 우연이라고 보기 어려운 타이밍이지 않은가.

하지만 돌라 아저씨의 일을 전해도 밀라노 마스는 "우연이겠지" 하고 고개를 저을 뿐이었다.

"내 딸을 둘러싼 놈들은 숲가의 백성 같은 복장은 아니었다. 양쪽 다 숲가의 백성과 연관되어 있지만 내용은 다르다."

"그래도 어느 쪽이든 피해자가 받는 인상은 똑같지 않나요? 숲가의 백성과 엮이면 불행한 일을 당한다는——."

"그런 짓을 한들 누가 이득을 보나? 귀족인가? 《붉은 수염당》의 잔당인가? 이제 와서 역참 마을 사람과 숲가의 백성의 관계를 어지럽혀봤자 아무런 이득도 되지 않을 것 아닌가?"

확실히 그럴지도 모른다.

돌라 아저씨 일은 숲가의 백성의 존재를 멸시하려는 음모로도 생각되지만, 밀라노 마스의 딸을 습격하는 일에서 무슨 의미를 찾을 수 있을까?

한 가지 짐작되는 것은 포장마차 장사를 좌절시키기 위함이다. 몹시 불쾌한 상상이긴 하지만 밀라노 마스와 돌라 아저씨가 숲가의 백성에게 등을 돌리면 내가 장사를 지속하기가 조금 어려워질 것이다.

그러나 또 어려워지긴 해도 완전한 좌절까지는 가지 않을 것이다. 채소 장수도, 포장마차를 빌려주는 여관도 역참 마을에는 얼마든지 있기 때문이다. 정말 장사를 포기하게 만들고 싶다면 그들 모두가 우리에게 정나미가 뚝뚝 떨어져 등을 돌릴 때까지 계속 괴롭혀야 할 것이다.

내 장사를 방해하고 싶다면 더 효과적인 방법이 얼마든지 있지 않을까. 아니면 숲가의 백성에게는 직접 손대기가 어려우므로 마을 사람들에게 마수를 뻗은 것일까.

"어쨌든 그런 악당들은 위병에게 맡기면 된다. 놈들은 죄인을 붙잡는 것이 일이니까. 우리는 우리의 장사만 생각하면 돼."

밀라노 마스는 그렇게 말하며 한 바퀴 빙 돌아 내게 등을 보였다.

"그럼 시작해볼까? 딸은 아직 안정을 찾지 못한 상태이니 오늘은 나만 배우도록 하지."

"아뇨, 밀라노 마스, 요리 배우는 것도 당분간 보류하는 게 좋지 않을까요? 만약 이 일로 또다시 밀라노 마스나 따님이 습격을 받는다면 너무 죄송할 것 같아요."

"뭐야, 그럼 포장마차 계약도 다른 여관으로 바꾸겠다는 건가? ……아니면 역참 마을에서 장사 자체를 포기하겠다는 건가?"

내게 등을 보인 채 밀라노 마스가 나직하게 말했다.

몸집이 그리 크지도 않은 밀라노 마스의 등에 뚜렷한 분노의 불꽃이 일렁인다.

"그럼 자네들은 또 숲가의 마을에 틀어박혀 역참 마을의 누구와도 인연을 맺지 않고 쥐 죽은 듯 살려는 건가? 자네들은 그걸로 만족하나?"

"아뇨, 그렇지만——."

"가령 이 일들이 귀족이나 도적들의 흉계라 할지라도 그런 것에 쓰러질 수야 없지. 이곳은 상인의 거리, 역참 마을이다. 그런 족속들이 내 장사를 방해하게 두지 않겠다."

그리하여 밀라노 마스는 주방 안으로 사라졌다.

그 뒤를 따라야 하나 말아야 하나 내가 혼자 고민하고 있자, "가, 아스타" 하고 루도 루가 등을 밀어주었다.

"아이 파도 말했잖아. 네 일은 맛있는 요리를 만들고 역참 마을에서 장사를 성공시키는 거라고. 다른 일은 우리한테 맡겨."

루도 루는 여느 때처럼 웃고 있었다.

여느 때처럼 웃으면서 두 눈에 사냥꾼의 불꽃을 태우고 있다.

"저 아저씨 딸도 무사하다면서. 카뮤아 요슈라는 아저씨의 동료가 제 역할을 다해서 그런 거지? 네가 장사를 포기하면 다른 사람의 신뢰와 긍지를 짓밟는 셈이 된다고."

"——알겠어."

루도 루와 카뮤아 요슈뿐만이 아니다. 돌라 아저씨와 밀라노 마스도 마찬가지다. 그들은 설령 위험한 일을 겪더라도 나는 나의 길을 꺾지 않겠노라는 그런 각오로 우리에게 손을 내밀어준 것이리라.

내가 그들 입장이었다면 어떻게 행동했을까? 지금은 분위기가 좋지 않으니 적의 눈을 속일 겸 잠시 거리를 둬야겠다고 생각했을까?

아마 그러지 않았을 거라 생각한다. 내가 피해를 입는 입장이었다면 이런 일에 굴복할 수야 없지, 하고 고집을 부리며 버텼을 것이 틀림없다.

'그렇다는 건 다들 나처럼 고집쟁이라는 건가. 하여간 구제불능이라니까.'

그런 생각을 하면서 나는 발걸음을 옮겼다.

주방에서는 밀라노 마스가 팔짱을 끼고 기다리고 있었다.

"……오늘은 자네가 카론과 키뮤스 고기를 직접 다뤄보고 싶다는 이야기였지? 준비는 다 되었다."

주인장 발밑에는 커다란 항아리가 자리를 잡고 있었다.

항아리라기보다는 병에 가깝다고 해야 하나. 크게 뚫린 주둥이를 통해 그 속에 푸른빛이 감도는 돌소금 알갱이가 한가득 담겨 있는 것이 보였다.

"네. 조리 지도를 하려면 제가 키뮤스와 카론 고기에 대해 자세히 알아야 하거든요. 우선 그것부터 시작하기로 하죠."

"그렇군. 그럼, 잘 부탁한다."

밀라노 마스가 원통형 모자를 벗고 머리 숙여 인사했다.

나는 심호흡을 한 번 하며 가슴속 불안과 동요를 몸 밖으로 배출하고 나서 같은 각도만큼 머리 숙여 "잘 부탁드립니다" 하고 인사했다.

"우선 이게 카론 고기다."

밀라노 마스가 병 속에 손가락을 푹 찔러 넣더니 붉은 고깃점을 꺼냈다.

길이 15센티미터, 폭 5센티미터, 두께 1센티미터 정도로 자른 고기다. 거의 살코기로, 비계다운 비계는 보이지 않는다. 다만 하얗고 가는 힘줄이 그물 모양으로 뻗어 있다. 굽기 전의 카론 고기를 본 것은 이번이 처음인데 색깔이 소고기처럼 짙은 붉은색이다.

"으음, 《키뮤스의 꼬리정》에서는 카론을 대체로 끓임 요리에 사용하고 있죠? 포장마차에서는 구이 요리가 주류인 것 같더라고요."

"포장마차에서는 그릇을 사용할 수가 없으니까. 질긴 카론 고기라도 구워서 파는 편이 손쉽지 않은가."

"카론 다리는 육질이 질기군요. ……잠깐 실례할게요."

나는 조리대에 놓인 고깃점을 손가락으로 눌러보았다.

단단하다고 해야 할지, 역시 힘줄이 너무 많은 것 같다. 감촉은 소 허벅지 살인 설도보다 정강이 살인 사태나 앞다리살에 가까운 듯했다.

"힘줄이 되게 많네요. 이건 이렇게 자른 상태로 파나요?"

"아니, 살 때는 훨씬 큰 덩어리다. 나중에 번거로워지지 않도록 미리 얇게 썰어서 소금에 절이고 있지."

"그렇군요. 기회가 되면 다음에는 그 덩어리 상태도 확인하고 싶어요. 처음에 어떻게 써느냐에 따라 고기 상태가 많이 달라질지도 모르니까요. ⋯⋯우선 나무 방망이 같은 걸로 두드려볼까요?"

"나무 방망이로 두드리라고?"

의아한지 눈살을 찌푸리는 밀라노 마스에게 휘젓개로 쓰는 두꺼운 방망이를 빌렸다. 고기 위로 깨끗한 헝겊을 덮은 뒤 방망이로 골고루 두드렸다.

"이렇게 고기 근섬유를 끊어놓으면 질긴 고기도 연해지거든요."

1센티미터 두께가 절반 두께로 얇아질 때까지 두드려주자 고기가 한결 부드러워졌다.

그러나 아직 여기저기 뭉친 부분이 많아 고기칼로 푹푹 찔러주었다. 이것도 필수 작업이긴 하지만 너무 과하게 하면 고기가 너덜너덜해진다.

"좋아, 이제 조금만 구워보죠. ⋯⋯참고로 여쭤보는데 카론은 완전히 익혀서 먹어야 하나요?"

"아니, 신선한 카론은 생으로도 먹을 수 있다. 키뮤스만큼 다 익힐 필요는 없어. 너무 바짝 구우면 괜히 딱딱해지기만 하지."

"그렇군요."

아무튼 쇠 냄비에 한입 크기의 고기를 넣고 구워 붉은 기가 살짝 남은 상태에서 나무 접시로 옮겨 담았다.

겉보기에는 구운 소고기와 똑같이 생겼고 냄새도 비슷하다. 평범하게 식욕을 돋게 구워졌다.

그러나 막상 고기를 한 조각 입에 넣어보니 비계가 적은 탓인지 육질이 뻑뻑하고, 남은 근섬유가 치아 사이에 꼈다.

육질은 기바만큼 질기지는 않다. 하지만 근섬유가 너무 많다. 아까 충분히 두드렸는데도 이 상태면 구이 요리에는 적합하지 않은지도 모른다.

다만 뻑뻑하고 근섬유투성이라도 강한 짠맛 뒤로 고기의 맛이 느껴진다. 확실히 이것은 푹 삶거나 끓이는 요리에서 진가를 발휘하는 육질이다.

"으음…… 저도 예전에 포장마차에서 카론을 맛본 적이 있는데요, 그때는 아주 얇게 썰려 있어서 그렇게까지 먹기 불편하지는 않았거든요. 그건 어떤 방법으로 얇게 썬 건가요?"

"잘은 모르지만 아마 굽고 나서 썰었을 거다. 생고기 상태에서는 얇게 썰기가 쉽지 않으니."

"아, 그렇겠네요."

고향에서 축제 날 본 케밥 포장마차가 머릿속에 떠오른다. 큼직한 고깃덩이를 굽다가 먼저 익은 바깥 부분 살점부터 도려낸 걸까.

그렇다면 나는 생고기 상태에서 잘게 써는 것에 도전해봐야겠다.

카론 고기를 도마에 붙이듯이 납작하게 편 다음, 근섬유와 수직 방향으로 칼질을 했다. 최대한 신속하게, 칼로 고기를 밑에서 위로 떠주듯이 썰었다.

"과연 훌륭한 솜씨로군." 밀라노 마스가 감탄의 목소리를 자아냈다.

시험 삼아 밀라노 마스에게도 그의 칼로 썰어보도록 시키자 의외로 7, 8밀리미터 폭으로 고기를 썰어냈다. 원래 요리에 소질이 있는 것은 아니지만 밀라노 마스는 여관에서 다년간 조리를 해왔다. 솔직히 숲가의 여자들 절반 이상보다 손재주가 좋았다.

그리하여 처음에 꺼낸 고기의 절반이 잘게 썬 상태가 되었다. 원래 두께 5밀리미터 정도로 펴준 고기이기 때문에 약간 기묘한 끈 모양으로 완성되었다.

"좋아, 그럼 이걸 과실주와 먀무 양념으로 구워보도록 하죠."

먀무는 성둥성둥 썰고 고기와 함께 불에 익혀 마지막에 과실주로 풍미를 더한다.

그것을 나무 접시에 퍼 담자 채소 없는 고추잡채처럼 생긴 것이 제법 그럴싸해 보였다.

"아, 그냥 굽는 것보다 훨씬 먹기 편하게 되었군."

시식을 한 밀라노 마스가 깜짝 놀랐는지 눈을 동그랗게 떴다.

"게다가 과실주와 먀무만 넣었는데 맛이 이렇게 좋아지다니……솔직히 이대로 손님상에 내가도 좋을 정도다."

"카론도 고기 맛이 제대로 살아 있어서 먀무와 잘 어울리는 것 같아요. 아리아와 프라, 티노를 넣고 같이 볶아도 그럭저럭 모양새가 날지도 모르겠어요."

그 자리에서 즉흥적으로 생각해낸 것치고는 제법 만족스러운 요리였다.

다만 양념은 개량할 여지가 많다. 『먀무구이』처럼 고기를 양념 국물에 재워보거나 다른 조미료를 섞어보는 과정이 필요할 것 같다. 피코잎을 사용하지 않아서인지 왠지 감칠맛이 없는 느낌이다.

'그런데 역참 마을에서는 피코잎도 돈을 내고 사야 하잖아. 타우유는 나우디스를 통해서만 얻을 수 있고.'

카론은 이것저것 도전해볼 만한 가치가 있는 식재료다.

그러나 시간이 촉박하기 때문에 카론의 검증은 이쯤에서 중단하기로 했다.

"그럼 키뮤스도 한번 시험해볼게요."

밀라노 마스가 고개를 끄덕이고 다시 병 속에 두꺼운 팔을 쑥 집어넣었다.

그가 끄집어낸 것은 아까와는 완전히 다른 허여스름한 고기였다. 연한 분홍색의 상냥한 색상이다.

"이게 몸통이고 이게 다리 부위다."

다리에는 뼈가 붙어 있고 생김새는 큼직한 닭의 다리와 별 차이 없었다.

그런데 몸통은, 별로 조류 같지가 않다. 반으로 나눈 네발짐승의 몸통을 연상케 하는 생김새다. 크기는 자그마한 토끼 정도다.

"부위는 이것뿐인가요? 제 고향에서는 날갯죽지도 맛있게 조리해서 먹거든요."

"날갯죽지? 날개 말인가? 머리는 쓸 만한 부분이 적어서 키뮤스 가게에 놔두는데. 거기서는 깃털로 팔 수도 있으니."

"머리요? 날개도 머리와 함께 놔두고 온다는 말씀인가요?"

"키뮤스는 날개가 머리에 붙어 있으니 당연하지."

머리에 날개가 붙은 새.

내 빈곤한 상상력으로는 잘 비주얼화할 수가 없었다.

뭐, 키뮤스가 살아 있는 모습을 상상한들 요리의 품질이 높아지는 것은 아니니까.

"키뮤스 고기는 굽기도 하죠?"

"그래. 키뮤스는 카론만큼 질기지는 않으니."

키뮤스 고기는 닭 가슴살처럼 담백했던 것으로 기억한다. 다루기 쉬운 대신 맛이 밍밍하다는 것이 솔직한 소감이다.

가슴살과 다리 살 모두 비계가 적고 껍질도 벗겨진 상태다. 이것을 그냥 삶거나 구워도 밍밍한 것은 어쩔 수 없으리라. 물어보니 키뮤스 껍질은 가죽 세공으로 가공할 수 있어서 껍질이 붙은 채로 사는 것은 값이 비싸다고 한다.

'그럼 역시 조미료에 재워야 하나. 쇠꼬챙이로 구멍을 잔뜩 뚫어서 수분을 흡수시키면 그 뻑뻑한 육질을 촉촉하게 만들 수 있을 거야.'

다만 남은 시간이 수십 분이라 고기를 재워둘 시간이 없다.

지금 당장 시험할 수 있는 새로운 조리법이 없는지 머리를 굴리고 있자 하늘의 계시처럼 번뜩이는 것이 있었다.

"그렇지! 밀라노 마스, 기고 남은 거 있어요?"

"기고? 카론 조림에 사용한 게 남아 있긴 한데."

소고기 사태와 비슷한 카론과, 끓이면 마처럼 걸쭉해지는 기고를 함께 끓이는구나. 그 요리를 맛본 적은 없지만 잘 어울릴지 궁금하다. 소 힘줄찜을 생각하면 의외로 괜찮을지도 모르겠다는 생각이 들었다.

아무튼 지금은 키뮤스에 집중해야 한다. 푹 삶거나 끓이는 요리에 관해서는 여유가 있을 때 확인해보고 싶었다.

"잠깐 시험해보고 싶은 게 있는데요. 다시 아궁이에 불을 피워주시겠어요?"

나는 키뮤스 가슴살을 약 100그램씩 잘게 다진 뒤 기고를 소량 갈아서 섞은 다음 타원형으로 고기 완자를 빚었다.

그것을 달군 냄비에 넣자 연한 분홍색 고기가 금세 하얗게 변했다. 기름이 없어서 구워진 면이 쇠 냄비에 눌어붙어 뒤집을 때 조심해야 했지만 다행히 부서뜨리지 않고 구워낼 수 있었다.

"이렇게 하면 어떨까요? 밀라노 마스도 맛을 봐주세요."

식감은 나름대로 괜찮았다.

기고를 갈아 넣은 것만으로는 찰기가 약해서 내가 아는 고기 완자보다 쉽게 퍼석퍼석 부서졌다. 그리고 고기를 소금에 절였

을 뿐 따로 간이나 양념을 하지 않아서 역시 맛이 싱거웠다.

다만 이 깔끔한 맛은 짧은 시간이나마 머리를 굴린 보람이 있었다.

"이건 그, 자네가 포장마차에서 파는 것과 똑같은 요리가 아닌가? 이 부드러운 식감이 신기해서 인기를 끌 수도 있겠지만 자네 요리를 먹어본 사람이라면 좀 부족하게 느낄 것 같군."

"그렇겠네요. 그래도 양념을 연구하면 햄버그와는 또 다르게 맛있는 요리를 만들 수 있을 거예요."

이 또한 간장과 비슷한 조미료인 타우유를 사용하면 테리야키 소스를 만드는 등 조리법을 찾아낼 수 있지만, 사용할 수 있는 조미료가 돌소금과 과실주, 그리고 먀무뿐이라면 좀 어려울지도 모른다. 타라파 소스도 최선의 조합은 아닐 테고, 하물며 『기바 버거』와의 차이도 더 분명해질 것이다.

내가 그동안 기바 고기의 잠재력에 큰 도움을 받았다는 것을 새삼 통감했다. 기바 고기는 소금과 피코잎을 뿌려 굽기만 해도 충분히 맛있는 데다 양념을 진하게 해도 고기 자체의 존재감이 살아 있다. 그렇기 때문에 지금껏 조미료가 부족한 환경에서도 요리다운 요리를 완성할 수 있었던 것이다.

게다가 카론 다리와 키뮤스에는 지방이 거의 없다. 조리용 기름을 찾아볼 수 없는 이곳 역참 마을에서는 기바의 기름을 가지고 있다는 것만으로 이미 큰 이점을 얻은 셈이다.

"이건 일단 숙제로 남겨둬야 할 것 같아요. 저는 노점을 돌면서 키뮤스 고기에 맞는 향초를 찾아봐야겠어요."

"향초?"

"네. 고기 맛이 심심하면 심심한 대로 향초의 섬세한 풍미를 더해서 먹는 것도 좋은 방법이거든요."

단적으로 말하면 차조기 잎과 비슷한 풍미를 지닌 향초를 발견하면 이 키뮤스 완자도 맛있게 먹을 수 있겠다는 이미지가 그려졌다. 차조기 잎을 잘게 썰어서 고기와 함께 반죽하면 끓이든 굽든 괜찮을지도 모른다.

혹은 매실과 비슷한 과실이 존재하지는 않을까? 타우유를 사용하지 못한다면 아예 일본식으로 깔끔하게 먹는 것이 최선일 듯하다.

"그런 다음 과실주를 주재료로 소스도 시험해보고 싶어요. 이 키뮤스 고기에는 달짝지근한 양념이 잘 맞을 것 같거든요. ……아, 씰의 시큼한 과즙하고도 잘 어울릴지도 모르겠어요. 실은 요즘 집에서 씰 열매를 어떻게 사용하면 좋을지 이것저것 찾아보고 있거든요."

"……얼굴이 무척이나 즐거워 보이는군." 밀라노 마스가 어깨를 으쓱했다.

"자네는 그렇게 제 할 일에 힘쓰면 된다. 그렇게 즐겁게 느껴지는 일을 직업으로 삼다니 복 받았군. 자네는 신에게 더 감사하는 마음을 가져야 해."

195

◇

　다양한 숙제가 생겼지만 《키뮤스의 꼬리정》에서도 일을 무사히 마쳤다.

　이 상태로 이삼일 더 다니면 그럭저럭 괜찮은 메뉴를 고안해 낼 수 있을 것 같다. 기바 요리에 대항할 만한 메뉴를 개발해야 하다니 묘한 이야기이긴 하나 보람 있는 일임에는 틀림없다.

　'게다가 확신을 가지게 되었어. 역시 기바 고기는 키뮤스나 카론 다리에 비해 훨씬 수준 높은 식재료였어.'

　요컨대 이 역참 마을에서 취급하는 고기 가운데 최상급이라는 말이다.

　그리고 목장에서 양식되는 카론이나 키뮤스보다 기바 고기가 희소하다는 면도 있다. 그렇다면 기바나 숲가의 백성에 대한 나쁜 이미지를 불식하기만 하면 기바 고기의 가치를 높이는 길도 보일 것이다. 마지막으로 그 충족감을 가슴에 품고 나는 기루루의 고삐를 쥐었다.

　"그럼 이제 숲가로 돌아갈까?"

　포장마차에서 장사를 마친 멤버들과 합류하여 나는 그렇게 말했다.

　돌라 아저씨와 밀라노 마스의 딸에게 찾아온 불행이나 투란의 미켈에게 들은 사이크레우스의 나쁜 소문 등 마음이 무거워지는 이야기가 한가득하다. 그래도 나는 동포인 숲가의 백성과 함께 우리 방식대로 싸워나가는 수밖에 없다.

"이번에도 우리가 앞장설게. 너무 뒤처지면 안 된다?"

루도 루와 신 루가 루루에 올라타 먼저 출발했다. 아이 파는 마부대 바로 뒤에 바싹 다가앉았고 분가의 소년은 짐칸 뒷부분에 자리를 잡았다.

그러나, 마지막에 이르러 우리는 예기치 못한 사태에 휘말렸다. 숲가로 출발하기 시작한 지 몇 분 만에 루도 루가 "으악!" 하는 비명과 함께 루루를 급정지한 것이다.

보통 걸음이었던 것이 천만다행이었다. 나는 뒷발로 곧추선 루루와 충돌하는 일 없이 고삐를 당겨 기루루를 세울 수 있었다.

"물러서, 아스타!" 하는 아이 파의 고함과 동시에 나는 뒤편 짐 칸으로 끌려 들어갔다. 그 대신 마부대로 뛰어오른 아이 파가 기루루의 고삐를 쥐면서 "루도 루, 무슨 일이지?!" 하고 소리쳤다.

"발밑에 화살을 맞았어! 위에서 쏜 거야!"

대답하자마자 루도 루는 애용하는 손도끼를 치켜들었다. 그 말대로 루루의 발부리 앞 땅바닥에 목제 화살이 깊이 박혀 있었다.

"누구냐! 당장 나와! 모습을 드러내, 비겁한 놈!"

루도 루가 쨍쨍 울리는 목소리로 날카롭게 외치며 머리 위를 쳐다봤다.

관목 꼭대기 근처에서 나뭇가지와 잎이 살짝 흔들렸다.

이윽고 "……역겨운 숲가의 백성 놈들……" 하는 원한 맺힌 목소리가 들려왔다.

"목소리로 보아 지다라는 자인가 보군. 모습부터 드러내라. ……그리고 우리 말을 들어라."

강철 같은 정신력으로 순식간에 냉정을 되찾은 아이 파도 머리 위를 향해 호소했다.

그러나 대답은 없었다.

"우리는 너를 해칠 생각이 없다. 칼을 맞대는 것은 대화를 나눈 뒤에 해도 늦지 않다."

침묵.

"……어이, 네 아버지가 숲가의 대죄인을 대신해 처형된 것 때문에 원망하는 거지? 그럼 더더욱 우리 이야기를 들어줬으면 좋겠어."

아이 파에게 감화되었는지 루도 루의 목소리에서도 격정이 사라졌다.

"나는 숲가의 새 족장이 된 돈다 루의 아들, 루도 루다. 그리고 10년 전 대죄를 지은 건 그 전에 숲가의 족장 집안이었던 슨가 사람들이야. 숲가의 백성에게 원한을 터뜨리고 싶다면 우선 내 아버지 돈다 루와 대화를 나눠주지 않을래?"

침묵.

"우리는 슨가가 그렇게 큰 죄를 지었다는 걸 몰랐다. 그래서 최소한의 속죄로 앞으로는 한 명도 죄를 짓지 않고 바르게 살아가기로 맹세했어. 오직 슨가만의 잘못이라고 책임을 회피할 생각도 없다. 우리한테 사죄할 기회를 줬으면 좋겠어."

"······그런 네놈들이 어째서 역참 마을에서 태평하게 장사나 하는 거냐······?"

우물거리는, 격렬한 분노를 필사적으로 억누르는 듯한 목소리가 울렸다.

"······수십 명의 상인을 죽이고 그 죄를 내 아버지와 동료들에게 덮어씌웠지. 그런 네놈들이 역참 마을에서 실실 웃으며 잘난 듯이 구는 건 왜지······?"

"그러니까 우리가 어떤 심정인지 알아줬으면 좋겠다는 말이야. 그런 뒤에도 숲가의 백성을 용서하지 못하겠다면, 그때는 칼을 맞댈 수밖에 없을지도 모르겠지만. 우리도 잠자코 몰살될 생각은 없어."

루도 루는 치켜들었던 손도끼를 내리고 덧붙여 말했다.

"그렇다고 네 심정을 경시하려는 건 아니야. 납득이 갈 때까지 새 족장들과 대화를 나눠보지 않을래?"

"······숲가의 백성은 내 적이다······."

목소리가 멀어지는 기색이 느껴졌다.

급습에 실패해 물러나려는 것이다. 나는 반사적으로 마부대 쪽으로 몸을 내밀었다.

"기다려! 지난 며칠간 우리와 인연을 맺은 마을 사람들이 재앙을 당했는데, 네가 한 짓이야? 그렇다면 무관한 사람들을 끌어들이는 짓은 그만둬!"

버석하고 수풀이 어지러이 흔들렸다.

그 속에 숨은 인물의 동요를 나타내는 것처럼 느껴졌다.

"그게 아니면 다행이고. 아니, 괜한 말을 꺼내서 미안하게 생각해. 그래도 우리는——."

휙 하고 바람 한 줄기가 코앞을 지나갔다.

아이 파가 가죽 칼집에 들어 있던 칼을 꺼내 내 눈앞에서 휘두른 것이다.

그것을 알아차린 순간 튕긴 화살이 땅바닥에 떨어졌다.

"무슨 소린지 모르겠군……. 내가 왜 그런 짓을 하지……?"

바득바득 이 가는 소리가 들릴 것만 같은, 분노에 치를 떠는 목소리였다.

복잡하게 얽힌 공포와 안도의 감정이 내 등줄기를 타고 올라간다.

"엉뚱하게 의심한 거면 정말 미안해! 우선 그 점부터 분명히 하고 싶었어. 무관한 사람들을 끌어들이는 것이 우리 입장에서는 가장 용서할 수 없는 일이거든."

"용서할 수 없다라…… 내가 지금 가장 용서할 수 없는 건 네놈이다, 흑발의 기바 먹는 놈……."

다시 허공을 가르는 소리가 울렸다.

아이 파가 다시 칼을 번쩍 휘두르자 이번에는 가운데가 꺾인 화살이 바닥에 떨어졌다.

"그만둬! 왜 아스타를 증오하는 거지?!"

일단 냉정해졌던 아이 파의 목소리에 다시 격정이 깃들었다.

"아스타는 몇 달 전 숲가의 백성이 된 신참이다! 10년 전 사건과는 아무런 관련도 없어! 네가 아스타를 증오할 이유는 어디에도 없을 터!"

"웃기고 있네…… 그놈만 없었으면 네놈들이 마을에 와서까지 잘난 체할 수 없었을 텐데…… 숲가의 백성에게 힘이나 실어주는 파렴치한……."

"숲가의 백성 모두가 죄인인 건 아니야! 10년 전 사건에 대해 너는 얼마나 알고 있어? 범인들 모두가 죽은 건 알아?"

내 말에 수풀이 버석버석 요동쳤다.

"모두…… 죽었다고……?"

"그래. 그래서 우리는 같은 잘못을 반복하지 않기 위해 모든 진실을 폭로하려고 계획하고 있어. 직접 움직인 숲가의 죄인들은 처단되었을지언정 뒤에서 그런 짓을 하도록 시킨 누군가가 따로 있을지도 모른다고!"

"그런…… 그런 허튼소리로 나를 속이려 해도 소용없다……."

"허튼소리가 아니야! 우리는 너와 힘을 합치고 싶다는 생각까지 한다고! 너뿐만 아니라 네 어머니와도!"

긴 침묵이 흐른 뒤 다시 버석하고 우듬지가 흔들렸다.

"……나는 아버지의 원수를 절대 용서하지 않겠다……."

이번에는 목소리가 완전히 멀어졌다.

나뭇가지를 타고 다른 나무로 이동했을 것이다.

"뒤쫓아도 소용없겠지." 루도 루가 혀를 찼다.

이곳은 이미 숲의 가장자리다. 게다가 이 부근은 덤불이 우거져 있어 닦아놓은 길 밖은 발을 들여놓기조차 힘든 상태다.

이리하여 지다와의 두 번째 만남은 얼굴을 마주하는 일도 없이 싱겁게 끝나고 말았다.

"그래도 반응이 나쁘진 않았어. 녀석은 쟈츠 슨 일행의 일조차 전혀 모르는 것 같았지? 분명 제노스에 온 지 얼마 안 된 거야."

루도 루가 손도끼를 허리춤에 되돌려놓으며 말했다.

"사정을 알게 되면 우리 이야기에도 조금은 귀를 기울이게 되겠지. 일단 밤에 자고 있을 때 창을 통해 화살을 맞지 않도록 조심하자고, 아이 파."

"음." 아이 파가 심각한 표정으로 칼을 되돌려놓으며 나를 매섭게 쳐다봤다.

"아스타, 혼란스러워할 것 없다. 누가 무슨 말을 하든 네 존재는 숲가의 백성에게 힘이 되고 있어."

"그래." 나는 고개를 끄덕여 보였다.

지다의 말은 내 가슴에 깊이 파고들었다. 그렇지만 나는 내가 옳다고 믿는 길을 꺾을 생각은 없었다.

'쟈츠 슨 일행이 벌여온 짓은 절대 용서받을 수 없어. 하지만 그렇다고 해서 모든 숲가의 백성이 위축된 삶을 살아야 하는 건 아니야.'

슨가, 귀족, 숲가의 백성. 모든 것을 그 지다라는 소년이 알았으면 한다. 그런 상태에서 그가 어떤 결론에 도달할지는 신만이

알겠지만, 나는 역시 열서너 살의 젊은 나이에 크나큰 증오에
사로잡힌 지다와 적대하고 싶은 마음은 조금도 들지 않았다.

'다시 한번 제대로 대화를 나누고 싶어. 누군가 피를 흘리기
전에.'

나는 절실히 그렇게 생각했다.

제4장 ★★★ 의혹과 해답

1

이튿날 아침, 하얀 달 3일.

그날도 아침부터 평온무사하게 넘어가는 일은 없었다.

심지어 역참 마을에 내려가기 전부터 예사롭지 않은 소란을 맞이하게 되었다.

"음…… 토토스 발소리로군."

아이 파가 그렇게 말한 것은 아침결에 할 일을 마치고 짐수레에 한창 짐을 싣고 있을 때였다.

아이 파가 역참 마을에 가지 않는 날은 루도 루 일행이 루루를 타고 데리러 오기로 되어 있다. 그런데 출발하려면 아직 30분 정도 시간이 있을 터였다.

"루가에 무슨 일 있나? 나쁜 소식이 아니면 좋겠는데."

내 말에 아이 파가 고개를 가로저었다.

"발소리는 북쪽에서 들려온다. 루도 루일 리가 없어."

"북쪽에서?"

숲가의 마을에서 토토스를 소유한 집은 다섯 군데다. 루, 자자, 사우티의 족장 집안과 파, 레이가 그에 해당한다. 그중 파가보다 북쪽에 위치한 집은 자자가뿐이다. 따라서 숲 뒤에서 씩

씩하게 토토스를 타고 모습을 드러낸 것은 역시 자자가의 남자였다.

"무슨 일이지? 급한 용무라도 있나?"

눈앞에서 멈춰 선 토토스의 마상(馬上)──물론 말은 아니지만──에 대고 아이 파가 두려워하는 기색도 없이 물었다.

그 반면 나는 약간 경계심이 들었다. 그 토토스는 덮개가 없는 작은 짐수레를 끌고 왔는데, 거기에도 사내 두 명이 타고 있었기 때문이다.

토토스에 올라탄 사람과 합해 총 세 명의 남자, 바로 기바의 대가리가 달린 털가죽을 머리부터 뒤집어쓴 자자가의 용맹스러운 사냥꾼들이다. 그들은 언제 봐도 다른 사냥꾼보다 훨씬 사납고 용맹스러운 분위기가 풍긴다.

"아직 역참 마을로 내려가지 않았군. 그렇다면 자네들에게도 전해두지."

그들 중 한 명이 땅이 울리는 듯한 목소리로 말하며 짐수레에서 내렸다. 그는 자자가의 가장이자 숲가의 세 족장 중 한 명인 그라프 자자였다.

기바 털가죽을 뒤집어쓰고 있어서 얼굴이 어떻게 생겼는지는 잘 모른다. 그러나 돈다 루 못지않은 거체와 위압감은 눈에 똑똑히 들어왔다.

"실은 어젯밤 자자의 촌락에 웬 놈이 침입한 모양이다."

"뭣이?"

"모두가 깊이 잠들어 고요한 밤에 일어난 일이다. 따라서 알아차린 것은 죄인들을 감시하느라 불침번을 서던 자들이지. ······그 침입자는 죄인들이 갇혀 있는 집 주변에 나타났다고 한다."

죄인들. 그것은 줄로 슨과 디가, 도드를 가리킨다.

디가와 도드는 돔가의 촌락에서 도망친 일 때문에 다시 죄인 취급을 받게 되었다. 그러나 스스로의 의지로 자츠 슨에게서 벗어나 우리에게 돌아와 위급을 알려주었기 때문에 사형까지는 선고받지 않았다.

그 대신 하루 종일 밀착 감시를 받으며 낮에는 불에 타버린 돔의 집을 복원하는 작업에 동원되고 밤에는 줄로 슨과 함께 집에 갇혀 있다고 한다. 이른바 집행유예 상태일 터였다.

"······설마 줄로 슨이 납치된 건 아니겠죠?"

나도 조심스럽게 대화에 끼어들었다.

사이크레우스는 숲가의 백성이 자츠 슨 일행을 고의로 도망시켰고 줄로 슨까지 놔주려는 것이 아니냐는 불명예스러운 혐의를 걸어왔다. 이 시점에 줄로 슨이 납치되면 숲가의 백성은 결국 그 혐의를 부정하지 못하는 처지에 놓일 것이다.

그러나 그라프 자자는 기바의 위턱 그늘에서 기바 못지않게 매서운 안광을 번뜩이며 "우리를 얕보지 마라, 파가의 아스타여" 하고 내뱉었다.

"물론 진가에서 자츠 슨을 놓치고 돔가에서 테이 슨 일행을 놓친 것은 사실이다. 아무리 비난을 받아도 어쩔 수 없는 큰 잘못이지. 하나 우리는 같은 잘못을 되풀이할 만큼 어리석지 않다."

그라프 자자는 감시 인력을 보강하기 위해 루가에서 다루무루를 포함해 남자들을 빌려왔다. 굳이 말하자면 폐쇄적이고 거만한 기질이 있는 북쪽의 일족이 돈다 루에게 도움을 청했다는 것은 지금 와서 생각하니 그렇게 할 수밖에 없을 만큼 궁지에 몰린 상황이었을지도 모른다는 것이다.

뭐, 궁지에 몰렸다기보다 감시에 많은 인력을 할당하면 사냥꾼의 일이 제대로 돌아가지 않으니 그런 상황이 지긋지긋해서 휴식기에 접어든 루가에 의지했을 뿐일지도 모르지만. 어쨌든 슨가의 친족으로서 적대 관계에 있었던 과거를 생각하면 큰 변화임에는 분명하다.

"침입자들은 이쪽이 낌새를 알아차리자 아무 짓도 하지 못한 채 도망쳤다. 그들을 잡지 못한 것은 분하지만, 정작 문제는 그 뒤에 일어났다."

"문제?"

"대죄인 줄로 슨 놈이 정신이 나간 것이다. 방금 그놈들은 성 사람의 수하가 분명하다, 부디 자신을 제노스 성에 넘기지 말아달라, 사형이라면 차라리 지금 당장 머리 가죽을 벗겨달라고 하더군."

"아, 아니 왜 그런 말을 했을까요?"

"……아마 겁에 질렸을 테지. 성에 끌려가면 무슨 짓을 당할지 모르니 마지막만큼은 숲가의 백성으로서 청렴하게 숲에 영혼을 돌려주고 싶다며 울부짖었다."

그 상황을 떠올렸는지 그라프 자자가 불쾌한 듯 수염이 덥수룩한 얼굴을 일그러뜨렸다.

"이제 와서 뻔뻔스럽다는 생각이 안 드는 것은 아니지만, 우리는 불과 얼마 전까지 그를 족장으로 우러렀다. 한심한 남자라고 이를 갈며 분개한 적도 많았지만, 그럼에도 불구하고 족장으로, 친족의 장으로 보좌해왔다. 다른 백성보다 가까이 지내면서 그 남자가 지은 많은 죄를 알아차리지 못했으니 그것은 우리 죄라고 생각한다."

"그, 그래서 줄로 슨이 원하는 대로 처단해야 한다는 말씀은 아니죠?"

그것은 사이크레우스의 요구에 정면으로 맞서는 일이다.

그라프 자자가 두 눈을 더 활활 불태우며 신음하듯 말했다.

"그렇게 해서는 안 된다는 것은 안다. 그렇기 때문에 돈다 루와 다리 사우티에게도 급히 전해야 한다고 생각했다. 나 혼자서는 아무것도 정할 수가 없으니 말이다."

어쩌면 그라프 자자는 줄로 슨의 부탁을 들어주고 싶어 하는 것은 아닐까.

그 슨가의 타락의 상징이라고 할 만한 줄로 슨이 숲가의 백성으로서 숲에 영혼을 돌려주고 싶다며 울부짖는다면, 나 같아도 마음이 움직일 것이다. 일찍이 친족이었던 그라프 자자라면 그 심정이 복잡하기가 나에 비할 바가 아니리라.

나는 새삼 그라프 자자의 모습을 정면에서 바라보며 그를 한 개인으로 인식해보려 했다.

돈다 루와 비슷한 정도의 거한이다. 아니, 몸집은 돈다 루보다 실팍하고 키도 조금 더 큰 것 같다.

나이는 역시 돈다 루와 동년배일까. 갈색의 빳빳한 수염이 각진 턱을 뒤덮었고, 살짝 엿보이는 가죽 같은 피부에는 주름이 깊게 패었다.

'……듣기로는 줄로 슨도 비슷한 나이였는데. 어쩌면 더 젊을지도 몰라.'

두꺼비처럼 납작한 줄로 슨의 모습도 생각해냈다.

잘 상상이 안 가지만 줄로 슨도 그라프 자자도 세상에 태어난 순간부터 이런 모습이지는 않았을 것이다.

코타 루처럼 순진무구한 갓난아기로 숲가에 태어나 각 가정에서 살면서 한쪽은 끝없이 타락하고 또 한쪽은 우람한 체구의 사냥꾼으로 성장했다. 양쪽이 너무나 대극적이긴 하나 그들은 돈다 루와 단 루티무, 지자 루와 가즈란 루티무처럼 피로 맺어진 친족 사이였다.

'친족이면 어렸을 때부터 알고 지냈을 텐데…… 그런 상대에게 배신당하면 대체 어떤 심정일까.'

숲의 은혜를 훼손한 대죄가 발각되었을 때, 슨 본가의 모두를 사형에 처해야 한다고 주장한 사람이 바로 그라프 자자였다.

신뢰하던 상대에게 배신당했다는 분노, 그리고 규율을 중시하는 숲가의 백성의 냉철함 때문에 그렇게 주장했을 것이다. 그러나 이 야수 같은 거한도 결국 인간인 것이다. 마음에 가득 찬 분노의 뒷면에는 도대체 어떤 감정이 들러붙어 있었을까. 풋내기인 나로서는 상상도 가지 않았다.

"……포우와 베임가는 어디에 있나? 세 족장이 모이는 것이니 그들도 불러야 한다."

내 시선을 귀찮다는 듯 물리치며 그라프 자자는 아이 파를 향해 고개를 틀었다.

"포우가는 그 길을 따라 남쪽으로 가서 가장 처음에 나오는 촌락이다. 베임가는 나도 알지 못하니 포우의 가장에게 물었으면 한다."

"알겠다. 그럼 실례가 많았다."

그리고 짐수레로 가려던 발걸음을 멈추고 이번에는 나를 향해 돌아섰다.

"──그렇지. 아까 딘가의 여인이 나를 붙잡고 말하더군."

"네, 딘가의 여인이요?"

"그렇다. 본가 가장의 누나, 자스 딘이라 하더군. ……그 여인이 내게, 딘가에서는 파가의 장사를 앞으로도 결코 도울 수 없는 것이냐고 물었다."

이틀 전의 정경이 뇌리에 되살아났다.

매우 엄격한 눈길에 자애로운 빛을 담아 트루 딘을 바라보던 자스 딘의 모습이었다.

"자자가는 파가의 행위를 바람직하게 여기고 있지 않다. 그러나 파가의 행위가 옳은지 그른지 판단하려면 더 깊은 인연을 맺고 내부 사정을 알아야 하지 않겠느냐며, 그 역할을 자자의 친족 중 파가와 가장 가까운 곳에 위치한 딘가에 맡겨주지 않겠느냐고 자스 딘이라는 여인이 제안하더군."

"그랬군요. 자스 딘이 그런 말을……."

"그런가 하면 다리 사우티는 파가의 아스타의 요리를 다시 제대로 먹어봐야 한다며 잔소리를 하더군. 그런 것보다는 그 사이 크레우스라는 남자를 어떻게든 하기 위해 다 같이 힘을 쥐어짜는 것이 더 중요하지 않겠는가?"

그라프 자자는 언짢기 짝이 없다는 듯 내뱉고 나서 짐수레에 올라탔다.

"그라프 자자, 그래서 자스 딘의 제안은──."

"친족에 관한 일을 나 혼자 결정할 수는 없다. 자자를 필두로 일곱 친족의 가장을 모두 모아 의논해야 할 터. ……이 바쁜 시기에 참으로 성가시군."

마지막에는 야수 같은 눈으로 나를 힐끗 쏘아봤다.

"어쨌든 자네들은 숲가의 풍습을 이 지경까지 어지럽혔으니 자네들이 옳다는 것을 증명할 책임이 있다. 결코 태만하지 말라, 파가의 아스타와 아이 파. ……그럼 이만."

◇

역참 마을까지 동행하는 루도 루 일행에게는 내 입으로 그라프 자자의 말을 전달하기로 했다.

"흐음. 그 줄로 슨도 마지막 순간에는 숲가의 백성으로서 긍지를 되찾고 싶다는 건가. ……뭐, 그냥 성 사람이 무서워서 그런 걸지도 모르겠지만."

아침에 몰려든 손님을 치르고 드디어 대화할 시간이 생기자 포장마차 옆에 서 있던 루도 루가 왠지 찜찜해하는 얼굴로 그렇게 말했다. 아이 파가 역참 마을에 오지 않는 날은 이렇게 루도 루가 최전선에 서기로 되어 있는 모양이다.

"그렇다고 멋대로 줄로 슨을 처단하면 또 성 사람들이 시비를 걸겠지. 아버지랑 어른들도 어지간히 힘들겠네."

"응, 그리고 간밤에 그놈들은 무슨 목적으로 자자의 촌락에 숨어들었을까? 줄로 슨을 풀어놓고 또 숲가의 백성이 잘못했다며 시비를 걸려던 건지, 아니면 입막음을 하려고 줄로 슨을 해치려던 건지, 지다가 어제오늘 사이에 줄로 슨의 존재를 알아냈을 리는 없으니 역시 사이크레우스의 짓이라 생각하는 편이 자연스럽지?"

"나한테 물으면 내가 아냐?! 아아, 당최 알 수 없는 일투성이라 골 아프기 시작할 것 같아."

루도 루가 자신의 머리를 마구 헝클었다.

그저께 밤에는 돌라 아저씨의 농장이 습격을 받고 어제 낮에는 밀라노 마스의 딸이 납치될 뻔했다. 그리고 어젯밤에는 마침내 숲가에 침입자가 나타났다. 이런 상황에서는 루도 루뿐만 아니라 누구라도 두통을 일으킬 것이다.

더군다나 사흘 전에는 지다의 습격까지 받았다. 그렇다는 것은 역참 마을에 내려와 있는 우리와 《키뮤스의 꼬리정》 관계자, 그리고 자자의 촌락에 갇힌 줄로 슨, 이렇게 호위역을 배치한 세 군데에 다 습격자가 모습을 드러냈다는 것이다.

무엇을 경계하면 좋을지 몰라 일단 호위역을 붙여놓자는 예방책이 속속 기능하고 있다. 게다가 미처 경계하지 못한 농장에서는 실제적인 피해까지 발생하고 말았다. 다시 말해 우리가 예상한 최악의 전개보다 더 나빠졌다는 뜻이리라.

'이 사건들 중 범행 동기와 범인이 분명한 건 지다가 습격한 건뿐이네. 그 외에는 전부 사이크레우스의 음모인가? 그런데 도대체 무슨 목적으로 이런 일을 되풀이하는 거지?'

줄로 슨에 관한 일은 입막음일지도, 그렇지 않을지도 모른다.

밀라노 마스와 돌라 아저씨 일은 괴롭힘일지도, 그렇지 않을지도 모른다.

진상은 아직 어둠 속에 잠겨 있다.

"어서 와요. 하나면 되나?"

라라 루의 목소리에 정신이 들었다.

어느덧 철판 너머에 서쪽 백성 손님이 서 있었다.

"어서 오세요. 값은 적동화 두 닢입니다."

"적동화 두 닢이라. 상당히 싼값에 팔아치우는군. ⋯⋯그런데 표정이 왜 그 모양이야? 장사꾼이 돼서 손님에게 그런 기운 없는 표정을 보이면 쓰나."

"아, 죄송합니다." 나는 대답하다가 퍼뜩 알아차렸다.

황갈색 피부에 약간 몸집이 큰 중년 남성. 뼈대가 억센 몸에 허술한 천 옷을 걸친 그 인물은 다름 아닌 투란의 미켈이었다.

"어, 어서 오세요. 제 요리를 사러 와주신 거예요?"

"간식 포장마차에 왔는데 그 외에 다른 목적이 있겠나?"

미켈은 오늘도 심기가 좋지 않아 보였다.

그러나 넉살스러운 노목 같은 그 얼굴에는 취기라고는 없이 눈자위도, 발걸음도 멀쩡하다. 원래 몸집이 큰 사람이라 그렇게 의연하게 서 있는 모습을 보니 어제의 술주정꾼과는 완전히 딴 사람 같았다.

"적동화 두 닢이로군. 하나 주게나."

그가 포장마차 상판에 동전을 짤랑하고 놓았다.

나는 다소 어지러운 마음을 다잡으며 『먀무구이』를 만들었다.

"먀무를 요란하게 쓰는군. 실력이 형편없으면 그 강한 냄새에 맛이 무너질 터."

불평인지 뭔지 역시 못마땅하다는 듯 말하면서 그가 포이탄 생지에 감싸인 『먀무구이』를 베어 먹었다.

표정에 변화는 없다. 다만 고기를 집요할 정도로 씹으며 좀처럼 삼키려 하지 않았다.

그사이 다른 손님이 찾아와 그쪽을 상대해야 했지만 미켈은 몸을 살짝 뒤로 뺐을 뿐 포장마차를 떠나려 하지 않았다. 미켈은 새로 온 손님이 음식을 받아 들고 저 멀리 시야에서 사라졌을 무렵, 그제야 첫입을 삼키고 말했다.

"흥…… 어제는 취해서 내 혀가 못 미더울지도 모르겠다고 생각했는데, 일단 충고의 말을 철회할 필요는 없겠어."

"……입맛에 맞으세요?"

내 물음에 그가 오늘은 충혈되지 않은 눈으로 나를 매섭게 노려봤다.

"먀무와 과실주, 그리고 이건 역시 아리아의 풍미로군. 잘게 썬 아리아를 사전에 국물에 섞은 건가?"

"네, 맞아요."

"흥. 어제 요리에도 먀무와 과실주, 아리아를 사용했던데. 변변한 조미료도 없는 이 역참 마을에서 그런 재료들을 조미료 삼아 요리를 만들고 있군."

미켈은 그렇게 말하며 아직 한 입밖에 먹지 않은 『먀무구이』를 요리조리 살폈다.

"그런데 이 후와노는 맛이 기묘하군. 나쁠 것은 없지만 씹는 맛이 꽤나 담백해. 게다가 기고 냄새가 희미하게 배어 있는 것 같은데——."

구운 포이탄에 극소량의 기고를 섞었는데 그 풍미까지 알아차리다니, 나는 다시 혀를 내둘렀다.

"네, 그건 후와노가 아니라 포이탄이에요. 식감을 좋게 하려고 기고를 섞은 건 맞지만 그걸 알아차린 손님은 처음이에요."

"포이탄이라고? 이게?"

미켈이 신음하듯 말하며 다시 『먀무구이』를 베어 먹었다.

"포이탄이라…… 제대로 먹어본 적도 없는데…… 요즘 역참 마을에서는 포이탄을 이런 식으로 먹나?"

"글쎄요, 잘 모르겠어요. 어쩌면 포이탄을 이렇게 조리하는 가게는 달리 없을지도 모르겠어요. 자세히 알아본 건 아니지만요."

미켈은 시무룩이 말이 없더니 『먀무구이』를 순식간에 먹어 치웠다.

그러고는 새삼스럽게 나를 쏘아봤다.

"풋내기, 자네 정체가 뭔가? 적어도 제노스 출신은 아니로군. 이런 기술을 어느 마을에서 배웠지?"

"저는 고향에서 아버지께 요리 지도를 받았어요. 제 고향은——이야기하면 길어지지만 실은 이 대륙 밖에 있거든요."

"대륙 밖에? 다른 영토에서 온 백성이로군."

예상대로 미켈은 눈을 동그랗게 떴지만 이내 무뚝뚝한 얼굴로 돌아와 다시 말했다.

"뭐, 아무렴 어때. 어제 한 충고를 명심해라. 자네가 성 밑 마을에 발을 들이지 않는 한 놈의 눈에 들 일은 없을 거다."

"네, 그런데 사이크——."

"마을 한복판에서 그 이름을 함부로 입에 올리지 마라."

미켈의 살가죽이 얇은 이마에 굵은 핏대가 섰다.

"그놈은 역참 마을에 모습을 드러내지 않아도, 놈과 인연이 있는 상인이나 병사들이 돌아다닐 가능성은 충분하다. 재액을 부르는 짓은 삼가라."

"죄송해요. 그런데 그 사람은 숲가의 백성하고도 인연이 있거든요. 지금은 제 신변에 대해 별 이야기가 없는 것 같지만, 적어도 제 장사 이야기는 그 사람 귀에도 들어갔을 거예요."

지난번 회담에서는 전혀 언급되지 않았다고 하지만 그 전에 슨가의 사건 당시에는 '포장마차 장사를 쉬지 말 것'이라는 명령을 족장을 통해 전달받았다.

그뿐만 아니라 내 장사가 무척 순조로워 벌이가 쏠쏠하다는 정보를 슨가에 흘린 것은 다름 아닌 사이크레우스의 관계자로 추측된다.

'……게다가 디알은 성 밑 마을에서 기바 요리를 무시당했다며 화냈었지. 그 상대가 사이크레우스 본인이었는지는 모르지만.'

어쨌든 기바 요리를 성 밑 마을로 가져가고 싶다는 디알의 제안을 거절한 것은 정답이었던 듯하다.

"역참 마을에서의 평판은 신경 쓸 것 없다. 귀족 놈들은 적동화 두 닢에 먹을 수 있는 요리를 요리라고 생각하지 않는다. 하물며 기바 요리를 인간이 먹을 만한 것이라고 인정할 리도 없을 테지."

"그렇군요. 순순히 기뻐할 수 없는 부분도 있지만 그 사람의 관심을 끌지 않아 다행이라고 할 수 있겠네요."

"흥." 미켈이 몸을 뒤로 뺐다.

"그런데도 운 나쁘게 찍히면 다시는 기바 요리를 못 만들게 되겠지. 부디 성 밑 마을 근처에는 얼씬도 하지 마."

미켈은 마지막에 그 말을 남기고 재빨리 가버렸다.

말없이 이 대화를 지켜보고 있던 라라 루가 "저 사람, 뭔데 잘난 척이야? 아주 대단한 손님 납셨네"라며 투덜거렸다.

"저 사람이 바로 투란의 미켈이야. 다들 슈미랄과 헤어질 때 이름 들어본 적 있지?"

"어? 그럼 저 녀석이 숲가의 백성에게 힘이 될 거라던 녀석이야?"

놀라서 말한 사람은 루도 루였다.

"딱히 특별할 것도 없는 그냥 아저씨잖아. 저런 녀석이 숲가의 앞날에 관여할 사람이라니, 그렇게 안 보이는데."

"그건 그냥 점 아니야? 믿는 쪽이 바보지."

두 사람은 그렇게 말했지만 내 마음은 딴 데 있었다.

물론 미켈이 구체적으로 어떤 역할을 할지는 상상이 되지 않는다. 그러나 '딱히 특별할 것도 없는 그냥 아저씨'일 리는 없다. 적어도 나에게는 강렬한 맛을 지닌 『먀무구이』의 구운 포이탄에서 기고의 풍미를 감지해내는 일은 아무리 노력해도 되지 않았을 것이다.

'성 밑 마을의 요리사였던 남자라⋯⋯.'

가슴이 마구 쿵쾅거렸다.

하지만 미켈의 존재가 앞으로 나와 숲가의 백성에게 어떤 형태로 관여하든 지금은 달리 해야 할 일이 있다. 우리는 먼저 눈앞에 가로놓인 골칫거리를 쳐부수기 위해 전력을 다해야 한다.

2

그 후에는 아무 일 없이 오후의 일을 끝낼 수 있었다.

마을도 겉으로는 평화로워 보였다.

기분 탓인지 가도를 순찰하는 위병의 인원이 늘어난 것 같지만 그 밖에 큰 변화는 없었다. 포장마차 매상도 평균치를 밑돌지 않았고 이따금 손님이 "여러모로 힘들겠군" 하고 위로의 말을 건네주는 등 숲가의 백성을 탄압하자는 움직임은 어디에도, 조금도 느껴지지 않았다.

어쩌면 그것은 숲가의 백성에게 호의적인 사람이 늘었다기보다 성 사람에 대한 의심이 심해진 데에 따른 결과일지도 모른다.

숲가의 백성은 족장 집안인 슨가만 유일하게 성 사람에게 우대를 받았고 나머지 사람들은 역참 마을의 백성보다 더 가혹한 생활을 강요받았다. 그 사실을 테이 슨 일행의 사건을 겪음으로써 역참 마을 사람들도 알게 되었을 것이다. 그 결과 숲가의 백성을 향했던 부정적인 감정이 누그러지고 성 사람에 대한 의심이 증폭되었다. 정리하자면 이렇게 된 것이 아닐까.

그리하여 숲가의 백성의 복장을 걸친 도적이 나타났다는 소식이 전해져도 사람들은 성 사람의 진의부터 의심하고 진실이 무엇인가를 경계하는, 그런 분위기가 왠지 모르게 느껴졌다.

'내가 받은 인상이 옳다면 사이크레우스 놈, 꼴좋다, 하고 고소해할 만한 상황인데…… 너무 좋아하기만 할 수도 없네.'

애초에 습격받은 곳이 돌라 아저씨의 농장이라 그 시점에서 이미 안타까운 것이다.

그리고 숲가의 백성에 대해 호의적인 것은 어디까지나 소수파다. 마을 사람 대부분은 성 사람을 경계함과 동시에 숲가의 백성도 죄인 취조하듯 날카롭게 바라본다.

숲가의 백성은 정말 무법자 무리가 아닌 것인가. 지금이야말로 그것이 명확히 제시되어야 할 때가 아닌가. 그것을 확인하기 위해 가만히 숨을 죽이고 있는, 그런 분위기가 만연한 듯한 느낌이다.

어쨌든 일 자체는 평온무사하게 마칠 수 있었다.

그 반면 실무 면에서는 참으로 다양한 사건이 있었다.

먼저 《현옹정》에서는 네일이 네 종류의 기바 고기 중 등심을 선택하여 메뉴에 구이 요리를 추가하기로 했다. 조리법은 참으로 간단한데, 얇게 저민 고기를 그냥 굽기만 하면 된다고 한다.

다만 그 고기에는 치트 절임 국물과 과실주와 여러 향초를 섞은 양념장을 곁들이는 모양이다. 시식을 해봤더니 참으로 맵싸하고 이국적인 맛이었다.

"아스타의 요리에는 훨씬 못 미치지만 그만큼 가격이 저렴해지므로 불만의 소리도 잦아들 거라 생각합니다."

내가 납품한 요리는 이익을 내기 위해 적동화 다섯 닢의 고가에 팔리고 있다. 그런데 이건 카론과 거의 같은 가격에 매입한 기바 고기로 만든 요리이므로 카론 요리와 똑같은 적동화 네 닢에 팔 수 있다.

"최소한 하루에 10인분은 문제없이 팔 수 있을 겁니다. 그리고 아스타가 장사를 쉬는 이틀간은 20인분씩 팔려고 생각 중입니다만, 그 전날에 고기를 그만큼 납품해줄 수 있겠어요?"

네일도 나우디스와 마찬가지로 손님이 다른 여관으로 옮겨갈까 봐 염려하는 것 같다. "물론이죠" 하고 나는 기꺼이 승낙했다.

한편 《남쪽의 대수정》은 어제 기바 고기 샘플을 넘긴 상태다.

그런데 나흘 뒤면 내가 장사를 쉬는 날이다. 그래서인지 나우디스는 불과 하루 만에 기바 고기를 매입하기로 마음을 굳혔다. 선택한 부위는 가장 비싼 삼겹살이었다.

"그냥 구웠을 때 가장 맛있는 부위인 것 같더군요. 내일과 모레는 10인분씩, 사흘 후에는 70인분의 고기를 납품해줄 수 있나요?"

"70인분이요?! 통 큰 결심을 하셨네요!"

"남으면 소금에 절이면 되거든요. 적어도 썩는 일은 없을 겁니다."

그래도 70인분이면 17.5킬로그램으로 값은 적동화 117.5닢이다.

사흘 뒤 저녁에 10인분, 내가 쉬는 이틀간 30인분씩 계산하여 분량을 정한 것이다. 평소에는 내게 매일 40인분의 기바 요리를 사들이고 있으니 그런 의미에서는 의욕만 앞섰다고 볼 수도 없겠지만, 어쨌든 내 입장에서는 고마운 이야기였다.

"거래해주셔서 감사합니다. ……그나저나 《현웅정》 주인도 구이 요리에 적합한 연한 부위를 희망하시더라고요. 뒷다리살과 앞다리살을 푹 삶아서 요리하면 손도 덜 가고 가격도 더 저렴한데 다른 부위를 고르셔서 좀 신기해요."

"흠. 《현웅정》 주인도 푹 삶거나 끓이는 요리로는 아스타와의 실력 차가 너무 뚜렷해진다고 생각하지 않았을까요? 기바 고기는 그냥 굽기만 해도 맛있어서 우선 구이 요리부터 시작하고 싶은 것이 당연하죠."

과연 그렇구나, 하고 생각하기로 했다.

물론 기바 고기는 끓이는 요리에도 적합하지만 그냥 끓이기만 해서는 맛있지 않다. 그렇다면 내가 끓인 『기바 수프』나 『치트전골』과 비교했을 때 맛이 부족하게 느껴지는 것도 이해가 간다. 조미료 종류가 적다 보니 요리하는 데 제약이 생긴 것이다.

그런데 이대로 가다가는 파가에 기바 고기의 뒷다리살과 앞다리살만 남을 것이다. 우리는 수프 외에도 햄버그를 만드는 등 기바의 다릿살을 소비할 수 있어 지금 당장은 아무런 문제가 없지만, 장기적으로는 모든 부위를 균등하게 팔고 싶다.

뭐, 어쨌건 타우유가 있는 나우디스라면 《현웅정》에 맞먹는

구이 요리를 개발하는 것도 그리 어렵지 않을 것이다.

'그런 의미에서는 이국의 조미료를 사용할 수 있는 여관들과 경쟁하기 위해서라도 《키뮤스의 꼬리정》이 힘을 더 길러야겠네.'

오늘도 나는 《키뮤스의 꼬리정》에서 카론과 키뮤스 고기를 연구함과 동시에 가볍게 조리 강의를 해주었다.

고기가 아닌 채소를 손질하는 법에 대한 기초적인 강의였다. 일단 나에게 친숙한 재료인 아리아, 티노, 타라파, 프라, 찻치, 기고, 먀무를 맛있게 조리하는 것부터 시작했다.

얄팍썰기, 통썰기, 방사형 썰기, 잘게 다지기와 같은 써는 법과 그에 어울리는 조리법, 그리고 식재료의 맛을 끌어내는 데 효과적인 불 조절 방법 등 알려주고 싶은 것이 아주 많았다.

다만 오늘도 학생은 밀라노 마스 혼자였다. 딸은 우리 눈에 띄지 않는 곳에서 다른 업무에 힘쓰고 있는 모양이다.

"딸은 원래 숲가의 백성을 몹시 두려워했다. ……뭐, 그렇게 키운 내 책임이긴 하지."

"아뇨, 밀라노 마스가 마음 쓰실 일이 전혀 아니에요."

밀라노 마스의 아내는 10년 전에 오빠를 잃은 충격으로 일찍이 세상을 떴다. 그 오빠의 목숨을 빼앗은 것은 자츠 슨과 테이슨 일행이었으니 밀라노 마스와 딸이 숲가의 백성을 몹시 증오하고 기피해도 이상하지 않으리라. 그런데도 밀라노 마스는 우리와 인연을 끊으려 하지 않고 이번에는 기바 요리를 매입하기 전 단계로써 조리 지도를 받는 것까지 승낙해주었다.

한편 그 딸과 나는 거의 안면이 없다. 그동안 얼굴을 마주할 기회가 있어도 그쪽에서 두려워하며 자리를 피했기 때문이다. 그런데도 딸이 승낙해주었기 때문에 밀라노 마스가 우리를 주방에 들일 결단을 내릴 수 있었을 것이다.

안타깝게도 딸은 어제 생긴 일로 마음에 상처를 입고 우리 앞에서 모습을 감추었다. 생각하면 할수록 괘씸한 정체불명의 무뢰한들이다.

'숲가의 백성을 편드는 파렴치한, 대가를 치러라── 라고 했지.'

그 무뢰한들의 정체는 아직 모른다. 말 내용은 지다와 똑같지만, 지다의 말이 맞는다면 그와도 무관할 터였다.

그렇다고 사이크레우스의 수하라는 증거도 없다. 만약 이 일이 사이크레우스와도 무관하다면 역참 마을에 아직 숲가의 백성을 극도로 싫어하는 층이 존재한다는 뜻이 된다.

하지만 그렇다고 해서 무뢰한들의 행동이 정당화되는 것은 아니다. 정당화될까 보냐 하는 심경이다. 그런 의미에서는 밀라노 마스의 말대로 숲가의 백성에게 직접 증오의 감정을 터뜨린 지다의 행동이 훨씬 설득력이 있다.

"……수십 명의 상인을 죽이고 그 죄를 내 아버지와 동료들에게 덮어씌웠지. 그런 네놈들이 역참 마을에서 실실 웃으며 잘난 듯이 구는 건 왜지……?"

실은 지다가 내뱉은 그 말은 여전히 내 가슴에 깊이 꽂혀 있다.

자츠 슨 일행이 저질러온 일을 생각하면 숲가의 백성을 그 정도로 심각하게 원망하는 인간이 존재해도 이상할 것이 없다. 아니, 그보다는 과거의 은원을 초월해서 숲가의 백성을 평범하게 대하려는 밀라노 마스야말로 특별한 존재라는 생각이 들었다.

'……하지만 초조해해도 소용없어.'

전혀 상관없는 타향에서 이곳에 떨어진 나는 숲가의 백성은 물론 역참 마을 사람들에게도 강한 애착을 품게 되었다. 그런 나만이 할 수 있는 일이 분명히 있을 것이다. 그 일을 하기 위해 나는 온 힘을 기울일 것이다.

◇

"……오늘은 그 지다라는 녀석이 안 나타났네."

일을 마치고 루의 촌락에 도착하자 루루를 집 근처 나무에 묶으면서 루도 루가 말했다.

"녀석을 아버지 앞에 데려다 놔야 하는데. 그럼 의외로 쉽게 해결될 수도 있잖아?"

"흐음, 왜 그렇게 생각해?"

"그야 녀석은 역참 마을 사람처럼 까다롭게 생각하지 않는 것 같으니까. 무슨 산의 사냥꾼이라고 했으니 우리하고도 죽이 잘 맞지 않겠어?"

참으로 낙관적인 의견이다.

루도 루답다고 하면 실로 루도 루다운 발언이기는 하나 그는 아직 지다의 모습을 본 적조차 없다. 그 증오에 미쳐 매섭게 쏘아보던 눈빛을 아직 못 본 것이다.

지난번 지다에게 공격당했던 신 루는 실라 루 일행이 짐 내리는 것을 도울 뿐 아무 말도 하지 않았다.

"오오, 아스타가 아니냐, 오랜만이다!"

그때 루 본가에서 큼직한 그림자가 불쑥 나타났다. 오랜만인 듯 아닌 듯한 루티무의 가장 단 루티무였다.

"아, 안녕하세요. ……혹시 줄로 슨 일로 회의를 하신 건가요?"

"음! 회의 자체는 금방 끝났는데, 집에 가봤자 심심할 게 뻔해서 코타 루와 놀고 있었다!"

변함없이 자유분방한 가장님이시다.

그 쾌활함이 전염되었는지 레이나 루가 쿡쿡 웃으며 "그럼 나는 실라 루와 함께 일을 시작할게요" 하고 말해주었다.

『기바 버거』의 패티 만들기는 이제는 내가 마지막에 맛과 크기를 확인하기만 하면 되는 단계에 도달했다. 게다가 이 마지막 확인도 혹시 몰라 한 번 더 확인하는 것이기에 당장 내일부터 완전히 맡겨도 괜찮을 거라 생각한다.

그리하여 나는 그 자리에 머물러 단 루티무와 계속 대화하기로 했다.

"그래서 줄로 슨의 처우는 어떻게 되었나요?"

"어떻게도 되지 않았다. 성 사람은 넘기라고 요구하는데, 그 협의도 거치지 않고 마음대로 처단할 수는 없다는 것이 족장들의 의견이다."

"……단 루티무는 약간 불만스러운 거죠?"

"약간이 아니라 크게 불만스럽다! 그 타락의 극치를 보여준 줄로 슨 놈이 드디어 숲가의 백성으로서의 기개를 쥐어짜 낼 수 있게 되었으니 나는 그 다짐에 응해야 한다고 생각한다!"

"으음, 그런데 줄로 슨이 그렇게 다짐한 건 성 사람이 두려워서라고 말할 수도 있죠? 고문 끝에 살해당할 바에야 지금 당장 편하게 죽고 싶다는 거 아닐까요?"

본심을 말하면 나도 단 루티무와 같은 의견이긴 하지만 일부러 나 자신을 타이르기 위해 그렇게 말했다.

"그렇다 해도 제 입으로 자기 머리 가죽을 벗기라는 말은 웬만해서는 하기 어려운 법이다. 게다가 그 말을 한 곳이 자자의 촌락 한가운데이지 않느냐. 그라프 자자는 '아, 그래?'라는 말과 함께 바로 칼을 잡을지도 모른단 말이다."

단 루티무는 그렇게 말하더니 반들반들한 머리에 불만스러운 주름을 잡았다.

"숲가의 마을에서 태어난 사람이 숲에 영혼을 돌려주고 싶다고 간절히 바라고 있다. 그 뜻을 물리치면서까지 왜 성 사람 따위에게 처단을 맡겨야 하나 이 말이다. 나로서는 돈다 루와 족장들의 의중을 알다가도 모르겠다."

"족장들 입장에서도 괴로울 거예요. 가뜩이나 성 쪽에서는 슨 본가 사람을 전부 넘기라고 요구하고 있는데, 이런 상황에서 줄로 슨마저 넘기지 않겠다고 주장하면 숲가의 백성은 제노스에 대해 배반하려는 마음, 즉 반의(叛意)가 있다고 여겨질 거예요……."

"반의라니 그런 거 없다. 터무니없는 요구를 거절하는 것이 어째서 반의가 된다는 말이냐?"

단 루티무의 주장은 그야말로 합당했다. 너무 합당해서 끽소리도 못 할 지경이다.

사이크레우스는 '숲가의 백성을 신용하지 않는다'라는 입장에서 강력히 요구하고 있다. 따라서 밀담을 한다거나 그럴싸한 핑계를 댄다거나 하는 부분을 싹 걷어내고 보면 단 루티무처럼 생각하는 것이 당연하리라.

"애초에 제노스 법에서는 모르가의 은혜를 훼손하는 행위가 사형에 해당하지는 않는다고 되어 있는데 말이다."

"네. 저도 그렇게 들었어요. 대부분의 경우 제노스 법보다 숲가의 규율이 벌이 더 무겁다고 하더라고요."

그 정보를 알려준 사람은 지금 눈앞에서 불만스레 입을 빼죽거리는 인물의 아들이다.

"그렇다면 줄로 슨도 성에 인계되는 편이 그나마 살아남을 기회가 있다는 것이지 않느냐. 그런데도 지금 당장 머리 가죽을 벗기라고 하다니 훌륭하게 볼 일이다."

"그렇죠. 일반적으로 생각하면 그렇겠지만……."

그러나 상대는 사이크레우스라는 수수께끼 같은 인물이다. 줄로 슨이 '무슨 짓을 당할지 모른다'며 울부짖었다고 하니 어마어마한 공포심을 느꼈음에 틀림없다.

심지어 사이크레우스는 줄로 슨뿐만 아니라 다른 슨가 사람들도 넘겨야 한다고 집요하게 우기고 있다. 숲가의 백성은 심판이 미흡하다는 것이 그의 주장인 만큼 그에게는 줄로 슨 일행을 말살해야 하는 사정이 있는 것이리라.

그렇다면 줄로 슨이 그토록 겁에 질린 것도 이해가 간다.

거기까지 생각하자 작은 의문에 부딪혔다.

'그렇게까지 해서 슨가를 말살하려는 이유가 뭘까?'

일반적으로 생각하면 그것은 대죄인 자츠 슨과 관련된 일일 것이다.

예를 들어 자츠 슨과 사이크레우스 사이에 밀약이 있었을 경우, 그 사실을 아는 사람이 슨가에 남아 있으면 나중에 불리한 일이 생길 수도 있다. 사이크레우스가 그렇게 생각했다면 줄로 슨이 고문을 당할 가능성이 있으며 본가 사람 모두에게 입막음이 필요하다는 의심에 사로잡힌 것도 알겠다.

하지만 실제로 그런 밀약이 존재할까? 존재한다고 했을 때 줄로 슨이 밀약을 끝까지 의리 있게 지킬 이유가 있을까?

줄로 슨이 포로의 몸이 된 지 벌써 20일 넘게 지났다. 그사이 자자가의 남자들이 여죄를 집요하게 추궁했을 테니 고백할 기회는 얼마든지 있었을 것이다.

아니, 그보다 성 사람이 그렇게 무섭다면 숲가에 있는 동안 모든 죄를 폭로하면 된다. 폭로해버리면 비밀은 비밀이 아니게 되니 그렇게 하면 고문이나 입막음을 두려워할 이유도 사라진다. 머리 가죽이 벗겨질 각오까지 되어 있는 마당에 그렇게 행동하는 것이 자연스럽지 않을까.

'워낙 사이크레우스에게 치명적인 비밀이라 폭로해버리면 숲가의 백성 모두에게 위험이 닥친다거나?'

아무리 그래도 그런 비밀은 존재하지 않을 거라 생각한다.

그렇다면 사이크레우스가 줄로 슨을 이렇게 오랫동안 방치할 리가 없다. 원래 숲가의 백성은 자츠 슨과 줄로 슨, 두 사람만큼은 성에 넘겨도 어쩔 수 없다고 생각했다. 따라서 저쪽에서 슨가 사람 모두를 넘기라는 말만 하지 않았어도 이렇게까지 일이 꼬이지는 않았다.

그리고—— 생각해보면 '사이크레우스와 자츠 슨의 밀약'도 왠지 빗나간 예상이 아닌가 싶다. 애초에 자츠 슨에게 사이크레우스와 협력 관계에 있었다거나 교묘히 이용되었다는 의식이 요만큼이라도 있었을까? 만약 있었다면 그 일을 폭로하지 않은 채 멸망해갔다고는 생각하기 어렵다. 자츠 슨은 제노스 백성에 대한 증오를 퍼뜨리며 분사(憤死), 즉 분에 못 이겨 죽었다.

'테이 슨도 마찬가지겠지. 그렇다면 줄로 슨 혼자 그런 비밀을 떠안고 있을 리가 없다, 이렇게 되는 건가.'

그럼 도대체 어떻게 된 걸까.

사이크레우스는 왜 줄로 슨과 본가 사람들의 신병을 확보하려하는 걸까. 줄로 슨은 어째서 그렇게까지 성에 인계되는 것을 두려워할까. 생각하면 할수록 점점 알 수가 없다.

그런데 한 가지 알게 된 것이 있다. 그 의문에 대한 해답을 사이크레우스에게선 구할 수 없지만 줄로 슨에게선 구할 수 있다는 것이다.

"돈다 루는 집에 있나요?"

"그래"라는 대답이 돌아왔기에 나는 혼자 루 본가에 들여보내달라고 했다.

집에서 기다리고 있던 사람은 가장과 장남, 며느리, 손자였다.

말 많고 시끄러운 손님이 겨우 집 밖으로 나가준 덕분에 가족끼리 단란한 시간을 보내던 참이었을까. 코타 루를 안고 있는 사티 레이 루에게 안내를 받으며 나는 우선 갑자기 방문한 것부터 사과했다.

"쓸데없는 서론은 됐다. 내게 할 말이라는 게 뭔가?"

여전히 언짢아 보이는 돈다 루에게 나는 의문에 대해 설명했다. 그러나 내용이 너무 막연해서인지 심정이 잘 전달되지 않았다.

"……잘 모르겠군. 좀 더 쉬운 말로 설명할 수가 없나?"

"죄송합니다. 저도 문제의 초점이 뭔지 다 파악하고 있는 게아니거든요……. 요컨대 줄로 슨은 도대체 뭘 그렇게 두려워하는 걸까, 하는 거예요. 어차피 숲가에 머물러도 사형인데, 이제와서 성 사람을 두려워할 이유가 없지 않나요?"

"그런데 간밤에 웬 놈이 자자의 촌락에 침입했다. 그 일로 성 사람이 자신의 존재에 그토록 주목하고 있다는 사실을 알게 되어 마음이 흐트러졌다. 그래서는 앞뒤가 맞지 않는다, 이 말인가?"

그렇게 대답한 사람은 지자 루였다.

여전히 상냥하게 미소 짓는 표정이지만 속내는 전혀 내비치지 않는다.

"네. 예를 들어 그 목적이 입막음이라면 어차피 사형될 몸이니 두려워할 필요도 없잖아요. 따라서 줄로 슨이 사이크레우스의 손아귀에 들어가면 죽음보다 더 무시무시한 운명을 맞게 된다고 걱정한 게 아닐까요?"

"죽음보다 더 무시무시한 운명이라. 그게 바로 고문이지 않겠는가?"

"저도 처음에는 그렇게 생각했어요. 그런데 줄로 슨이 고문을 당할 정도의 비밀을 품고 있다면 성에 인계되기 전에 죄다 폭로해버리면 고문을 당할 이유도 없어지잖아요."

"……그럼 그 외에 어떤 가능성이 있다는 건가?"

돈다 루의 말에 나는 "모르겠어요" 하고 고개를 내저었다.

"그러니까 그걸 줄로 슨에게 직접 물어봐야 하지 않을까요? 당신은 뭘 그렇게 두려워하나요? 하고. 줄로 슨은 지난 10년간 족장으로서 사이크레우스와 인연을 이어온 장본인이잖아요. 그런 줄로 슨이기 때문에 사이크레우스가 지금 어떤 생각을 하는지 짐작이 간 것이 아닐까요?"

"……듣고 보니 그렇군. 돌의 도시의 독에 오염된 줄로 슨이 기에 돌의 도시의 인간의 흉계를 간파할 수 있다, 라는 면은 가능성이 있겠군."

돈다 루가 갈기 같은 머리를 박박 긁어댔다.

"그런 이야기는 다른 족장들이 물러가기 전에 들었어야 했는데. ……어이, 루가의 토토스는 이후에도 루도가 사용하기로 했던가?"

"네. 파가까지 호위해준 다음 아이 파가 올 때까지 집에 있어 줄 예정이에요."

설명할 것도 없이 그것은 돈다 루가 직접 결정한 내용이었다.

"그럼 토토스를 한 마리 더 사용할 수밖에 없겠군. 레이의 가장이 파가에 나타나면 그길로 자자의 촌락에 보내고 방금 한 이야기를 전달시켜라."

"네? 라우 레이가 파가에 나타나면, 말인가요?"

"그렇게 약속한 것 아니었나? 녀석은 그렇게 말했다."

그런 약속은 하지 않았지만 또 야밀 레이를 데리고 파가를 찾아오려는 걸까.

"알겠습니다. 줄로 슨이 뭘 두려워하는지 추궁하라는 말씀이죠? 라우 레이가 찾아오면 분명히 전하겠습니다."

"그래. 레이의 가장이 나타나지 않는다면 루도가 호위 일을 마친 뒤 토토스를 타고 다녀오도록 전해라. ……했다."

"네? 뭐라고 하셨나요?"

수고했다, 라고 들린 것 같기도 하지만 정확하게 알아듣지는 못했다.

"시끄럽다! 용건이 끝났으면 냉큼 나가."

"네! 실례했습니다."

나는 얌전히 집 밖으로 달아났다.

아무튼 내 가슴속에 피어난 의문을 돈다 루와 확실히 공유하는 데에는 성공한 것 같다.

'등잔 밑이 어두웠네……. 자츠 슨이 없는 지금 이 숲가에서 사이크레우스와 교류가 가장 깊었던 사람은 줄로 슨이니까 그 부분을 더 추궁했어야 했네.'

예전에 야밀 레이가 한 말에 따르면 자츠 슨은 천성이 게으른 줄로 슨을 가장으로서 가망이 없다며 단념했다고 했다. 그래서 사이크레우스와 얽힌 음모와도 무관한 줄 알았던 것이다.

그러나 줄로 슨은 10년간 사이크레우스와 인연을 이어온 경험이 있다. 음모와 무관하고 아무런 비밀도 없다 해도 그 경험은 얻기 힘든 것이다.

우리는 사이크레우스에 대한 예비지식이 너무 적다. 이로써 사이크레우스의 꼬리를 조금이나마 붙잡게 되면 조금은 전진할 수 있을지도 모른다. 만족감을 얻기 일보 직전의 감정을 가슴에 품고 나는 루가를 뒤로했다.

그런데 집 밖에는 아무도 없었다. 기루루와 루루가 느긋하게 나뭇잎을 쪼아 먹고 있을 뿐이었다. 루도 루와 신 루가 기다리다 지쳐 각자의 누나가 일하는 부엌으로 이동한 걸까.

그렇다면 단 루티무는 어디에 있나 싶어 주위를 둘러보던 그때, 쿵 하는 엄청난 땅울림이 울려 퍼졌다.

"와하하하하! 덩치만 컸지 칠칠치 못한 녀석이군! 그 실력으로 어느 세월에 나와 돈다 루를 이길 수 있겠느냐!"

촌락의 출구 근처, 대광장 한구석에 거대한 그림자가 두 개 있었다.

너털웃음을 웃고 있는 사람은 물론 단 루티무로, 그 발치에 엎드려 있는 사람은 미다였다. 주위에는 어린아이들이 촐랑촐랑 뛰어다닌다.

"사냥꾼의 힘겨루기인가요? ──야, 미다, 오랜만이네."

단 루티무는 슈미랄이 루가를 방문했을 때 우연히 만났다. 단 루티무보다 미다를 보는 것이 훨씬 오랜만일 터였다.

최근에는 매일 루의 촌락에 들르기는 했으나 서로 할 일이 있어서인지 옛정을 새로이 다질 기회가 없었다. 땅바닥에 대자로 뻗은 미다는 "……응아……" 하고 불명료한 소리를 내며 거체를 일으켰다.

"아스타다…… 미다는 아스타에게 보여주고 싶은 게 있는데……?"

"어? 뭔데?"

미다가 쿵쿵거리며 신 루의 집 뒤편으로 갔다.

단 루티무와 함께 따라가자 놀랍게도 눈앞에 엄청난 것이 나

타났다. 목조 집이었다.

"우와, 벌써 완성한 거야?"

미다는 신 루의 아버지 랴다 루의 가르침을 받아 자신의 집을 짓고 있었다.

내가 그 사실을 알게 된 것은 라라 루의 생일인 파란 달 25일로, 그 무렵에는 목재를 채벌하는 데 힘쓰고 있을 터였다. 그로부터 약 열흘밖에 지나지 않았는데 벌써 완성한 것이다. 집의 크기는 파가보다 약간 작을지 몰라도 다른 집에 비하면 전혀 손색없을 만큼 훌륭하게 지어졌다.

"호오! 참으로 훌륭하군!"

단 루티무가 커다란 손바닥으로 벽을 탁탁 쳤다.

"굉장하다. 이렇게 빨리 완성할 줄은 몰랐어."

"응...... 아스타랑 아이 파를 위해 노력했는걸......?"

"어?"

"그동안 지내던 집은 너희 둘을 위해 비워주기로 했는걸......?"

그러고 보니 유일한 빈집이 미다의 침소가 된 까닭에 나와 아이 파가 루의 촌락에 숙박할 수 없게 되었다는, 그런 배경도 있었다.

뭐, 아이 파는 가능하면 집으로 돌아가는 것을 선호하고 기루루가 있는 이상 앞으로는 루의 촌락에 숙박할 기회가 좀처럼 없겠지만. 물론 그런 분위기 깨는 말을 굳이 할 필요는 없었다.

"고마워. 정말 열심히 했구나. 대단하다."

"대단한 건 랴다 루인데……? 미다는 아직 혼자서는 아무것도 못 하는걸……?"

"그렇지 않아. 너의 센 팔심이 없었으면 이렇게 빨리 완성하지 못했을 거야."

미다가 볼살을 부르르 떨었다.

군살 때문에 표정을 짓지 못하는 것은 여전한 듯하나 왠지 기뻐하는 것처럼 보였다.

"음. 솜씨가 제법이구나. 루티무에서 새 집을 지을 때 도움받고 싶을 정도다."

단 루티무가 유쾌하게 웃으며 말했다.

"게다가 군살이 조금씩 빠지는 것 같군. 그 상태로 열심히 하면 다음 힘겨루기에서 힘을 보여줄 수도 있을 거다. 잘 먹고 잘 움직여라!"

"응…… 다음에는 아스타의 요리를 먹을 수 있도록 미다는 열심히 할 거야……."

중요한 수확제에서 내가 매번 아궁이 당번을 맡게 될 리가 없다. 레이나 루를 필두로 루의 여자들의 조리 실력이 날로 향상되고 있다.

하지만 그 또한 분위기 깨는 이야기였다.

"다음 수확 연회가 기대된다. 만약 또 아궁이 당번을 맡게 된다면 열심히 실력을 발휘할게."

"응…… 미다도 기대되는걸……?"

239

새끼 돼지처럼 작은 눈동자가 반짝반짝 빛난다.

역참 마을의 포장마차를 부순 적도 있는 미다의 통나무 같은 팔뚝이, 지금 숲가에 새로운 집을 지어냈다. 그것은 혈연관계나 깊은 교우 관계에 있지 않은 내가 봤을 때도 매우 기쁘고 감개무량한 일이었다.

미다도, 야밀 레이도── 그리고 분명 오우라와 츠바이 모녀도 자신들이 지은 죄와 테이 슨의 죽음을 극복하고 각각의 집에서 각각 새로운 삶을 걷기 시작했다.

디가와 도드는 어떨까. 돔가의 무서운 남자들에게 둘러싸여 자신들의 죄와 나약함을 뉘우치고 있을까.

어쨌든 사이크레우스의 말에서 돈다 루 일행보다 더 올바른 인정과 도리가 보이지 않는 한, 나는 결코 이 생활을 망가뜨리도록 놔두지 않겠다고 새삼 다짐하게 되었다.

3

"오오, 기다리다 목 빠지는 줄 알았다, 아스타와 신 루!"

파가에 도착하자 라우 레이와 야밀 레이가 기다리고 있었다.

"오늘도 야밀 레이에게 조리 지도를 부탁한다! 나는 신 루와 사냥꾼의 수련을 쌓을 테니!"

"안타깝지만 안 되겠는데, 라우 레이. 아버지의 전언을 가져왔어."

루도 루가 루루 위에서 사정을 설명하자 라우 레이가 불만에 찬 표정으로 볼을 부풀렸다.

"내가 왜 심부름을 해야 하지?! 그쪽도 토토스가 있으니 네가 직접 가면 되잖은가!"

"불만 있으면 아버지한테 말해. ……아, 그러고 보니 다루무 형이 자자의 촌락에서 지내는데."

루도 루가 잠시 생각에 잠겼다.

"당분간은 다루무 형도 집에 못 올 것 같으니까 얼굴이라도 보고 올까. ……그래도 수련에 집중하느라 이 집을 지키는 일을 소홀히 하면 안 된다? 라우 레이도 들었다시피 어제 자자의 촌락에 누군가 접근했으니까."

"알겠어! 고맙다, 루도 루!"

그리하여 라우 레이와 신 루가 남아 파가를 지키기로 했다.

나는 저녁 식사 준비와 요리 연구를 하고 또 야밀 레이에게 요리를 가르쳐줘야 한다.

"오늘은 어떻게 할까요? 배우고 싶은 거 있어요?"

"……내게 그런 게 있을 것 같아?"

오늘도 야밀 레이는 요염하고 나른했다.

그러고 보니 야밀 레이와 단둘이 작업한 적은 거의 없는 것 같았다. 오늘은 이웃 여인들이 파가를 찾아올 예정도 없었다.

"레이가의 여인들은 조리 지도를 루티무가의 여인들에게 받았죠? 루티무가는 솜씨가 얼마나 늘었을지 궁금하네요."

"글쎄…… 일단 햄버그라는 요리에는 고전하고 있던데. 제대로 만들 수 있는 사람은 아마 민 루티무와 모른 루티무, 두 명밖에 없을걸."

"아, 고전하고 있군요. 과연."

루티무의 여인들도 대부분 루의 여인들에게 지도를 받은 몸이다. 내 입장에서는 제자의 제자인 셈이고 레이의 여인들은 증손 제자에 해당한다. 레이나 루와 미아 레이 아주머니의 솜씨는 훌륭하지만 그 중간에 사람이 낄수록 가르치는 내용의 수준이 떨어지는 것은 어쩔 수 없다.

"햄버그는 크기가 클수록 골고루 익히기가 어려워요. 포우와란 사람들도 고전했나 보더라고요. 그럼 살짝 변화를 줘서 오늘은 고기 완자에 도전해볼까요?"

"고기 완자?"

"쉽게 말해 햄버그를 조그맣게 만든 거예요. 이거라면 너무 익거나 덜 익을 가능성이 낮아질 거예요."

이것은 《키뮤스의 꼬리정》에서 시험 삼아 만든 키뮤스 완자에서 힌트를 얻었다.

숲가의 마을이든 역참 마을의 여관이든 품과 시간을 들이는 요리는 별로 환영받지 못한다는 것이 공통점이다.

"우선 햄버그와 똑같이 밑 준비를 할 거예요. 포이탄을 바짝 졸인 다음 잘게 썬 아리아를 볶아둡니다."

나는 파가의 저녁 식사를 견본으로 하여 야밀 레이에게 시식분을 만들도록 했다.

반죽을 차지게 하기 위해 포이탄을 바짝 졸이고 말린다. 그사이에 잘게 썬 아리아를 볶고 고기를 저민다. 키무스 완자를 만들 때는 잘게 썬 아리아를 섞지 않지만, 고기 맛이 강한 기바 고기로 만들 때면 나는 아리아를 꼭 섞어준다.

하지만 오늘은 좋은 기회이기 때문에 아리아를 섞지 않은 고기 완자도 만들어보기로 했다.

그리고 반죽을 차지게 하는 용도로 기고를 사용해보면 어떨까. 포이탄은 일일이 졸여서 말려야 하기에 구운 포이탄을 만들 겸 하는 게 아니라면 품과 시간이 많이 들기 때문이다.

아리아를 섞은 것과 섞지 않은 것 두 가지 패턴과, 차진 반죽을 위한 재료로 포이탄과 기고를 사용한 두 가지 패턴, 이를 각각 조합하여 총 네 가지 패턴으로 만드는 것이다.

"나머지는 취향대로 소금이나 피코잎, 간 먀무를 이 단계에 섞어봐도 좋을 것 같아요. 파가에서는 여기에 과실주를 섞기도 해요."

"까다롭네. 레이가에서는 그렇게 다양한 재료를 넣지는 않거든."

"그렇겠죠. 뭐, 처음에는 소금과 피코잎을 찧어서 넣는 정도로 충분하다고 생각해요."

역참 마을에서 파는 『기바 버거』 패티에도 소금과 피코잎밖에 넣지 않는다. 과실주와 먀무는 타라파 소스를 만들 때 이미 넉넉하게 넣기 때문이다.

하지만 파가에서는 타우유를 넣어 간장과 비슷한 소스를 만들거나 치즈 햄버그, 테리야키 햄버그 등에도 도전하고 있기 때문에 그에 맞춰 패티 자체의 양념에도 이런저런 연구를 하고 있다. 예전에 아이 파는 내가 만든 햄버그가 레이나 루가 만든 것보다 더 맛있다고 칭찬해주었지만, 굽기 정도를 제외하면 차이는 그 정도라고 생각한다.

"고기를 반죽했으면 이 정도 크기로 동그랗게 뭉쳐줍니다. 속에 있는 공기를 빼줄 필요도 없어요."

크기는 한 입 크기, 동글동글한 타코야키만 한 크기다.

"저녁 식사용 고기를 굽기에는 아직 일러서 시식용 고기를 견본으로 한 개만 구워볼게요. ──고기가 냄비에 달라붙지 않도록 먼저 기바 비계를 살짝 구워줍니다. 아궁이 불은 적당히 중간 불로 하고, 고기가 골고루 노릇노릇해지도록 굴려가며 익혀줍니다. 이때 너무 힘줘서 굴리면 고기가 부스러지니까 조심해야 해요."

겉면이 노르께하게 구워지면 간 마누, 소금, 피코잎을 섞은 과실주를 부어 찜구이로 마무리한다. 조리 과정은 이것이 전부다. 잘게 썬 아리아와 반죽 찰기를 위한 재료를 넣는 것은 의외로 내 개인적인 고집에 불과하기 때문에 더 간소화할 수도 있다.

참으로 새삼스러운 이야기이긴 하나 번거롭고 복잡한 작업이 환영받지 못하는 숲가에서는 햄버그보다 이 고기 완자가 더 어울리는 메뉴일지도 모른다.

"자. 이건 아리아 없이 반죽 찰기용으로 기고를 넣은 거였죠? 일단 맛부터 보세요."

"……당신은 안 먹어?"

나는 저녁 식사 때 실컷 먹을 수 있다고 대답하다가 "그럼 반씩 나눠 먹어요" 하고 고쳐 말했다.

이 고기 완자는 야밀 레이가 반죽했다. 구운 것은 나이지만 내가 맛 보증을 하는 편이 그녀의 자신감에도 도움이 될 것이다.

"아아, 흠잡을 데 없이 맛있어요."

빈말이 아니라 정말 그랬다.

기고를 넣으면 식감이 조금 포근해지는 모양이다.

그리고 역시 아리아를 넣지 않으면 기바 고기의 강한 맛이 더 존재감을 드러낸다. 기바 고기 특유의 맛과 냄새를 싫어하지 않는다면, 다시 말해 숲가의 백성이라면 이쪽이 더 입맛에 맞을지도 모른다.

그리고 얇은 미니 햄버그보다 이 모양이 씹는 맛도 더해져 좋은 느낌이다. 육즙도 가득하여 더할 나위 없다. 햄버그와 비슷해 보이지만 다른 이 고기 완자는 그야말로 숲가의 백성을 위한 메뉴일지도 모른다.

'아이 파라면 뭐라고 말할까. ……왠지 다들 만족스러워하는 와중에 혼자만 무뚝뚝한 표정을 지을 것 같은데.'

그런 생각을 하고 있자 야밀 레이가 땅이 꺼져라 한숨을 내쉬는 것이 느껴졌다.

"왜 그래요? 무슨 문제라도 있어요?"

"아니. 정말 맛있다고 생각해. ……다만 이렇게 태평하게 있어도 되는 걸까 생각했을 뿐이야."

무슨 뜻인지 몰라 고개를 갸웃거리자, 야밀 레이가 긴 앞머리에 가려진 눈으로 나를 매섭게 노려본다.

"줄로 슨의 이야기는 들었어. 지난번 회담에서도 결론이 나지 않았다고 하던데 새 족장들은 앞으로 어떻게 하려는 걸까."

"아, 그 이야기 말이군요. ……그러게요, 어떻게 될까요? 그래도 당신과 가족들을 성에 넘기는 결과만은 피할 거예요."

"……저쪽은 슨 본가였던 사람을 모두 넘기라고 요구하고 있지? 그럼——."

"야밀 레이, 당신과 줄로 슨만 넘기면 된다는 말은 아니죠?"

내가 선수 쳐서 말하자 야밀 레이가 다시 한숨을 내쉬었다.

"이해가 빠르네. 레이의 가장은 끝까지 말하게 해줬는데."

"라우 레이한테도 똑같은 말을 했다고요? 무조건 화냈을 것 같은데요?"

그 라우 레이는 기루루가 지켜보는 모양새로 신 루와 대결을 하고 있다. 시야에는 들어오지만 대화 소리가 들릴 만한 거리는 아니다.

야밀 레이는 고개를 돌리고 왼쪽 관자놀이를 천천히 문질렀다.

"화내는 정도가 아니라 때렸는걸. 나쁜 남자야."

"네, 손이 빠른 건 라우 레이의 결점이라고 생각해요. 그런데 화나게 말한 야밀 레이한테도 잘못이 있지 않아요?"

"…………."

"예를 들어 미다와 츠바이를 보호하기 위해서라도 본인 혼자
만 희생하면 된다는 생각은 버려줘요. 그런 생각이 통하지 않는
다는 건 가장 회의 때도 이미 분명히 해두었잖아요."

"……하지만 나는 자츠 슨의 후계자로 지목되었던 인간이야.
성 녀석들은 그런 인간이야말로 처형하고 싶어서 좀이 쑤시는
거 아닐까?"

"의도가 분명치 않은 성 녀석들의 요구를 들어줄 이유는 없어
요. 야밀 레이도 소중한 동포 중 한 사람이니까요."

야밀 레이는 고개를 살짝 숙이고 긴 앞머리로 표정을 가려버
렸다.

"이제 됐어. ……그렇게 하면 성 녀석들의 직성이 풀릴지도
모르는데, 말귀를 못 알아듣는 사람뿐이네."

"그건 내가 할 말이에요. 나와 라우 레이가 왜 화를 내는지 이
해해줘요."

그러자 야밀 레이는 갑자기 자신의 엄지손톱을 씹기 시작했
다. 그녀답지 않게 어린아이 같은 행동이었다.

"……아스타, 당신도 화내는 거야?"

"화난다기보다 슬픈 것 같아요. 동포가 지금의 생활을 소홀히
하는 말을 입에 담으면 슬프지 않겠어요?"

"……당신은 동포가 아니라 이국인이잖아."

"이국인이라도 동포라는 마음가짐으로 지내고 있어요."

야밀 레이는 입을 다물었다.

어쩐지 답답한 분위기가 될 것 같아 나는 애써 밝게 말했다.

"게다가 성 사람도 자츠 슨의 후계자에는 관심이 없을 거예요. 그들은 아직도 10년 전 사건을 도적의 소행이라고 주장하고 있으니 그런 의미에서는 슨가의 죄를 제대로 추궁할 생각도 없는 거라고요."

"……죄를 추궁할 생각이 없다고?"

야밀 레이가 표정을 가린 채 조용히 내뱉었다.

"흐음…… 그런 거였구나…… 그래서 줄로 슨이 성에 인계되는 걸 이제 와서 두려워하기 시작한 걸까……?"

"네? 야밀 레이는 그 이유를 아는 거예요?"

"몰라. 그런데 그 이야기를 들으면 절로 상상이 되는 거 아닐까?"

"나는 전혀 안 되는데요. 그래서 이제부터 줄로 슨에게 따져 물어야겠다는 결론이 났어요."

나는 무심코 야밀 레이에게 바싹 다가갔다.

"가르쳐주세요. 당신은 성 사람이 무슨 목적으로 줄로 슨의 신병을 원한다고 생각하나요?"

"……죄를 물을 생각이 없다면 남은 이유는 하나밖에 없지 않을까?"

긴 앞머리에 덮인 야밀 레이의 눈동자가 이번에는 정체 모를

빛을 띠고 나를 바라본다.

"슨가의 부흥, 말이야."

"슨가의 부흥……."

그 말은 섬뜩하리만치 차갑게 내 가슴을 파고들었다.

"그 외에 줄로 슨을 비롯한 슨가 사람에게 이용 가치가 있을까? 성 사람은 돈다 루와 그라프 자자와 같은 새 족장들을 버거워하고 있지? 그렇다면 다시 한번 줄로 슨을 족장 자리에 앉혀놓고 숲가의 백성을 마음대로 부리고 싶어 하지 않을까?"

그것은 참으로 뜬금없는 이야기—— 라고는 생각되지 않았다.

머릿속에서 이런저런 기억과 말이 하나의 결론을 향해 조각조각 맞추어졌다.

사이크레우스는 처음에 슨 본가는 물론 분가 사람까지 남김없이 성에 넘겨야 한다고 주장했다. 그 요구가 통하지 않자 이번에는 본가 사람만이라도 넘기라고 말했다.

무엇을 위해?

죄의 무게를 재기 위해서라고 사이크레우스는 처음부터 그렇게 설명하지 않았는가.

사이크레우스는—— 슨가 사람들을 부당하게 처단하기 위해서가 아닌, 그 죄를 부당하게 용서하기 위해 신병을 원했다는 걸까?

돈다 루 일행의 탄핵이야말로 이유 없는 비방이며 앞으로도 숲가의 백성을 이끄는 집안은 슨가여야 한다고, 군주의 혈통이

친히 도장을 꽝꽝 찍어주기 위해——?

'그렇게 생각하면, 사이크레우스가 조급한 모습을 전혀 보이지 않은 것도 설명이 돼. 비밀을 지키기 위해 신병을 요구했다면 너무 느긋한 것처럼 느껴졌겠지만, 그런 속셈이었다면 아무리 시간이 걸려도 큰 문제는 없을 테니까.'

그렇다면 줄로 슨뿐만 아니라 가족의 신병까지 원했던 것은 줄로 슨이 말을 잘 듣게 하기 위한 인질로 쓰거나 혹은 줄로 슨이 무리라면 아들에게 족장 자리를 부여하려고 획책했기 때문일까.

어제 그 침입자는 줄로 슨을 해치려던 것이 아니라 그의 생존을 확인하는 것이 목적이었다는 말인가. 숲가의 백성은 심판이 미흡하다고 하던 사이크레우스의 말이야말로 진의를 감추려는 속임수나 허세였던 걸까.

물론 뭘 생각하든 증거는 없다. 그러나 적어도 입막음을 하기 위해 슨가 사람들을 몰살하려 한다는 추측보다는 훨씬 논리적인 것 같다.

"하지만, 그러면 줄로 슨은 왜 그렇게까지 마음이 흐트러진 거예요? 그 계기가 침입자의 존재였다 해도 만약 줄로 슨이 야밀 레이, 당신과 똑같은 것을 생각했다면 그렇게까지 평정을 잃을 이유는 없는 거 아닌가요?"

"글쎄, 어떨까? 줄로 슨이 무슨 생각을 하는지는 나도 몰라. 아버지와 딸이긴 해도 우리는 닮은 구석이라고는 전혀 없거든."

야밀 레이는 억양 없는 목소리로 말하며 자신의 몸을 가만히 끌어안았다.

"다만…… 자신이 성 사람의 요구를 거절할 만큼 강인하지 않다는 걸 자각해서가 아닐까? 그래서 다시 족장 자리에 앉게 되면 이번에야말로 모든 숲가의 백성의 증오와 원망을 한 몸에 받게 될 거라고. 그런 모습을 상상하면 당연히 울부짖고 싶어지지 않을까?"

야밀 레이의 어깨가 가냘프게 흔들린다.

그래서 나는 그 어깨를 두 손으로 꼭 잡아주었다.

"괜찮아요. 돈다 루를 포함해 숲가의 백성은 절대로 당신들을 성에 넘기지 않아요. 방금 그 이야기를 들려주면 그 생각이 더 강해질 거예요."

"……이런 건 내가 머릿속에서 부풀린 망상에 불과한걸?"

"어쨌든 숲가의 백성은 동포를 버리지 않아요."

얼음처럼 차가운 공기를 두른 듯한 야밀 레이도 역시 그 속에는 분명한 피와 열이 흐르고 있었다.

그 따뜻한 몸이 떨림을 서서히 가라앉힐 때까지 나는 그 어깨를 붙잡고 있었다.

그리고 밤이 되었다.

저녁 식사인 고기 완자를 다 먹은 뒤 나는 아이 파와 대화를 나누었다.

"결국 일이 번거롭게 되었어. 줄로 슨은 대체 어떻게 될까?"

"이 단계에서는 돈다 루 일행도 길을 정하지 못한다. 진실을 확인하는 것이 우선일 터."

확실히 아이 파의 말이 맞았다.

결판의 순간이 서서히 다가오고 있는데 우리는 손에 수많은 수수께끼와 의문과 억측밖에 쥐고 있지 않다. 이 상태로는 가야 할 길을 정하지 못할 터였다.

"우선 제 몸을 지키는 것, 그리고 카뮈아 요슈가 돌아오기를 기다리는 것. 우리가 할 수 있는 것은 그뿐이다."

"아니, 하나 더 있지 않나? 지다를 설득해서 우리 편으로 만드는 거 말이야."

"한데 그쪽에서 모습을 드러내기를 기다리는 수밖에 없다. 사냥감이 나타날 때까지 기다리는 것도 사냥의 한 방법이지."

"응, 사냥꾼다운 발상이네."

그러고 보니 돈다 루도 의외로 수동적인 자세를 보일 때가 많다. 무턱대고 움직이기보다는 가만히 몸을 숨기고 좋은 기회를 기다리는 것이 그 용맹한 남자가 싸우는 법이리라.

희미한 촛불 아래 나는 아이 파의 옆얼굴을 바라본다.

거리가 좀 가깝다. 우리는 나란히 벽에 기대어 작은 목소리로 이야기를 했다. 서로의 어깨가 닿을락 말락 하는 정도의 거리감이다.

"창문에서 화살이 날아들 때 곁에 없으면 너를 지킬 수가 없잖은가" 하고 아이 파는 저녁을 먹을 때부터 내내 이 위치를 고수하고 있다.

잠을 잘 때는 습격을 막기 위해 창문에 가리개를 달기로 했다. 그런데 오늘은 밤바람이 기분 좋게 분다.

잠이 들기 전까진 이대로 있자, 하는 말을 누가 입 밖에 낸 것도 아닌데 우리는 서로의 체온이 느껴질 듯한 이 거리에서 작은 목소리로 드문드문 이야기를 나누었다.

"……빨리 평화로운 일상을 되찾고 싶어. 최소한 창문에서 화살이 날아와 맞을까 봐 걱정하지 않는 생활을 말이야."

"음? 갑자기 왜 그런 말을 하지? 마음이 약해진 건가?"

"아니. 화가 불끈불끈 치미는 일이 많아서 조심하려고 노력 중이야. 안 그러면 투쟁심이 막 끓어오를 정도라니까? ……다만 아이 파, 네가 무사히 집에 오는 것과 장사의 앞날만 걱정하면 되는 생활이 돌아온다면 하루하루가 얼마나 행복할까, 하고 생각했을 뿐이야."

아이 파는 창문 쪽에 시선을 보낸 채 입을 굳게 다물었다.

내가 그런 말을 꺼내면 대체로 아이 파는 이렇게 입을 다물고 만다.

자신이 불안감에 휩싸일 때면 다짜고짜 바싹 다가오는 반면 그런 점은 정말 고양이 같다고 생각한다.

뭐, 그게 싫다는 말은 절대로 아니다.

"그런데 딱딱한 이야기로 돌아가면, 그저 상대가 움직이기를 기다리기만 하는 것도 괴로운 일이야. 나와 가까운 사람들에게 또 이상한 재난이 닥치면 어떡하나, 그 걱정이 가장 크거든."

"음. 게다가 누가 그런 짓을 하는지 분명치 않으면 더 걱정되기 마련이지."

"맞아. 하지만 만약 진짜 그동안 일어난 사건들이 전부 사이크레우스의 소행이라고 생각하면, 그건 역사를 되돌리려 하는 계획일지도 모르겠어."

"역사를? 되돌린다고?"

아이 파가 의아하다는 듯 고개를 갸웃거린다.

그러는 바람에 긴 머리가 내 목 언저리를 간질였다.

"그런 생각 들지 않아? 줄로 슨을 족장으로 되돌리고 역참 마을 사람들에게 숲가의 백성에 대한 의심을 심어주고 포장마차 장사도 계속할 수 없게 방해하고—— 사이크레우스는 그렇게 해서 죄다 예전 상태로 돌려놓으려는 게 아닐까?"

"그 상상이 진실이라면——." 아이 파의 목소리에 조용한 힘이 담겼다.

"사이크레우스라는 남자는 틀림없는 숲가의 백성의, 적이다."

"그래. 그만큼 뚜렷한 적이라면 쓰러뜨릴 만한 가치가 있어."

진담 반 농담 반으로 그렇게 대답하자 아이 파는 갑자기 입가에 미소를 띠고, 그러고 나서 두 눈에 사냥꾼의 안광을 폭발시켰다.

"……왔군." 아이 파가 칼집을 잡았다.

놀라서 아이 파의 시선을 좇자 창밖에 누르스름한 두 눈이 번 뜩이고 있었다.

나는 침을 꼴깍 삼켰다. 마치 캄캄한 밤에 굶주린 짐승이라도 맞닥뜨린 심경이었다.

"너는 지다라는 자로군? 우리와 대화를 나눌 마음이 생겨서 온 건가?"

"……두 사람 다 밖으로 나와라."

누르스름한 도깨비불이 순식간에 사라졌다.

아이 파는 칼을 쥔 채 일어섰다.

그리고 마찬가지로 일어선 나를 사냥꾼의 안광으로 쳐다봤다.

"아스타여, 결코 내 곁에서 떨어지면 안 된다. 만약 기습을 당했을 때는 너를 집 안으로 던질 테니 마음의 준비를 단단히 하라."

"알겠어."

우리는 신중히 집 밖으로 걸음을 옮겼다.

지다는 집 밖, 현관의 덧문에서 5미터쯤 떨어진 곳에 유령처럼 서 있었다.

표범 무늬 망토를 두른 타향의 사냥꾼의 모습이다.

푸르스름한 달빛에 비친 그 모습이 신비로워 보인다.

"해칠 생각이 없다면 환영해주지. 나는 파가의 가장 아이 파, 이쪽은 가족 아스타다."

"…………."

"지난번에도 말했다시피 우리는 너와 적대할 생각이 없다. 숲 가의 백성에게 증오심을 터뜨리기 전에 우리 이야기부터 들어 줬으면 한다."

후드를 깊이 눌러쓴 탓에 지다의 표정이 보이지 않는다.

다만 누르스름한 두 눈동자만이 상처받은 짐승처럼 활활 타오른다.

하지만 달빛이 환해서일까. 그의 몸은 얼마 전에 봤을 때보다 훨씬 작아 보였다.

원래 루도 루보다 키가 작고 몸집도 가늘다. 그 작은 몸에서 뿜어져 나오던 노기와 박력이 오늘은 전혀 느껴지지 않는다. 누렇게 타오르는 두 눈동자가 아니었다면 그저 털가죽 망토를 두른 작은 어린아이처럼 느껴질 정도였다.

"단 그 전에 한 가지 궁금한 것이 있다. 우리 집을 어떻게 알았지? 아스타 일행은 짐수레를 타고 이동하기 때문에 뒤쫓을 수 없었을 터."

"……그 짐수레 바퀴 자국을 추적한 거다. 짐승 발자국을 더 듬는 것보다야 쉽지."

후드에 얼굴을 가린 채 지다가 그렇게 대답했다.

그 목소리도 일전에는 벼락이 내리치는 듯한 노성이었지만, 지금은 조용히 말해서인지 변성기를 겪고 있는 약간 허스키한 소년의 목소리로밖에 들리지 않았다.

"대죄인은—— 정말 모두 죽어버렸나?"

잠시 침묵이 흐른 뒤 지다는 더 나직한 목소리로 물었다.

"역참 마을에서는 대죄인 두 명이 처형되었다는 소문이 돌고 있더군. 그런데 수십 명의 상인을 몰살한 숲가의 죄인이 고작 두 명일 리가 없다. ……나머지 죄인들은 어떻게 되었지?"

"나머지는 지난 10년간 이미 모두 죽었다고 들었다. 죄에 가담한 슨가 사람들은 어찌 된 일인지 젊어서 목숨을 잃은 자가 많았다고 한다."

냉정히 대답하는 아이 파의 말에 지다는 "거짓말이다" 하고 두 눈을 번뜩였다.

"일부러 고른 것처럼 죄인만 멸절되었다는 게 말이 돼? 네놈들이 나머지 죄인들을 감싸고 있는 거겠지……."

"그렇지 않다. 원래 10년 전 사건에 연관된 사람은 극히 소수였다고 하더군. 놈들이 기바를 이용해 상단을 습격했다고 하니 방법에 따라서는 혼자서 서른 명을 쓰러트리는 것도 가능했을 터."

"그럼 이틀 전에 농장을 습격한 건 누구지? 역시 네놈들은 한 명도 빠짐없이 무법자 무리였단 말인가?"

"결코 아니다. 그건 숲가의 백성에게 죄를 덮어씌우려는 누군가의 계략이다. 나는 이제 숲가에는 사냥꾼의 긍지를 더럽힐 만한 사람이 한 명도 없다고 믿는다."

아이 파는 강하고 조용하게 내뱉었다.

어쩌면 저렇게 강인하고 청렴할까, 하고 나는 옆에서 숨을 삼키며 감탄했다.

평소 타인에게 내면을 보이려 하지 않는 아이 파가 그 속의 강인함과 청렴함을 모조리 드러내고 있는 듯한, 그런 신기한 감각이 내 심장을 움켜쥐었다.

지다는 입을 굳게 다물고 아이 파의 모습을 가만히 쳐다봤다.

잠시 정적이 흐르고 드디어 지다가 입을 열려던 순간. 상쾌한 바람이 쏴 하고 불어와 우리 머리칼을 쓰다듬고, 지다가 뒤집어 쓰고 있는 후드를 뒤로 넘겼다.

"나는…… 숲가의 백성에게 복수하기 위해 지금껏 실력을 닦아왔다……."

불꽃처럼 붉은 봉두난발이 어둠 속에서 소리도 없이 일렁인다.

"그랬건만 모든 대죄인이 절멸했다니…… 나는 누구에게 칼을 휘둘러야 하지……?"

지다의 얼굴도 드러났다.

한때 분노에 일그러졌던 얼굴이 지금은 슬픔에 일그러져 있다.

그야말로 비애에 찬 얼굴이 아닐 수 없다.

게다가 이 소년이 정말, 분노에 사로잡혀 우리에게 칼을 겨누었던 그 무시무시한 습격자와 동일인물일까.

눈이 큼직하다. 눈초리가 살짝 치켜 올라간 아몬드 모양의 큼직한 눈동자. 코와 입은 작고 턱도 갸름하다. 열서너 살의 나이보다 더 어려 보이는 얼굴이다.

이 얼굴이 엄니를 드러낸 상처받은 표범처럼 변모하는 모습이

아무리 해도 잘 상상되지 않는다.

다만 그 누르스름한 눈동자만은 슬픔에 잠겨 있으면서도 불꽃처럼 활활 타올랐다.

"······지다여, 너는 뭣 때문에 복수를 하려는 거지?"

아이 파가 차분하게 물었다.

지다의 두 눈에 불꽃이 더 격하게 일렁였다.

"허튼 질문 하지 마. 당연히 억울하게 죄를 뒤집어쓰고 처형된 내 아버지 골람의 명예를 되찾기 위해서지."

"그렇군. 우리 숲가의 백성도 과거의 족장 집안이 더럽힌 일족의 명예를 되찾느라 노력 중이다."

"············."

"어제 아스타가 말했다시피 실제로 죄를 범한 것은 슨가 사람들이어도 뒤에서 그것을 조종한 사람이 있을지도 모른다. 우리는 그것이 진실인지 아닌지를 확인하기 위해 지금도 싸우고 있다."

"············."

"네 입장에서 우리는 원수의 한패에 불과할지 모르지만 진실을 백일하에 드러내기 위해 손을 맞잡을 수는 없겠는가? 그것이야말로 우리가 원하는 길이다."

지다는 아무 대답도 하지 않은 채 오른손으로 후드를 다시 썼다.

그때 벌어진 망토 사이로 잿빛 천으로 칭칭 감은 왼쪽 어깨가 엿보였다.

"……나는 내 방식대로 원수를 갚겠다."

이윽고 지다는 감정이 가라앉지 않은 목소리로 그렇게 내뱉었다.

"그것이 마음에 들지 않는다면 지금 당장 나를 베어 죽여라. 네놈 실력이면 쉬울 것이다. 나는 부상을 입었다."

"너를 벨 이유는 없다. 사흘 전 그때도 너를 베지 않기를 잘했다고 생각한다."

지다는 말없이 발길을 돌렸다.

그 뒷모습에 대고 나는 서둘러 말했다.

"잠깐만. 혹시 어머니에게 아무 말도 못 들었어? 실은 지금 우리 동료가 네 어머니를 찾고 있어. 네 어머니의 증언이 있으면 적의 죄를 폭로할 수 있을지도 모른다는 이유로——."

"……어머니는 내가 복수에 삶을 바치는 것을 허락하지 않으셨다. 그래서 인연을 끊은 지 벌써 1년이 넘었지. ……그 여자는 아버지의 죽음과 함께 엄니를 잃고 말았다."

"1년 전—— 그렇게 오랫동안 따로 살고 있었다니."

"나는 마살라 산속에서 살았다. 바로바로 새를 잡아서 마을에 팔려고 내려왔다가…… 거기서 네놈의 존재를 알게 된 거다, 아스타."

지다는 우리에게 등을 보인 채 억양 없는 목소리로 말했다.

"숲가의 백성이 제노스의 역참 마을에서 장사를 하고 있다고…… 대죄인은 심판되었고 숲가의 백성은 용서를 받았다고…… 행상인이 그렇게 말하는 것을 들었지. 그래서 나는 분노에 사로잡혀 아무런 생각도 할 수 없게 되어…… 이렇게 제노스까지 찾아온 것이다."

"그랬구나. 그런데 아마 숲가의 백성은 아직 용서받지 못했을 거야. 그래서 우리는 역참 마을 사람들과 올바른 인연을 맺을 수 있도록 열심히 노력 중이야."

지다는 아무 대답도 하지 않았다.

그 자그마한 뒷모습이 어둠 너머로 멀어진다.

내가 무심결에 발을 내디디려 하자, 그가 낮은 목소리로 "오지 마" 하고 거부했다.

그렇게 지다는 우리 앞에서 사라졌다.

"저기, 아이 파…… 잠자코 보내준 게 잘한 걸까?"

"어쩔 수 없지. 저 자는 스스로 옳다고 믿을 수 있는 길을 찾고 있다. 그 누구도 그것을 방해해서는 안 될 터."

아이 파가 지다가 사라진 방향에 강렬한 시선을 던지며 대답했다.

"게다가 저 자는 우리와 똑같은 영혼을 지녔어. 이제 적으로서 우리 앞을 가로막지 않으리라 믿을 수 있지. ……그렇다면 언젠가 길이 자연스럽게 겹치는 때를 기다릴 수밖에 없다."

"그렇구나. 정말 그럴지도 모르겠어."

적어도 완력으로 지다를 붙잡는 것이 가장 어리석은 대처라는 것쯤은 나도 알 수 있었다.

그리고 아이 파가 지다를 믿겠다면 나도 믿을 것이다.

이제야 적의 윤곽이 희미하게나마 드러나기 시작했다. 사이크레우스가 어떤 수를 쓰든 절대로 굴하지 않을 것이다.

만약 정말 사이크레우스가 숲가의 역사를 예전 상태로 되돌리려 획책하고 있다면, 그리고 그 행위를 옳다고 인정했다면, 그것은 이방인의 몸으로 숲가의 백성의 삶에 개입해버린 나 자신의 존재를 전면 부정하는 것으로도 이어진다.

내 행위야말로 옳다고 증명할 방도는 없다.

그렇기 때문에 나는 전신전령, 즉 내 몸과 마음을 걸고 사이크레우스와 맞서야만 한다.

아이 파를 비롯한 많은 사람들이 내 존재를 옳다고 인정해주었다. 그 마음을 헛되이 하지 않기 위해서라도.

"밤이 깊었군. ……잔다, 아스타."

"그래."

그리하여 우리는 바람이 세게 부는 숲가의 밤에 이별을 고하고 내일을 위해 잠을 청하기로 했다.

입가심 //// ~ 루가의 막내아들과 가족들 ~

"아까 다루무 형을 보고 왔어."

한창 저녁 식사를 하던 중 루도 루가 자연스럽게 그 말을 꺼내자 거실 여기저기에서 놀라는 소리가 들려왔다.

놀라는 사람은 주로 누나와 동생이다. 아버지와 큰형에게는 이미 보고를 마쳤고 어머니와 할머니들은 그런 일로 당황하는 성격이 아니었다.

"왜? 다루무 오빠가 있는 북쪽 촌락은 엄청나게 멀잖아."

"맞아! 루도만 혼자 다녀오다니 치사해!"

특히 시끄러운 사람은 동생인 리미 루와 라라 루였다. 누나인 비나 루와 레이나 루는 놀라움에 눈을 동그랗게 뜨면서도 얌전히 루도 루의 말을 기다리고 있다.

"치사하다니, 나는 아버지 심부름으로 북쪽 촌락까지 갔을 뿐이야. 뭐, 다루무 형은 여전하더라."

"여전하다고만 말하면 전혀 알 수가 없잖아! 다루무 오빠는 건강히 잘 지내?"

"성 밑 마을 사람이 침입했다는 곳이 북쪽 촌락 아니야? 다루무 오빠는 위험하지 않았어?"

"거참, 시끄럽네. 다루무 형이 고작 성 밑 마을 사람한테 당할 리가 없잖아."

루도 루는 대답하면서 타라파의 붉은 국물로 범벅이 된 기바 삼겹살을 입 속에 넣었다.

"다루무 형은 집 안에서 줄로 슨 일행을 감시하느라 아무도 못 봤대. 그래도 누군가가 집 바로 근처까지 왔다는 건 확실한가 봐."

"성 밑 마을 사람이 숲가의 마을에 잠입하다니 보통 일이 아니구나. 참으로 뒤숭숭하게 되었어."

어머니 미아 레이 루가 시끄러운 딸들을 타이르듯 짐짓 느긋한 말투로 말했다. 할머니 티토 민 루와 증조할머니 지바 루도 모두의 대화를 조용히 지켜보고 있다.

그때 사티 레이 루가 돌아와 "어머, 무슨 일인가요?" 하고 미소를 지었다.

사티 레이 루는 형인 지자 루의 아내다. 갓난아기인 코타 루가 젖을 달라고 보채어 다른 방으로 이동했던 것이다. 다시 바구니 속에 뉘인 코타 루는 만족스러운지 "아부우" 하고 숨을 길게 내쉬었다.

"루도가 다루무 오빠를 만나고 왔대. 저 혼자만 만나다니 치사하잖아!"

사이좋은 라라 루가 그렇게 말하자 사티 레이 루는 다시 "어머" 하고 웃음 지었다.

"이럴 때 토토스가 있으니 편리하구나. 다루무는 어때 보였어?"

"딱히 뭐, 늘 그랬듯이 무뚝뚝하던데. ……아, 그런데 약간 달라진 점도 있었어."

"그게 뭔데! 아까는 여전하다고 말했으면서!"

"다루무 오빠의 달라진 점이 뭔데?"

동생들이 득달같이 달려드는 바람에 루도 루는 흠칫 물러섰다. 그것은 간단히 설명할 수 있는 변화가 아니었다.

형인 다루무 루는 왠지 깊은 고민에 빠진 것처럼 보였다. 다만 나쁜 쪽으로 변한 것이 아니라, 어떤 해답을 필사적으로 좇고 있는 것처럼 보였다.

'다루무 형도 최근 이런저런 일이 있었지.'

루도 루는 그렇게 생각했지만 동생들에게 설명하기가 귀찮아서 사티 레이 루를 상대하기로 했다.

"아무튼 다루무 형은 건강해 보였어. 밥이 맛없다며 불평하긴 했지만."

"저런, 다루무가 그런 말을 했다고?"

다른 방향에서 티토 민 루가 대화에 끼어들어 루도 루는 "네" 하고 고개를 끄덕였다.

"북쪽 촌락에서는 피 빼기도 하지 않은 기바 고기를 먹으니 밥이 맛없는 것도 당연하지. 레이나 누나처럼 솜씨 좋은 아궁이 당번도 없고."

"그 어떤 아궁이 당번도 피 빼기를 하지 않은 고기로는 맛있는 요리를 만들 수가 없어. 그 정도는 루도, 너도 알지?"

레이나 루가 쑥스러움을 감추려고 웃으면서 말했다. 쑥스러우면서도 기뻐하는 표정이다. 레이나 루는 얼마 전부터 아궁이 당번 일에 남다른 열정을 불태우는 모습으로 변화했다.

'다루무 형만 달라진 게 아니네.'

루도 루는 그렇게 생각하며 내내 잠자코 있는 또 한 명의 형에게 시선을 던졌다.

"지자 형은 지금도 아스타를 방해자라고 생각해?"

지자 루가 나무 접시에 담긴 국물을 후루룩거리며 루도 루를 쳐다봤다.

실처럼 가는 눈 때문에 속마음을 읽을 수가 없다. 아직 화를 돋운 건 아니네, 하고 가슴을 졸이며 루도 루는 덧붙여 말했다.

"벌써 오래전 이야기인데, 형이 아스타는 돌의 도시에서 살아야 한다고 했잖아. 그 생각은 지금도 변함없어?"

"어? 지자 오빠가 그렇게 말했다고?"

라라 루가 소스라치게 놀라며 지자 루를 돌아봤다. 옆에서 리미 루도 놀라움에 눈을 똥그랗게 뜨고 있다.

그러나 지자 루는 말없이 식사를 계속할 뿐이다.

"그게 아마 가즈란 루티무의 혼례식 아침이었을걸. 그날 이후 시간이 많이 흘렀는데, 지자 형의 생각은 변함없는 거야?"

"…………."

"그 무렵에는 아스타도 숲가의 마을에서 빨빨거리며 움직였을 뿐인데, 지금은 역참 마을에서 장사도 하고 가장 회의 때는 슨가를 작살내는 데 도움도 주고 여러모로 열심히 하고 있잖아.

267

다른 씨족 사람들도 절반 이상은 파가의 행위에 찬성한다고 하던데, 지자 형은 어떤 마음이야?"

"……파가의 행위에 찬성하는 것은 전부 작은 씨족의 족장들이다. 자자가는 부정적인 입장을 고수하고 있고 사우티가도 어디까지나 중립적인 입장이지."

드디어 지자 루가 입을 열었다.

하지만 루도 루가 납득할 만한 말은 아니었다.

"다른 집 일이야 어떻든 상관없어. 지자 형 본인의 마음은 어떤데? 아직도 아스타와 아이 파가 마음에 안 들어?"

"…………."

"루가도 지금은 파가의 행위를 인정하고 있잖아. 역참 마을에서 장사할 때는 일손을 빌려주고 얼마 전에는 수확제 저녁 식사를 아스타한테 맡겼을 정도잖아."

그러자 과실주를 들이켜던 아버지 돈다 루가 "루도, 시끄럽다" 하고 언짢은 듯이 내뱉었다.

"뭐야, 이거 되게 중요한 이야기 아니야? 아버지는 지금 숲가의 족장이고 지자 형은 후계자잖아. 족장과 후계자 간에 마음과 생각이 맞지 않으면 훗날 일이 복잡해지지 않겠어?"

"그렇기 때문에 지자에게도 생각할 시간이 필요한 거란다."

이번에는 미아 레이 루가 목소리를 냈다.

"어려운 이야기는 가장과 지자에게 맡기고 너는 네 일을 완수하면 되지 않겠니?"

"그래도 이건 루가의 문제잖아. 아스타네 가족은 나한테도 소중한 사람이라 내버려 둘 수가 없어."

그러자 이번에는 최고 장로인 지바 루가 입을 열었다.

"네가 그렇게 말해주어 기쁘구나, 루도⋯⋯. 그러나 중요한 사람이고 중요한 이야기이기 때문에 미아 레이의 말대로 차분히 생각할 필요가 있지 않겠느냐⋯⋯?"

"그야 그럴지도 모르지. 그런데 지바 할머니한테도 아이 파와 아스타는 소중한 사람이잖아."

"물론 그렇고말고⋯⋯. 아이 파는 옛날부터 친구였고 아스타는 내게 살아갈 기쁨을 되찾아준 소중한 은인이지⋯⋯. 그러나 돈다와 지자는 숲가의 앞날까지 두루두루 생각해야 한단다⋯⋯. 아스타 일행이 아주 큰일을 해내려고 노력하고 있으니 그 일이 옳은지 그른지를 판단하려면 그에 상응하는 시간이 필요한 게지⋯⋯."

루도 루는 충분히 이해가 되지는 않았다.

그러나 지바 루는 루도 루와 비슷하거나 그 이상으로 아스타와 아이 파를 소중히 여길 터였다. 그런 지바 루가 타이르자 루도 루는 자신이 너무 성급했다는 것을 깨달았다.

'쳇. 아무리 생각해도 아스타 일행은 숲가의 백성에게 도움 되는 일을 하고 있으니 냉큼 옳다고 인정하면 되는데.'

루도 루는 타우유로 양념한 국물과 함께 불만의 말을 삼켰다.

이후 저녁 식사가 끝날 때까지 아무도 파가의 행위에 관해 언급하지 않았다.

◇

밤이 되어 루도 루가 혼자 침소에 누워 있자 리미 루와 라라
루가 찾아왔다.

"뭐야, 무슨 일이야?"

"무슨 일이냐니. 다루무 오빠의 이야기를 더 들으려고 왔지."

라라 루는 화난 얼굴이고 리미 루는 기대에 차 눈동자를 초롱
초롱 빛내고 있다.

가장 회의가 끝난 뒤 다루무 루는 계속 슨의 촌락에 머물다가
수확제 때 겨우 돌아왔나 싶었더니 이번에는 더 먼 북쪽 촌락에
서 감시 일을 맡게 되었다. 지난 20일 남짓한 기간 동안 겨우 며
칠만 집에서 지낸 탓에 동생들이 서운한 모양이다.

원래 숲가의 사냥꾼은 하루의 대부분을 숲에서 지낸다. 따라
서 이런 휴식 기간에는 가족과 친밀한 시간을 보내는 것이 최고
의 기쁨일 터인데, 다루무 루는 그 기간에도 집을 떠나 지낸 것
이다. 아직 어린 동생들이 서운해하는 것도 당연한 일일지도 모
른다.

"이 방도 다루무 오빠가 없으니까 괜히 더 넓은 것 같네."

리미 루가 루도 루 옆에 털썩 주저앉더니 침소 안을 둘러보며
말했다. 지자 루는 혼인을 한 뒤로는 방을 옮겼기 때문에 현재

이 침소는 루도 루 혼자 쓰고 있다.

"그래서 다루무 오빠가 뭘 어쨌는데? 북쪽 촌락에서 무슨 일이 있었는데?"

"내가 어떻게 알아? 북쪽 녀석들과는 상관없이 그냥 생각에 잠겨 있는 거겠지."

"그래도 자자와 돔, 진 같은 북쪽 촌락의 씨족은 모두 슨가의 친족이었잖아. 돈다 아버지가 가장이 되기 전부터 그 녀석들과는 사이가 나빴다면서?"

아무래도 그것이 동생들을 걱정하게 하는 최대 요인인 듯하다.

게다가 최근에는 자자의 가장인 그라프 자자가 루가를 찾아올 기회도 많아졌다. 기바 털가죽을 머리부터 뒤집어쓰고 야수 같은 두 눈을 불태우는 그라프 자자의 모습을 동생들도 본 것이다. 그 박력 넘치고 용맹스러운 기운을 사냥꾼이 아닌 사람도 분명히 느꼈을 것이다.

"다루무 형은 자자에서 힘을 빌려달라는 부탁을 받고 북쪽 촌락에 간 거잖아. 그 사람들이 뭣 때문에 형한테 시비를 걸겠어? 그럴 리 없잖아."

"응, 그렇긴 한데……."

"애초에 북쪽 씨족이 우리의 적이었던 건 녀석들이 슨가의 꼭두각시였기 때문이야. 그동안 슨가가 자신들을 속였다는 걸 깨달았는데 이제 와서 우리와 싸울 이유가 없잖아. 안 그랬으면 아버지도 녀석들에게 족장 집안을 맡기지는 않았어."

루도 루는 하품을 참으며 그렇게 대답했다.

"그러니까 다루무 형이 고민하는 건 다른 일 때문이야. 파가 와는 워낙 많은 일이 있었으니 조금은 고민하는 게 당연하지 않 겠냐?"

"아, 그렇지…… 다루무 오빠 성격에 파가와 사이좋게 지내는 건 거의 불가능하지……."

라라 루가 기운 없는 표정으로 자신의 무릎을 끌어안았다.

원래 돈다 루는 아이 파에게 다루무 루와의 혼사를 제안했다. 그러나 아이 파는 그것을 거절하고 사냥꾼으로 살아가는 길을 택했다. 그 후에는 아스타를 데리고 루가를 방문하면서 다양한 파란을 일으키는 한편 지난번 수확제의 힘겨루기에서 다루무 루를 때려눕혔다.

힘겨루기에서 이기면 자랑스럽지만 져도 창피한 게 아니다. 말은 그렇게 해도 한때 색시로 맞고 싶었던 상대와 겨뤄 진다는 것은 굴욕적일지도 모른다. 더구나 이제까지는 여자가 사냥꾼 이 되는 것은 말도 안 되는 일이었기 때문에, 그것이 얼마나 큰 굴욕인지는 당사자인 다루무 루밖에 알 길이 없었다.

"다루무 오빠는 수확제 때도, 북쪽 촌락에 갔을 때도 조금 이 상해 보였어. 역시 다루무 오빠는 그…… 아직 아이 파를 색시 로 맞이하고 싶은 걸까……?"

기운 없이 말하는 라라 루에게 루도 루는 "내가 어떻게 아 냐?" 하고 대꾸했다.

"뭐, 그런 거라면 파가를 더 못마땅하게 여기겠네. 만약 아이 파가 반려자를 맞이한다면 아스타 말고는 없을 테니."

"역시 그렇겠지. ……아이 파는 워낙 예쁘니까 나도 무척 좋아하긴 하는데. 다루무 오빠에게는 더 얌전히 다가와 주는 사람이 어울릴 것 같아!"

"알 게 뭐야. 반려자를 택하는 건 당사자와 가장인데."

"물론 그렇긴 한데…… 쳇, 다루무 오빠도 더 가까운 곳으로 눈을 돌리면 좋으련만……."

라라 루가 하려는 말도 이해는 가지만 루도 루가 참견할 만한 내용은 아니었다.

"다루무 형이 철부지 어린애도 아니고 우리가 이것저것 걱정하지 않아도 스스로 옳은 길을 찾아낼 거야. ……나 이제 자야겠는데."

"응, 리미도 잠이 솔솔 와."

리미 루가 깜찍하게 하품을 하더니 루도 루의 가슴팍에 매달렸다.

"있지, 루도! 오랜만에 같이 잘까?"

"엉? 왜?"

"다루무 오빠가 없으니까 외롭단 말이야."

"내가 다루무 형 대신이냐?"

루도 루가 혀를 내밀고 고개를 홱 돌리자, 리미 루는 "뭐 어때!" 하고 몸을 이리저리 흔들었다.

"리미는 아직 여덟 살이라 남자 가족이랑 같이 자도 되잖아. 이제 2년 더 지나면 루도랑 같이 못 잔다니까?"

"2년이면 아직 멀었잖아. ……뭐, 네가 어디서 자든 상관없지만."

리미 루가 "신난다!" 하고 환성을 지르자, 라라 루는 "잠깐만!" 하고 불만스럽게 내뱉었다.

"그럼 나만 혼자 남잖아! 나는 열세 살이라 남자 형제랑 같이 못 잔다고!"

"그러면 비나 언니랑 레이나 언니 방으로 가면 되잖아. 세 명쯤은 잘 공간이 있겠지."

라라 루는 "내가 못 살아!" 하고 화내면서 방에서 나갔다.

리미 루는 "에헤헤" 하고 웃으면서 루도 루 바로 옆에 대구루루 누웠다.

"있잖아, 루도는 위에 아무것도 안 덮고 자?"

"그래. 딱히 춥지도 않고."

"그렇구나. 그래도 딱 붙어서 자면 따뜻하지!"

리미 루가 천진난만하게 말하면서 루도 루의 가슴팍에 머리를 들이밀었다.

적갈색 머리가 루도 루의 코끝에서 찰랑인다. 그 폭신폭신한 머리를 루도 루는 한 손으로 가볍게 쓰다듬어주었다.

"……있지, 다루무 오빠는 정말 괜찮은 거지?"

"괜찮아. 다루무 형을 믿어."

"응! 루도가 그렇게 말하니까 믿을게!"

그리하여 리미 루는 루도 루의 가슴팍에 얼굴을 파묻은 채 이윽고 평안한 숨소리를 내며 자기 시작했다.

루도 루는 그 조그만 머리를 끌어안고 폭신폭신한 머리칼의 감촉을 즐기면서 눈꺼풀을 감았다.

◇

이튿날 아침.

루도 루가 눈을 뜨자 리미 루는 이미 온데간데없었다.

여자들은 아침부터 집안일을 해야 하기에 동이 틈과 동시에 방에서 나갔을 것이다. 루도 루는 늘어지게 하품을 하고 나서 자신도 아침 산책을 나가기로 했다.

집을 나서자 해가 생각보다 높이 떠 있어서 멀리 가는 것을 포기하고 부엌으로 가기로 했다. 그쪽에서는 이미 위장을 자극하는 향긋한 냄새가 풍겨오고 있었다.

집 뒤편에 묶어둔 토토스 루루는 오늘도 멍한 얼굴로 아무 생각 없이 나뭇잎을 먹고 있다. 인사 대신 엉덩이를 가볍게 토닥이고 나서 루도 루는 부엌을 들여다봤다.

부엌에서는 여자들이 열심히 음식을 하고 있었다. 인원은 본가의 네 자매와 분가의 실라 루, 이렇게 다섯 명이다. 아스타가 얼마 전부터 역참 마을 장사에 쓸 요리의 밑 준비를 그녀들에게 맡겼기 때문이다.

"아, 루도, 좋은 아침! 오늘은 늦었네?"

작은 포이탄을 착착 구워내고 있는 리미 루가 방글방글 웃었다. 그 옆에서 라라 루는 화가 덜 풀린 얼굴을 하고 있다.

"여전히 아침부터 장작을 태우느라 바쁘네. ……그런데 아스타가 일을 떠맡긴 사람은 세 명 아니었나?"

"다른 일이 끝나서 돕고 있는 거야. 아궁이 당번 수련도 할 겸!"

리미 루가 활기차게 말하고는 뺨을 부풀렸다.

"그리고 리미만 아직 역참 마을의 일을 못 돕잖아! 리미도 빨리 언니들이랑 같이 일하고 싶어!"

"귀족들과 분쟁이 정리될 때까지만 참으렴. 그럼 리미도 같이 일할 수 있을 거야."

레이나 루가 달래듯이 미소 지으며 말했다. 레이나 루는 비나 루가 다친 것을 계기로 이틀에 한 번씩 역참 마을에 내려가게 되어 참으로 만족스러워 보였다.

그와 대조적으로 비나 루는 우울한 얼굴을 하고 있다. 그녀는 역참 마을의 장사와는 상관없이 제노스를 떠난 동쪽 백성을 생각하고 있으리라. 느닷없이 구혼을 하더니 반년 뒤까지 결정해 달라는 말을 나기고 떠나 비나 루는 한창 번민에 휩싸여 있다.

'뭐, 지금까지는 누나가 남자를 휘둘러왔으니 조금 고민하는 것도 괜찮겠지.'

루도 루는 그렇게 생각하며 새삼 부엌의 모습을 둘러봤다.

마치 연회 준비라도 하는 것처럼 부산스러워 보였다. 레이나 루와 실라 루는 『기바 버거』에 들어가는 고기를 끝없이 구워낸 다음 그것을 쇠 냄비에 집어넣었다. 쇠 냄비에는 타라파 국물이 부글부글 끓고 있고 그것을 한숨을 내쉬며 젓는 것이 비나 루의 일이었다.

리미 루와 라라 루 옆에는 이미 다 구워진 포이탄이 산더미처럼 쌓여 있다. 아스타가 매일 요리를 150인분이나 팔고 있기에 그 일의 절반만 가져와서 하는데도 이토록 부산스러운 것이다.

"저기, 고기 굽는 냄새를 맡았더니 배 속에서 배고프다고 난리야. 하나만 먹으면 혼나려나?"

"당연히 혼나지! 아니, 내가 먼저 화낼 거야!"

요리와 장사에 관한 것이라면 레이나 루에게도 농담이 통하지 않게 되었다. 루도 루는 어깨를 움츠리고 물러나기로 했다.

그리하여 루루 쪽으로 돌아가자 그곳에 낯익은 소년의 모습이 있었다. 실라 루의 동생이자 분가의 가장인 신 루였다.

"여, 일찍 왔네, 신 루."

"그래, 루도 루. 지금 몸을 깨끗이 하는 게 낫겠다 싶어서."

루의 촌락의 냇가는 본가 뒤편에 있다. 신 루는 손에 몸을 닦을 천과 갈아입을 옷을 들고 있었다.

"그럼 나도 같이 가자. 갈아입을 옷을 가져올 테니 잠깐만 기다려줄래?"

"그래, 알겠어."

루도 루는 신 루의 옆을 지나 집으로 돌아가려 했다.

그러다 도중에 마음을 바꿔 신 루의 얼굴을 들여다봤다.

"얼굴 멍이 많이 빠졌네. 이제 통증 같은 건 없어?"

"원래 통증이 걱정될 만한 상처는 아니었어."

신 루는 지다라는 소년에게 내던져진 것도 모자라 얼굴까지 걷어차였다. 그의 갸름한 얼굴에는 아직 멍 자국이 희미하게 남아 있었다.

"신 루, 너도 루가라는 이름에 부끄럽지 않은 사냥꾼이야. 상대의 실력이 대단했을 뿐이니까 그렇게 신경 쓸 필요는 없어."

"…………."

"어제 라우 레이와의 수련은 어땠어? 집에 갈 때 녹초가 되도록 지쳐 보여서 자세히 듣지 못했거든."

"피가 되고 살이 되는 수련이었어. 라우 레이는 물론 수련을 권해준 아이 파에게도 무척 고마운 마음이다."

"그렇구나. 같이 수련할 상대에도 잘 맞는 녀석과 안 맞는 녀석이 있는데, 라우 레이는 잘 맞았나 보네. 잘됐다."

루도 루는 그렇게 말하고 웃어 보였지만 신 루는 "음" 하고 고개를 끄덕일 뿐이었다. 워낙 침착한 성격이긴 하나 지다를 놓친 것 때문에 속을 끓이고 있는 모양이다.

'뭐, 이것만큼은 스스로가 납득할 만한 실력을 키우는 수밖에 없지.'

신 루는 분가 중에서는 손꼽히는 실력의 사냥꾼이다. 열여섯이라는 나이를 생각하면 참으로 대단한 실력이 아닐 수 없다.

다만 본가 사람은 전부 그보다 더 실력이 뛰어나다. 신 루보다 한 살 어린 루도 루도 힘겨루기에서 신 루에게 져본 적이 없다.

'내 목표는 아버지와 형들이야.'

루도 루는 이미 자신에게 다루무 루 못지않은 실력이 있다고 자신한다. 잘하면 지자 루도 이길 수 있을지도 모른다. 그러나 돈다 루와 단 루티무는 도저히 당해낼 수 없는 상대인 데다 지난번 수확제에서는 미다에게도 지고 말았다. 루도 루도 그렇고 형들도 현재에 만족하지 않고 아버지의 뒷모습을 좇고 있는 중이다.

'신 루도 실력이 못 미쳐 속상할 때는 좀 시끄럽게 표현을 하면 좋을 텐데. 그럼 기분이 조금은 풀릴 텐데.'

하지만 그것은 개개인의 성격이다. 성격을 바꾸는 것은 어려우니 루도 루는 완고한 소꿉친구에게 이렇게 웃는 얼굴로 대하는 것밖에 할 수 없었다.

"그럼 여기서 기다려. 금방 가서 갈아입을 옷을 가져 올 테니——."

그러자 뒤에서 "루도 루" 하고 부르는 소리가 났다.

뒤돌아보니 아까까지만 해도 부엌에서 일하고 있었던 실라 루가 서 있다. 동생과 꼭 닮은 조용한 눈빛을 지닌 실라 루가 반달음질로 다가왔다.

"아아, 신도 같이 있구나. 저기, 루도 루에게 잠시 할 말이 있어서요……."

"응, 뭔데?"

"……루도 루는 어제 북쪽의 촌락에 다녀왔다면서요? 라라 루에게 들었어요."

루도 루는 무슨 말인지 알아듣고 "어, 맞아" 하고 고개를 끄덕였다.

"다루무 형은 건강해 보였어. 무슨 고민이 있는 것 같긴 했지만 기운이 없어 보이지는 않던데."

"아, 그렇군요……" 하고 실라 루가 가슴을 쓸어내렸다.

그녀는 그녀 나름대로 가족들과는 또 다른 입장에서 다루무 루를 걱정하는 듯하다. 라라 루와 신 루의 관계를 생각하면 참으로 흥미로운 인연이었다.

'하긴 아이 파와 다루무 형이라면 매일 싸움이 끊이지 않을 것 같아. 다루무 형한테는 실라 루만큼 어른스럽고 얌전한 사람이 어울리겠어.'

게다가 실라 루는 최근 분위기가 눈에 띄게 달라졌다.

예전에는 더 주저주저하고 자신감이 없는 모습이었다고 생각한다. 그녀는 팔심이 약해서 물동이를 옮기는 데에도 어려움을 겪을 정도였다. 루도 루는 그녀보다 나이가 어려서 기억에 없지만 어렸을 때는 몸이 많이 약해서 병치레가 잦았다는 이야기도 들었다.

숲가에서 가장 중요한 것은 튼튼한 몸이다. 사냥꾼인 남자들은 물론 여자들도 하루 종일 집안일을 할 뿐만 아니라 언젠가는 자식을 낳는 중요한 일을 해야 하기에 그것이 당연한 이야기였다. 남자들이 아이 파에게 매료되는 것도 그 뛰어난 용모 때문만이 아니라, 더할 나위 없이 건강한 몸에서 빛나는 생명력을 뿜어내기 때문이라 생각한다.

"……그래도 실라 루도 외모가 나쁘지는 않은데."

"네? 무, 무슨 말인가요?"

"아니, 아무것도 아니야. 다만 아궁이 당번으로서는 레이나 누나 못지않게 실력이 뛰어나니까 어떤 남자에게 시집을 가길 원하든 전혀 폐가 될 일은 없다고 생각해."

실라 루의 얼굴이 순식간에 새빨갛게 물들었다.

"왜, 왜 갑자기 루도 루는 그런 말을 하나요? 설마…… 아스타와 뭔가 이야기를 한 건가요?"

"응? 왜 거기서 아스타 이름이 나와?"

"아, 아뇨! 아니면 됐습니다."

잘 모르겠지만 아궁이 당번의 일에 힘쓰는 아스타라면 여자들의 고민을 알아차리거나 상담에 응하는 일도 충분히 있을 것 같았다.

더구나 아스타는 여자처럼 유약하고 상냥한 소년이다. 그런데도 루도 루의 아버지와 형들의 기백에 밀리지 않고 때로는 사냥꾼처럼 매서운 눈빛을 내뿜기도 하는 참으로 기묘한 존재였다.

"아무튼 다루무 형은 건강해 보였어. 귀족들과의 분쟁이 정리

되지 않는 한 쉽게 돌아오지 못할지도 모르겠지만, 아무 걱정할 필요 없어. ……그리고 북쪽의 촌락에서는 피 빼기를 하지 않은 고기밖에 못 먹으니까 실라 루의 요리를 먹고 싶어서 안달이 나 있을 것 같은데."

"다, 다루무 루의 식사를 만드는 건 본가 가족의 일이지 않나요?"

"실라 루는 레이나 누나와 비슷할 정도로 실력이 뛰어나니까 실라 루가 만들어도 기뻐할 거야."

실라 루는 한층 새빨개진 얼굴로 "저, 저는 일이 남아 있어서……" 하고 뛰어갔다.

"이히히" 하고 루도 루가 웃고 있자, 신 루가 다소 어리둥절한 표정으로 물었다.

"실라가 왜 저렇게 당황하는 거지? 그리고 결국 무슨 용건이었던 거야?"

"으응? 신 루는 모르는 거야?"

"음. 도무지 짐작이 가지 않는군."

루도 루는 더 크게 웃으며 신 루의 목을 한 팔로 껴안았다.

"너희 진짜 재미있네. 나는 신 루 남매가 혈족이라 즐거워 죽겠어."

"그렇게 말해주니 고맙긴 한데 역시 무슨 뜻인지 모르겠군."

"됐어, 괜찮아. 신 루는 그대로가 좋아."

루도 루는 왠지 웃고 싶은 기분이었다.

모두 아이 파와 아스타에게 휘둘리면서도 올바른 길을 나아가고 있다. 그런 것이 막연하게 느껴진 듯한 기분이었다.

실라 루는 아스타에게 아궁이 당번의 지도를 받아 그렇게 바뀔 수 있었다. 아이 파에게 『제물 사냥』하는 법을 배우려 하다가 거절당한 신 루도 뭔가 영향을 받았으리라. 열일곱의 젊은 나이에 심지어 여자의 몸으로 아이 파는 파가의 가장으로서, 사냥꾼으로서 누구에게도 부끄럽지 않은 삶을 살고 있다. 그런 아이 파의 모습에서 신 루가 아무것도 느끼지 못했을 리가 없다.

그리고 본가 가족들은 그 이상으로 파가와 깊이 관여하고 있다. 또 파가의 이웃들과도 새로운 교류가 생겨나고 있을 것이다. 슨가의 지배에 맞서 당당히 이겨낸 아이 파와 아스타는 지금까지와는 완전히 다른 형태로 숲가의 마을에서 자신들이 있을 곳을 찾아냈음이 분명하다.

'지자 형과 다루무 형, 그리고 자자가의 녀석들도 언젠가는 아스타 일행을 인정할 날이 올 거야. 녀석들은 엄청 재미있거든.'

루도 루는 처음에 요리를 먹은 날 저녁부터 아스타 일행이 마음에 들었다. 그렇기 때문에 축복의 엄니를 주었고 누나들과 혼인을 했으면 좋겠다는 말도 했다. 그런 아스타 일행이 서서히 숲가의 모두에게 받아들여지는 이 상황이 루도 루에게는 새삼 흐뭇하게 느껴졌다.

"오늘도 녀석들을 지켜줘야지! 어떤 놈들이 무슨 수작을 걸어오든 우리가 다 물리쳐버리자!"

"당연하지. 두 번 다시 그런 창피는 당하지 않겠어."

루도 루에게 목을 감싸인 채 신 루는 자못 진지한 목소리로 그렇게 대답했다.

"……그런데 이제 그만 목욕하러 가고 싶군."

"아, 그렇지! 잠깐만 기다려줘!"

루도 루는 마지막에 신 루의 머리에 가볍게 꿀밤을 먹인 뒤 집을 향해 내달렸다.

그 가슴에는 루가에서 태어났다는 기쁨과 아스타 일행을 친구라 부를 수 있는 환희, 그리고 더 나아가서는 숲가의 백성으로 살아갈 수 있다는 긍지가 더할 나위 없이 충만했다.

후기

《이세계 요리의 길》10권을 읽어주셔서 정말 감사합니다.

드디어 이 작품도 권수를 10권까지 달성할 수 있었습니다. 두 자릿수 권수를 달성한다는 것은 정말 영예로운 일입니다.

이것은 오로지 꾸준히 읽어주신 여러분들 덕분입니다. 틀에 박힌 말이라 송구합니다만, 진심으로 감사드립니다.

기념할 만한 이번 10권의 표지는 루가의 남자들로 장식하게 되었습니다. 험상궂은 돈다 아버지를 표지에 발탁할 수 있어 작자로서 감개무량할 따름입니다.

또 번외편인 입가심도 표지에 맞춰 루가의 에피소드로 채워봤습니다. 뒤표지에 죽을 만큼 사랑스럽게 그려진, 개구쟁이 막내 아들 루도 루의 시선으로 본 이야기입니다. 즐겁게 읽어주셨으면 좋겠습니다.

그리고 여담입니다만, 권말에는 타 출판사인 카도카와 BOOKS에서 간행되는 저의 작품 『스트라이킹 걸!』의 광고가 실렸습니다. 레이블의 울타리를 넘은 깊은 배려에 황송할 따름입니다.

『스트라이킹 걸!』은 현대 일본을 무대로 한 작품으로, 한마디로 말해 격투기에 푹 빠진 소녀들의 이야기입니다. 『이세계 요리의 길』과는 분위기가 많이 다른 것처럼 보이기도 하지만 제가 그려내고 싶은 것의 본바탕은 바뀌지 않으므로 새 작품도 마찬가지로 즐겨 읽어주신다면 망외의 기쁨일 것입니다.

그리하여 이번 후기에는 두 페이지가 할당되어 조금 급하게 인사의 말씀을 올립니다.

매번 똑같은 마무리를 하자면, 하비재팬 편집부 담당자님, 일러스트레이터 코치모 님, 이 작품의 출판에 힘써주신 모든 분들과 그리고 이 책을 읽어주신 분들께 다시 한번 감사의 말씀을 드립니다.

그럼 11권에서 또 만나요!

2017년 2월 EDA

ISEKAI RYOURIDOU 10
© EDA
Originally published in Japan in 2017 by HOBBY JAPAN Co., Ltd.

이세계 요리의 길 10

2021년 11월 15일 1판 1쇄 발행

저　　　자 EDA
일러스트 코치모
옮 긴 이 이정민
발 행 인 유재옥
본 부 장 조병권
담당편집자 박치우
편 집 1팀 이준환 박소연 김혜연
편 집 2팀 정영길 조찬희 박치우 조현진
편 집 3팀 오준영 곽혜민 이해빈
미　　　술 김보라 서정원
라이츠담당 한주원
디 지 털 박상섭 이성호 최서윤 김지연
인쇄제작처 코리아피앤피
발 행 처 ㈜소미미디어
등　　　록 제2015-000008호
주　　　소 서울시 마포구 토정로222, 403호 (신수동, 한국출판콘텐츠센터)
판　　　매 ㈜소미미디어
마 케 팅 한민지 최정연
물　　　류 허석용 백철기
전　　　화 편집부 (070)4164-3962, 3963 기획실 (02)567-3388
　　　　　　　판매 및 마케팅 (070)4165-6888, Fax (02)322-7665

ISBN 979-11-384-0404-4 04830
ISBN 979-11-5710-233-4 (세트)